ᛒᚪᚳᛣ · ᚪᚷᚪᛁᚾ : ᛒᛖᛁᛝ · ᚦᛖ ·

ᛗᚪᛞᛖ · ᛒᚣ · ᛒᛁᛚᛒᚩ · ᛒᚪᚷᚷᛁᚾᛋ · ᚩᚠ ·

ᛗᛖᛗᚩᛁᚱᛋ · ᛒᚣ · ᛄ · ᚱ · ᚱ · ᛏᚩᛚᛣᛁᛖᚾ :

THE HOBBIT

OR

THERE AND BACK AGAIN

哈比人

又名

冒險歸來

李函——譯

哈比人——又名「冒險歸來」

ᚦᛖ·ᚻᚩᛒᛒᛁᛏ
ᚩᚱ
ᚦᛖᚱᛖ·ᚪᚾᛞ·ᛒᚪᚳᚳ·ᚪᚷᚪᛁᚾ

這是個很久以前的故事。當時的語言與文字和我們當代的用法完全不同。在此用英文代表這些語言。但有兩項重點。（一）在英文中，矮人（dwarf）的正確複數型態是 dwarfs，形容詞則是「矮人般的」（dwarfish）。本篇故事分別使用 dwarves 和 dwarfish[1]，但只有在提到索林．橡木盾和他同伴們所屬的古老種族時才會使用。（二）「歐克獸人」（Orc）並非英文詞彙。它出現在一兩個地方，但通常譯為哥布林（goblin）（大型種類則被稱為「巨哥布林」〔hobgoblin〕）。「歐克獸人[2]」是哈比人當時對這些生物的稱呼，和我們用於海豚類海生動物的 orc 和 ork 不同。

符文（rune）是原本透過切割或刻劃木頭、石頭、金屬所留下的文字，因此字體纖細又有稜角。在本篇故事發生的時代，只有矮人經常使用這類字母，特別是為了私人或祕密記錄。他們在本書中使用的符文字母由英文符文所象徵，現在只有少數人看得懂這種文字。如果拿索洛爾的地圖上的符文與現代字母的抄錄版（第三十三頁與第六十七頁）做比較，就能發現轉換成英文的現代字母，也就能閱讀上頭的符文標題。可以在地圖上找到所有正常符文，除了代表X的ᛉ。I和U分別代表J與V。沒有象徵Q的符文（改用CW），也沒有Z（有需要的話，可以使用矮人符文ᛦ）。不過，讀者會發現有些單一符文代表兩個現代字母：th，ng，ee。有時也會使用同種符文（ᛠ ea和ᛥ st）。祕門標示了D ᛞ。地圖一側有隻手指向這裡，底下則寫了：

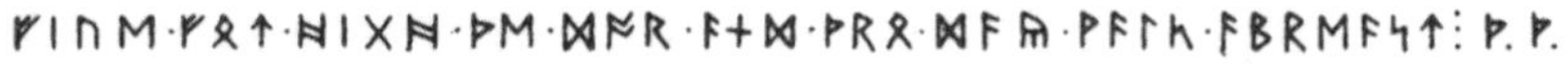

最後兩個符文是索洛爾和索藍的姓名縮寫。愛隆念出的月符文（moon-runes）則是：

地圖上的羅盤指針以符文標示，東方在頂端，這是矮人地圖中的常見標示法，並以順時鐘方向：E（東），S（南），W（西），N（北）。

1　注：理由參見《魔戒》附錄，頁F-1597。

2　譯注：托爾金在譯名指南中提出，「orc」是當時通用語中對這些生物的名稱。他從《貝奧武夫》（*Beowulf*）中的古英文字orc得到靈感，該字帶有「食人魔」或「地獄妖魔」之意。由於托爾金認為orc是適合這類生物的名稱，因此要求音譯；但考量到舊譯名已成為奇幻作品中的常用詞彙，在《哈比人》和《魔戒》中都會將這種生物譯為「歐克獸人」。

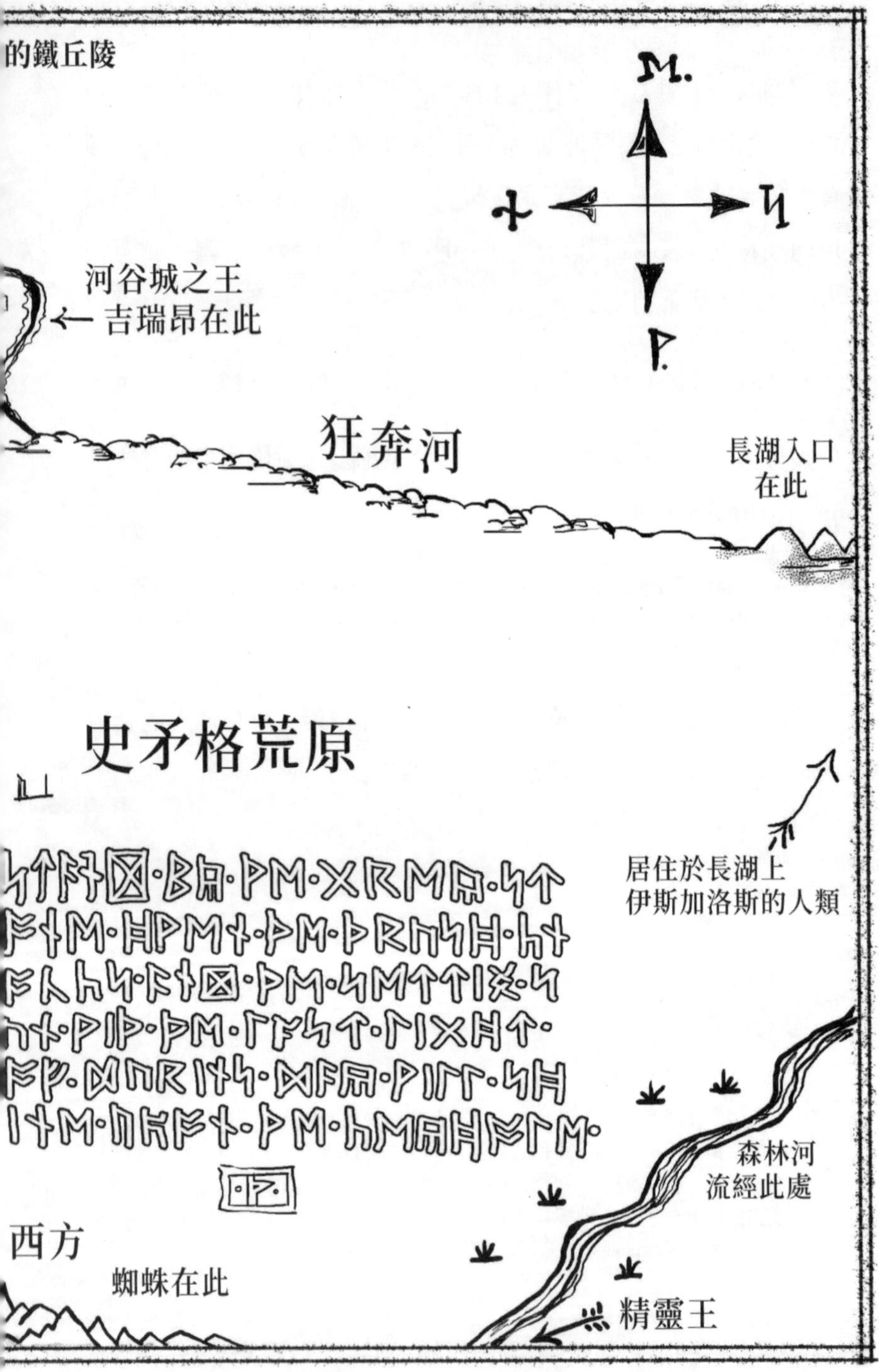

的鐵丘陵
河谷城之王
吉瑞昂在此
狂奔河
長湖入口
在此
史矛格荒原
居住於長湖上
伊斯加洛斯的人類
森林河
流經此處
西方
蜘蛛在此
精靈王

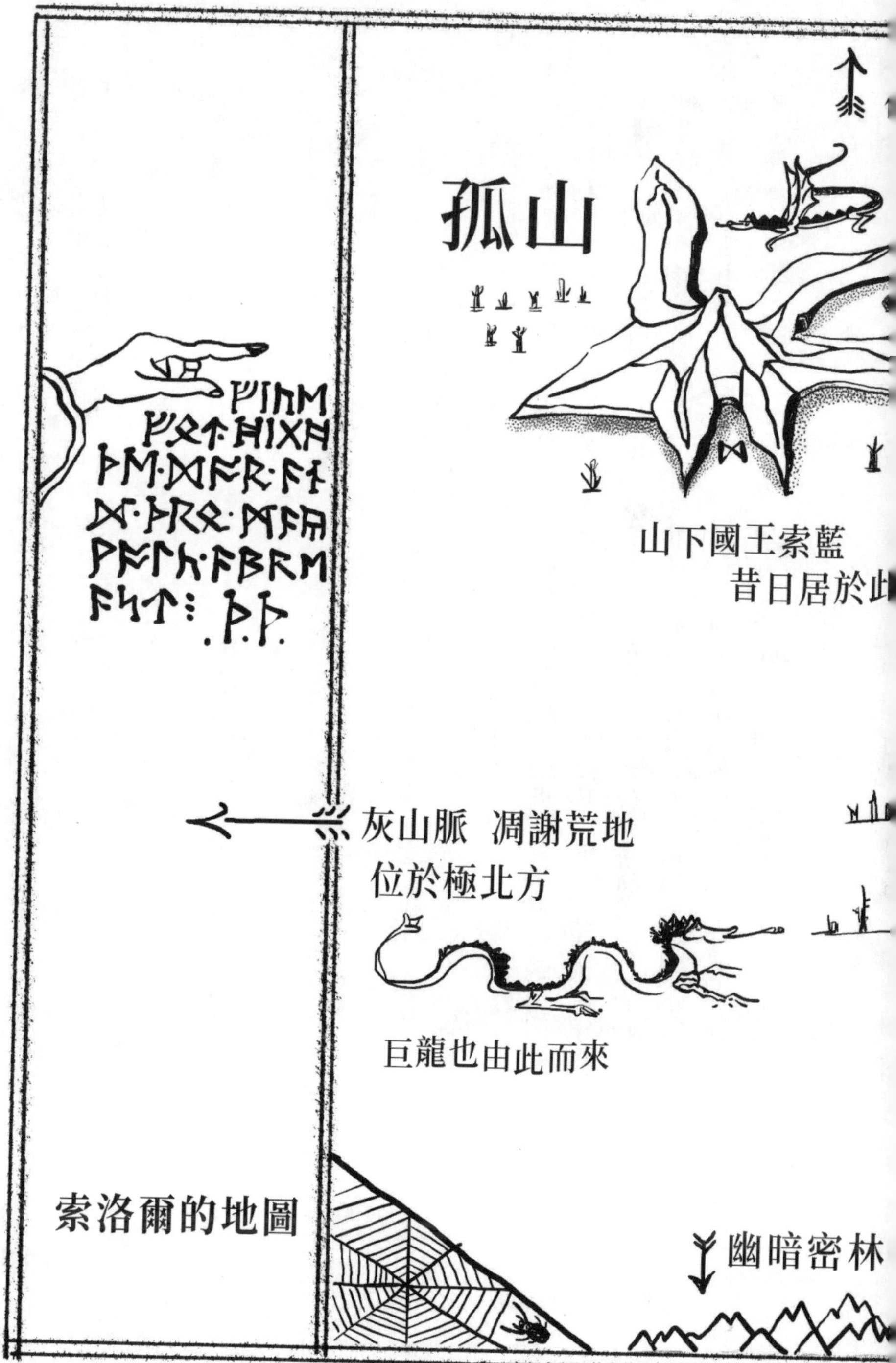
孤山
山下國王索藍
昔日居於此
灰山脈 凋謝荒地
位於極北方
巨龍也由此而來
索洛爾的地圖
幽暗密林

第一章——

出乎意料的宴會

地洞裡住了個哈比人。這不是骯髒潮溼的洞，那種不只塞滿蟲子，還飄出泥濘臭味的洞穴。也不是乾燥又空無一物的沙洞，裡頭缺乏能供人坐下或用餐的地方。它是個哈比洞，意味著舒適。

它有扇宛如舷窗的完美圓門，漆成綠色的門板正中央裝有閃亮的黃銅門把。門口通往如同隧道的管狀走廊，這是條非常舒適的隧道，裡頭沒有煙霧，牆面飾有鑲板，地上鋪設了磚瓦與地毯，室內擺有拋光的座椅，還有許多可供懸掛帽子與外套的衣鉤。這位哈比人很喜歡訪客。隧道往前蜿蜒，有些筆直地延伸進丘陵側邊（周圍數哩內的人們都稱它為小丘），有許多小圓門形成出口，丘陵每一面都有小門。哈比人不會上樓：臥室、浴室、地窖、儲藏室（為數眾多）、衣櫥（他有完全用來擺設衣物的房間）、廚房和餐廳，全都在同一層樓裡，也確實位在同一條走道上。最好的房間都位於左側（從這端進入），因為只有這些房間有窗戶，深嵌式窗戶俯視著他的花園，和遠方一路往下坡蔓延的草地。

這是位富裕的哈比人，他的姓氏是袋金斯[1]。袋金斯家族從無人記得的遙遠時代就住在小丘周圍，人們也認為他們體面可敬，不只因為他們大多成員生活富裕，也由於他們從來不冒險，或做任何出乎意料的行為。不需向袋金斯家提問，就能知道他們會如何回答任何問題。這是一位袋金斯家成員展開冒險的故事，他的言行舉止全然出人意料。他或許失去了鄰居的尊敬，但他得到……好吧，等著瞧他最後究竟得到了什麼。

我們這位獨特的哈比人的母親……什麼是哈比人呢？我想在現代，哈比人需要一點描述，因為他們已經變得非常罕見，也遠離大傢伙們，那是他們對我們的稱呼。他們是（或曾是）一批矮小的種族，身高大約是我們的一半，也比蓄鬍的矮人們更矮。哈比人沒有鬍鬚。除了當你我這種笨重巨人傻傻走過，發出大象般的噪音時，他們才會安靜又迅速地消失；除了這種尋常能力外，他們沒有多少法力。他們的肚子通常很胖；他們的衣著顏色鮮明（主要是綠色和黃色）；他們不穿鞋，因為腳上長了天然厚皮，和類似頭髮的濃密棕毛

---

1 譯注：Bilbo Baggins，托爾金在譯名指南中指出，Baggins 中的 bag 代表「袋子」，用來呼應袋底洞；袋底洞也是托爾金姑媽位於伍斯特郡（Worcestershire）的農場名稱。他要求譯名中應有「袋」的意思。

（都很捲）；他們有修長靈巧的棕色手指、和藹可親的臉龐與宏亮飽滿的笑聲（特別是在晚餐後——如果可以的話，他們一天會吃兩頓晚餐）。現在你知道得夠多了。如我所說，這位哈比人比爾博．袋金斯的母親是鼎鼎大名的貝菈多娜．圖克，她是老圖克三位傑出的女兒之一。老圖克則是住在小河對面的哈比人首領，那條小河流過小丘的山腳。其他家族經常說，很久以前，某個圖克家的祖先八成娶了精靈老婆。那自然是無稽之談，但他們顯然有某種不太像哈比人的特質，圖克家族的成員會出外冒險。他們神祕兮兮地消失，家族也對此守口如瓶。其實圖克家族並不如袋金斯家族那麼受人尊重，但他們一定更有錢。

當貝菈多娜．圖克成為邦哥．袋金斯的太太後，就沒有碰上任何冒險了。比爾博的父親邦哥，為她建造了小丘周圍或小河對岸最華麗的哈比洞（也用了她一點錢），他們在那度過終生。儘管她的獨子比爾博在外表和行為上，都像是他可靠又溫和的父親翻版，但他有某種源自圖克家族的古怪性格，一直在等待浮現的時機。儘管到了比爾博．袋金斯成年後大約五十多歲時，這種時機也沒有出現。他住在父親蓋的美麗哈比洞中，穩穩地長住下來，而我剛剛也描述過這座地洞。

很久以前，寂靜的世界還沒有如此嘈雜，也更綠意盎然，當時的哈比人們依然數量眾多、繁榮興盛。由於某種奇妙的機緣，某天早上比爾博．袋金斯吃完早餐後，便站在門邊，抽著一根又大又長的木菸斗，菸斗長得幾乎碰到他毛茸茸的腳趾（腳毛還梳理地整整齊齊）。此時，甘道夫來了。甘道夫！如果你只聽過我所知關於他的一丁點事蹟（我也只聽說過一小部分的傳言），就準備好見識各種精采故事。無論他去哪，各種故事與冒險都會以極度特異的方式出現。他很久沒有走到小丘下那條路了，自從他的朋友老圖克死後，他就沒來過此處。其實，哈比人們幾乎已經忘了他的長相。從他們都還是小哈比男孩與小哈比女孩時，他就已經前往小丘和小河遠方，去辦自己的事。

那天早上，毫無戒心的比爾博只看到一名拄著手杖的老人。他頭戴藍色尖頂高帽，身穿灰色長斗篷，還戴了銀色圍巾，而長到腰下的白色長鬍蓋在圍巾上，腳上則穿了黑色大靴子。

「早上真好！」比爾博誠摯地說。當時陽光明媚，綠草如茵。但甘道夫修長茂密的眉毛下的雙眼看著他，眉毛已經長到他的寬帽邊緣外了。

「這話是什麼意思？」他說，「你想向我說早安，還是說不管我喜不喜歡，今天早上都很好？還是指你今天早上感覺很好？或是今天早上適合過得好？」

「這些都算數。」比爾博說，「而且，這也是適合在外頭抽菸斗的早晨。如果你身上有菸斗的話，請坐下，抽點我的菸草吧！不用急，我們有一整天呢！」接著比爾博在門邊的座位坐下，翹起二郎腿，再吐出一個漂亮的灰色菸圈。菸圈飄入空中，完好無缺地飄到小丘遠處。

「很漂亮！」甘道夫說，「但今天早上我沒時間吐菸圈。我正在找人加入我安排的冒險，但很難找到人。」

「在這一帶呀，我想也是！我們是安居樂業的普通人，一點都不想冒險。那讓人太不舒服啦！還會害你在晚餐時遲到！我想不出為何有人想冒險。」我們的袋金斯先生說，他把一根拇指塞到褲子背帶底下，吐出另一個更大的菸圈。接著他拿出晨間信件，並開始閱讀，假裝沒多注意老人。他認為對方和自己不是同類人，也希望對方走開。但老人沒有移動。他靠著自己的手杖，一語不發地盯著哈比人瞧，直到比爾博感到相當不適，甚至還變得有點粗魯。

「早安！」他最後開口說道，「我們不想要任何冒險，多謝你！你可以去小丘遠處或小河對岸試試看。」他的意思是，這番對話已經結束了。

「你用早安代表好多事啊！」甘道夫說，「現在你指的是想趕我走，除非我滾蛋，不然事情不會好轉。」

「一點都不，一點都不呀，親愛的先生！我來瞧瞧，我還不曉得你的名字呢？」

「對，對，親愛的先生。我確實知道你的名字，比爾博．袋金斯先生。你也知道我的名字，不過你不記得我了。我是甘道夫，甘道夫就是我！貝菈多娜．圖克的兒子居然想用早安打發我，把我當成在門邊賣鈕扣的小販！」

「甘道夫，甘道夫！天啊！不會是那個給了老圖克一副魔法鑽石耳環的流浪巫師吧？除非接到命令，不然一戴上那副耳環，它們就不會掉下來。不會是那個經常在派對講精采故事的人吧？故事裡有龍、哥布林和巨人，還有受到拯救的公主，以及寡婦的兒子們意想不到的好運！不會是那個製作過特別精采的煙火的人吧！我記得那些煙火！老圖克經常在仲夏夜放煙火。太漂亮了！它們飛上天後，變出火焰構成的大百合、金魚草和金鏈花，整晚都懸掛在星空中！」你已經能注意到，袋金斯先生並不像他自認的那麼平凡無趣，他也很喜歡花朵。「天啊！」他繼續說。「不會是那個害許多乖巧男女跑進藍山脈[2]瘋狂冒險的甘道夫吧？他們幹下從爬樹到拜訪精靈這類勾當，或是搭船航行到別的海岸！我的老天，以前的生活很有意……我是說，很久以前你曾經把這一帶搞得天翻地覆。請原諒我，但我不曉得你居然還在執業。」

「不然我該去哪？」巫師說，「不過，我很高興你還記得一些關於我的事。總而言之，你似乎對我的煙火有美好回憶，算是還有點希望。看在你老外公圖克和可憐的貝菈多娜的分上，我會答應你的要求。」

「抱歉，我沒做任何要求呀！」

「有，你當然有！已經說兩次了。你要我的原諒。我原諒你。事實上，我還要讓你加入這場冒險。我覺得很有趣，也對你有益——如果你能達成任務的話，利益可能也不小。」

「抱歉！我不想要任何冒險，謝謝你。今天不必了。早安！但請來喝茶，任何時間都可以！何不明天來呢？明天來吧！再見！」說完，哈比人就轉身快速跑進他的綠色圓門內，再盡快把門關上，動作也不敢太粗魯。巫師畢竟還是巫師。

「我幹嘛邀他喝茶！」他一面自言自語，一面走到儲藏室。他才剛吃過早餐，但他覺

——

2　譯注：原文使用 the Blue，為哈比人對 Blue Mountains 的簡稱。

得在驚嚇過後，一兩片蛋糕和一杯飲料對他應該有幫助。

此時甘道夫依然站在門外，平靜地笑了好一陣子。一會兒後，他往上走，用手杖上的尖刺在哈比人華美的綠色前門上刻了個古怪記號。隨後他揚長而去，而比爾博剛好吃完第二片蛋糕，也開始認為自己巧妙地避開了冒險。

隔天他幾乎完全忘了甘道夫的事。他的記性不太好，除非他把事情像這樣寫在行事曆上：星期三甘道夫茶會。昨天他過於慌張，完全沒做這種事。

正好在午茶時間前，前門門鈴傳來巨響，他這才想了起來！他衝出去把水壺擺在爐子上，再拿出另一只杯子和茶碟，以及額外一兩片蛋糕，再跑向門去。

他原本準備說：「抱歉，讓你久等了！」但他發現來者根本不是甘道夫。那是個把藍色鬍鬚塞進金色腰帶的矮人，暗綠色兜帽下的雙眼閃閃發光。一等門打開，他就推門進屋，彷彿屋主正在等他。

他把附有兜帽的斗篷掛在最近的掛鉤上，並深深鞠躬說：「德瓦林任您差遣！」

「比爾博．袋金斯任您差遣！」哈比人說，當下他訝異到說不出問題。當隨後的沉默變得太不舒服時，他補充道：「我才剛要喝茶，請來和我一起喝吧。」這話或許說得有些僵硬，但這是他的真誠想法。如果有個不請自來的矮人出現，連一句解釋也沒說，就把衣服掛在你家走廊中，你又會怎麼做呢？

他們還沒在桌邊坐下太久，連第三片蛋糕都還沒吃時，門鈴就傳來更大的鈴聲。

「抱歉！」哈比人說，並走向門口。

「你終於來了！」這次他本來要對甘道夫這麼說。但對方不是甘道夫。站在臺階上的，是個外表老邁的矮人，他蓄著白鬍，頭戴猩紅色兜帽。門一打開，他就跳進門內，彷彿屋主剛邀請了自己。

「原來他們已經來了。」當他瞥見德瓦林的綠兜帽掛在牆上時，便這麼說。他把自己的紅兜帽掛在綠兜帽旁，並把手放在胸膛上說：「巴林任您差遣！」

「謝謝你！」比爾博倒吸一口氣說。這不是正確的回答，但他們已經來了這句話讓他大吃一驚。他喜歡訪客，但他喜歡在對方來訪前先認識他們，也比較喜歡自己邀請對方。他有種可怕的預感，覺得蛋糕可能會用完，接著他——身為東道主，他清楚自己的責任，儘管痛苦，也得堅守崗位。就算沒有蛋糕，他還是得撐下去。

「請進，來喝點茶吧！」他在深呼一口氣後勉強說道。

「如果你不介意，我比較想喝點啤酒，好先生。」留著白鬍鬚的巴林說。「但我不介意來點蛋糕。如果你有籽蛋糕的話，就太棒了。」

「有很多呀！」比爾博訝異地發現，自己居然這麼回答。他也快步跑到酒窖裡，裝滿一品脫的啤酒，再去儲藏室拿兩塊漂亮的圓形籽蛋糕，那是他那天下午為了飯後甜點所烤的。

當他回來時，巴林和德瓦林已經在桌邊像老朋友般熱切談話（他們其實是兄弟）。比爾博在他們面前放下啤酒和蛋糕，此時門鈴再度發出巨響，接著又響了一聲。

「這次一定是甘道夫了。」當他氣喘吁吁地跑過走廊時，心裡便這麼想。但依然不是甘道夫。外頭又有兩個矮人，兩人都戴著藍色兜帽，繫了銀色腰帶，還留著黃色鬍鬚。兩人也都各帶了一袋工具和一根鏟子。等門一開始打開，他們就跳進洞內。比爾博一點都不感到訝異。

「我可以幫你們什麼忙嗎，矮人們？」他說。

「奇力任您差遣！」一名矮人說。「還有菲力！」另一個矮人補充道。他們倆摘下藍色兜帽，一起鞠躬。

「我也任您們和二位的家族差遣！」比爾博回答，這次他想起了該有的禮節。

「哎呀，德瓦林和巴林已經到了。」奇力說，「我們去加入大夥吧！」

「大夥！」袋金斯先生心想，「這可不妙。我得稍坐一下好好思考，再喝杯酒。」四個矮人環坐在桌邊，聊著礦坑、黃金與哥布林惹出的麻煩，以及龍群的掠奪，和許多比爾博聽不懂、也不想明白的事，因為這些事聽起來太像冒險了。角落中的他才剛啜飲一口酒，門鈴就再度叮咚叮咚地響起，彷彿有某個頑皮的哈比人小孩想扯下手把。

「有人在門外！」他眨著眼說。

「我覺得聽起來有四個人。」菲力說，「而且，我們在身後遠處看到他們跟上來了。」

可憐的小哈比人在走廊中坐下，用雙手捧著頭，他想知道究竟發生了什麼事，之後還會有什麼狀況，以及他們會不會留下來吃晚餐。接著門鈴又響了起來，聲音比之前還洪亮，於是他跑向門口。外頭沒有四個人，而是五個人。當他在走廊上思索時，又來了另一名矮人。他還沒轉動門把，他們就全走了進來，一個接一個地鞠躬並說「供您差遣」。他們的名字是朵力、諾力、歐力、歐音和葛羅音。很快就有兩頂紫兜帽、一頂灰兜帽、一頂棕兜帽和一頂白兜帽掛在吊鉤上，他們則把寬厚的手掌插在金色和銀色的腰帶間，大步向前加入其他人。看起來已經有一大夥人了。有些人要艾爾啤酒，有些人要波特啤酒，有個矮人要咖啡，所有人則都要蛋糕。於是哈比人忙碌了好一陣子。

爐上才剛放了一大壺咖啡，籽蛋糕就沒了，而當矮人們開始享用奶油司康餅時，傳來了一股敲擊巨響。哈比人的漂亮綠門上傳來的並非門鈴聲，而是沉重的敲擊聲。有人正用棍子敲門！

比爾博火冒三丈地沿著通道衝刺，同時感到困惑又吃驚。這是他印象中最不像樣的星期三了。他猛地拉開門，外頭的人群全跌進門口，接二連三地倒在彼此身上。又有更多矮人，這次來了四個！甘道夫站在他們身後，靠在手杖上大笑。他在漂亮的門上敲出了顯眼凹痕，也順道敲平了昨天早上他劃下的祕密符號。

「小心點！小心點！」他說，「這真不像你啊，比爾博，居然讓朋友們在門墊上乾等，然後又砰一聲開門！容我介紹畢佛，波佛，龐伯，特別是索林！」

「任您差遣！」站成一排的畢佛、波佛和龐伯說。然後他們就將兩頂黃兜帽和一頂淡綠色兜帽掛起來，還有頂縫了條銀色長流蘇的天藍色兜帽。最後這頂兜帽屬於索林，他是個位高權重的矮人。事實上，他就是索林．橡木盾本人，他跌在比爾博的門墊上，畢佛、波佛和龐伯還壓住了他，這可一點都不讓他覺得高興。而且，龐伯極度肥胖笨重。索林確實非常高傲，完全沒說任何任您差遣這種話，但可憐的袋金斯先生道了好幾次歉，最後他才咕噥道：「沒關係。」並停止皺眉。

「現在我們都到啦！」甘道夫說，一面望向成排的十三頂兜帽；這些是品質優秀的可拆式兜帽。他也把自己的帽子掛在吊鉤上。「聚在一起真開心！我希望晚來的人還有得吃喝啊！那是什麼？不了，謝謝你！我想來點紅酒。」

「我也要。」索林說。

「覆盆子果醬和蘋果塔。」畢佛說。

「百果餡餅和起司。」波佛說。

「豬肉派和沙拉。」龐伯說。

「如果你不介意的話，還要更多蛋糕、艾爾啤酒和咖啡。」其他矮人在門口喊道。

「再加幾顆蛋，好傢伙！」當哈比人沉重地走向儲藏室時，甘道夫便在他身後叫道，「把冷雞肉和醃黃瓜拿出來！」

「他們似乎和我一樣清楚我家儲藏室有什麼東西！」袋金斯先生心想，他感到手足無措，也開始覺得他家裡是否迎來了糟糕的冒險。等到他把所有瓶子、碟子、刀叉、玻璃杯、盤子和湯匙等東西疊在大托盤上時，就感到非常炎熱，並且滿臉通紅又心煩意亂。

「這些討厭的矮人！」他大聲說道。「他們為什麼不來幫忙？」哎呀！巴林和德瓦林就站在廚房門口，身後則是菲力和奇力，而在他能說刀子前，他們就迅速抓起托盤和幾張小桌子，把東西送進客廳裡，重新擺好所有東西。

甘道夫坐在大夥面前，十三個矮人則環坐周圍。比爾博坐在壁爐旁的矮凳上，啃著一塊餅乾（他已經食慾盡失），試圖把這一切當作稀鬆平常的狀況，完全不是冒險。矮人們大吃特吃，也滔滔不絕地講話，時間就這麼緩緩流逝。最後他們把椅子推回原位，比爾博則作勢要收拾杯盤。

「我猜你們都會留下來吃晚餐吧？」他用最禮貌又不咄咄逼人的語氣說。

「當然了！」索林說，「也會待到晚餐後。我們得把這件事搞到很晚，也得先來點音樂。該清理了！」

因此十二個矮人（索林不算，他的地位太高了，並且留下來和甘道夫談話）跳起身，把所有東西都疊得很高。他們立刻出發，完全不拿托盤，只用一隻手平衡成疊的盤子，每疊盤子上還有只瓶子，哈比人則在他們身後追趕，幾乎是害怕地尖叫：「拜託小心點！」和「拜託，別費心了！我可以處理。」但矮人們只開口唱道：

刮破杯子，撞碎碗盤！
敲鈍刀子，折彎叉子！
比爾博·袋金斯討厭這種事——
打爛瓶子，燒掉瓶蓋！
剪破桌巾，踏上肥油！
把牛奶灑進儲藏室！

把骨頭留在臥房地氈上！
把酒潑入每道門！
把瓦罐丟進熱碗，
拿長桿用力敲碗盤，
等你完工，卻還有好盤子，
就把它們滾進走廊哩！
比爾博・袋金斯討厭這種事！
所以啦，小心點！小心拿盤子！

他們當然沒做這些可怕的事，也快如閃電地將一切清理乾淨，並安全地把碗盤收拾整齊，哈比人則在廚房中央轉來轉去，想看清楚他們究竟在做什麼。接著他們轉身回去，發現索林把腳翹在壁爐圍欄上抽菸斗，他吐出龐大無比的菸圈，而每次當他命令菸圈離開時，菸圈就往上飄進煙囪，飄到壁爐上的時鐘後，或飄到桌下，或繞著天花板旋轉。但無論菸圈飄去哪，都不夠快到能逃離甘道夫。啵！他從短陶土菸斗中吹出更小的菸圈，直接穿過索林的每個菸圈。接著甘道夫的菸圈會變成綠色，並在飛回來後漂浮在巫師頭頂上。他頭上已經有一大股煙霧，這讓微光下的他顯得古怪又魔力十足。比爾博一動也不動地站著觀看（他熱愛菸圈），一想到昨天早上自己順風吐過小丘遠方的菸圈，他就羞紅了臉。

「來點音樂吧！」索林說，「把樂器拿出來！」

奇力和菲力奔向他們的背包，帶著小提琴回來。朵力、諾力和歐力從大衣內某處拿出長笛。龐伯從走廊裡拿了鼓來。畢佛和波佛也走到外頭，帶著他們和手杖一起擺著的單簧管回來。德瓦林和巴林說：「不好意思，我把樂器留在門廊上了。」「把我的一起拿來！」索林說。他們帶了和自己一樣大的古提琴回來，也帶了索林包在綠布中的豎琴。那是只美麗的金豎琴，當索林彈起琴弦時，音樂就立刻響起，突如其來的美妙聲響讓比爾博忘卻了其他事物，內心飄向古怪月光下的黑暗國度，不只遠離小河，也離他在小丘下的哈比洞遙遠無比。

黑暗從小丘側面的小窗口飄進房內。火光閃閃飄曳（當時是四月），他們則繼續演奏，甘道夫鬍鬚的陰影靠著牆面搖晃。

黑暗填滿房間，火光也黯淡下來，陰影隨即消失，但他們依然繼續演奏。當他們演奏樂器時，忽然一個接著一個唱起了歌，那是矮人們在古老家園的深處所唱出的低沉歌聲。以下是他們歌曲的片段，也是缺乏音樂的曲子。

跨越冰冷的迷霧山脈
前往深邃地牢與古老洞窟
我們得在黎明前出發

找尋那魔法黃金

昔日矮人編織強烈魔咒
鐵鎚如響鈴般落下
落入深邃地底，黑暗生物沉睡於此
在深崖下的空蕩廳堂中。

古老王者與精靈皇族
坐擁閃爍金庫
他們冶煉鍛造，捕捉光芒
藏入寶石與劍把

他們串起白銀項鍊
王冠懸掛燦亮星辰
蜿蜒金線納入龍焰
編織日月輝光

跨越冰冷的迷霧山脈

前往深邃地牢與古老洞窟
我們得在黎明前出發
取回我們遺忘多時的黃金

他們為自己雕製高杯
與金豎琴；他們長眠在
無人能及的深淵，也沒有人類與精靈
聽聞他們吟誦的諸多歌曲

高處松林蕭蕭，
夜裡狂風颯颯。
紅焰狂燒遍野，
焰中樹林亮如火炬。

鈴聲響徹河谷
人們抬頭，面容蒼白，
惡龍震怒猛於火
摧毀高塔與小屋。

月下群山裊裊煙，
矮人們聽聞末日腳步。
在他的腳下，在明月之下
他們逃離廳堂，步入瀕死秋日。

跨越冰冷的迷霧山脈
前往深邃地牢與古老洞窟
我們得在黎明前出發
向他奪回我們的豎琴與黃金！

當他們唱歌時，哈比人感到身上傳過一股經由巧手、智慧與魔法製作而成的美麗事物所感受到的愛。那是種激烈又充滿妒意的愛，也是矮人內心的慾望。他心中某種圖克家的部分甦醒過來，他想去看看雄偉高山，聽聽松林與瀑布的聲響，並探索洞穴，佩戴寶劍，而不是手持拐杖。群星高掛在林子頂端的黑暗天空中，他想到在黑暗洞窟中閃爍的矮人珠寶。忽然間，有道火光從小河對面的樹林裡亮起，可能是有人點亮了火堆。他則想到燒殺擄掠的火龍停駐在他平靜的小丘上，讓火舌吞噬一切。他打起冷顫，並迅速變回小丘下袋底洞平凡的袋金斯先生。

他顫抖地起身。他有點想去拿油燈，也更想假裝這麼做，再跑去躲在地窖中的啤酒桶後頭，等到所有矮人離開再出來。他突然發現音樂和歌謠都已止息，矮人們全都以在黑暗中閃爍的眼睛盯著他瞧。

「你要上哪去？」索林問，語氣似乎透露出他猜到哈比人的打算。

「要不要亮一點？」比爾博充滿歉意地說。

「我們喜歡黑暗。」所有矮人說，「黑暗才適合祕密！離黎明還有好幾個小時。」

「當然了！」比爾博說，並匆忙坐下。他沒找到凳子，於是坐在壁爐護欄旁，還砰的一聲撞倒了撥火棍和鏟子。

「噓！」甘道夫說，「讓索林說話！」以下就是索林所說的內容。

「甘道夫，矮人們和袋金斯先生！我們在友人、同夥的家中同聚，也就是這位優秀大膽的哈比人。願他腳趾上的毛永不脫落！讚美他的葡萄酒和啤酒！」他停下來換氣，同時等待哈比人的禮貌回應。但比爾博．袋金斯完全摸不著頭緒，當索林稱他「大膽」時，他抗議般地猛搖嘴巴；最糟的是，對方還叫他「同夥」。儘管他沒說出半句話，卻感到困惑不已。於是索林繼續說：

「我們來此共同討論我們的計畫、方式、手法、方針和詭計。天亮前不久，我們就會迅速展開漫長旅程。在這趟旅程中，我們之中有些人，或是所有人（除了我們的朋友與顧問：技藝高超的巫師甘道夫）或許永遠無法歸來。這是個肅穆的時刻。我想，我們都清楚我們的目標。對受人敬重的袋金斯先生而言，或許還有一兩個比較年輕的矮人（我想這裡指的是奇力和菲力），當下的狀況或許需要一點簡短解釋……」

這就是索林的風格。他是個位高權重的矮人。如果他有時間，可能就會繼續長篇大論，直到他喘不過氣，卻完全沒提到在場有人不曉得的事。但有人粗魯地打斷了他。可憐的比爾博再也忍受不住了。一聽到「或許永遠無法歸來」，他就開始感到體內湧上一股尖叫的衝動，並迅速放聲大叫，聽起來就像開出隧道的火車頭尖鳴。所有矮人都跳起身來，還撞翻了桌子。甘道夫在魔杖一端點亮了藍光，而在煙火般的強光中，眾人看到可憐的小哈比人跪在爐前地毯上，像融化的果凍般顫抖。接著他倒在地板上，不斷叫著：「被閃電打到啦，被閃電打到啦！」有很長一段期間，他們從他嘴裡只能聽到這段話。於是他們扶起他，把他擺在客廳沙發上，並在他手肘旁放了杯酒，眾人再回去講他們的祕密。

「容易興奮的小傢伙。」當他們再度坐下時，甘道夫便說，「偶爾有些奇怪的小毛病，但他是最厲害的高手之一，確實是人中翹楚——和被逼到絕境的巨龍一樣凶狠。」

如果你看過被逼到絕境的巨龍，就會明白這對任何哈比人而言，都只是誇飾。就算是老圖克的曾曾叔公吼牛也一樣，他長得人高馬大（對哈比人而言），甚至還能騎馬。他在綠原之戰（Battle of the Green Fields）中衝進葛拉姆山的哥布林大軍中，用木棒把他們的國王高爾芬布的頭打得老遠。頭顱在空中飛了一百碼後才掉進兔子洞，因此他打贏了戰役，也同時發明出高爾夫球。

不過在此同時，吼牛性格溫和的後代正在客廳中緩緩復甦。過了一會兒，又喝了杯酒後，他緊張地走到接待室門口。他聽到葛羅音這麼說：「哼！」（或是這類的哼聲）「你們覺得他行嗎？甘道夫說這哈比人凶狠是一回事，但那種興奮尖叫會吵醒惡龍和他所有親戚，害我們全都送命。我想，與其說是興奮，聽起來還更像害怕！其實，要不是因為門上的標記，我會肯定我們來錯了地方。一看到那小傢伙在地毯上發抖喘氣，我就起疑心了。他看起來像是雜貨店老闆，不像夜賊啊！」

接著袋金斯先生轉動門把並走進房內。圖克家的血統戰勝了。他忽然覺得自己願意犧牲床鋪和早餐，讓別人覺得他性格強悍。「那小傢伙在地毯上發抖喘氣」這句話幾乎讓他勃然大怒。之後有許多次，他內心的袋金斯家血統對現在的行為感到後悔，他也對自己說：「比爾博，你是個蠢蛋。你一頭衝進麻煩裡了。」

「不好意思，」他說，「我偷聽到你們說的話。我不會假裝自己理解你們在談的事，也不清楚你們口中的夜賊是什麼，但我想我沒猜錯的是，」（他自認這是自己擺架子的模樣）「你們覺得我不夠格。你們等著瞧。我的門上沒有標記，它一週前才上過漆。我也很確定你們找錯了屋子。我一看到你們可笑的臉出現在門口時，就已經心存質疑了。但就當你們來對了地方吧。把你們想做的事告訴我，就算我得從這裡走到極東以東，在最後沙漠和野生偽龍打鬥，我也會嘗試看看。我曾有個名叫吼牛．圖克的曾曾曾叔公，還……」

「好，好，但那是很久以前的事了。」葛羅音說，「我說的是你。我向你保證，這扇門上確實有個標誌，那是業界常見的符號，以前是這樣沒錯。『夜賊想找好工作，找尋大量刺激和合理獎賞』上頭通常這麼寫。如果你喜歡的話，也可以說『專業寶藏獵人』而不是『夜賊』。有些人喜歡這種頭銜。對我們來說沒有差別。甘道夫告訴我們說，這一帶有這種人想立刻找個工作，他也安排好在這星期三的午茶時間來這裡見面了。」

「門上當然有記號。」甘道夫說，「是我親自刻上去的。理由非常優秀。你們要我為你們的探險找到第十四名成員，我則選了袋金斯先生。只要再有一個人說我選錯人或屋子，你們就可以繼續保持十三人的人數，盡情享用各種惡運，或是回家去挖煤。」

他怒氣沖沖地瞪著葛羅音，使那名矮人縮回座椅上。當比爾博想開口問問題時，甘道夫轉身對他皺了眉，還揚起茂密的眉毛，直到比爾博緊緊閉上嘴巴。「很好。」甘道夫說，「別再爭執了。既然我選了袋金斯先生，你們就應該接受。如果我說他是**夜賊**，他就是**夜賊**，或等時機到來就好。他身上有你們猜不出的特質，他自己也遠遠不清楚這點。未來你們（可能）都會感謝我。現在呢，比爾博，好孩子，去拿燈來，我們需要用點光來看這東西！」

在紅色大油燈的光芒中，他把一張看似地圖的羊皮紙攤在桌上。

「這是索洛爾所繪製的地圖，他是你的祖父，索林。」他說，一面回答了矮人們興奮的問題，「這是山城的結構圖。」

「我看不出這能幫上我們什麼忙。」瞥了一眼後，索林便失望地說，「我熟知山城和周圍地帶。我也清楚幽暗密林在哪，和巨龍繁衍的凋謝荒地位置。」

「山城上有個紅色的巨龍標記，」巴林說，「但如果我們成功抵達的話，那不需要標記，就能輕鬆找到牠了。」

「你們還沒注意到一個地點。」巫師說，「也就是祕密入口。你們看到西側的符文，以及從其他符文指向它的手了嗎？它指出通往下層廳堂的隱藏通道。」（看看本書開頭的地圖，你就會看到符文。）

「那或許一度是祕密。」索林說，「但我們怎麼知道那裡還算密道？老史矛格住在那夠久了，早就發現那些洞穴裡的所有祕密了。」

「或許吧，但牠有很多年沒使用過它了。」

「為什麼？」

「因為它太小了。符文說：『門高五呎，三人可同行』，但史矛格無法鑽進那麼小的洞口，就連牠還是條年輕飛龍時也沒辦法，在吞食過這麼多矮人和河谷城人民後，當然更不可能通過了。」

「我覺得那看起來像個大洞。」比爾博尖聲說道（他沒遇過龍，也只見過哈比人洞穴）。他再度變得興奮又滿懷興趣，因此忘了閉上嘴巴。他熱愛地圖，在走廊中也掛了一幅周圍鄉間的地圖，上頭用紅色墨水標出了所有他最喜歡的散步地點。「除了巨龍以外，要如何在外頭所有人面前隱藏這麼大的門？」他問。你得記好，他只是個小哈比人。

「有很多方式。」甘道夫說，「但不親眼見識的話，我們就不曉得隱藏這道門的方式。從地圖上的說法看來，我猜有道閉鎖的門，特製的外表看起來和山壁一模一樣。這是矮人的常見手法，我想沒錯，對吧？」

「一點也沒錯。」索林說。

「而且，」甘道夫繼續說，「我忘了提到這張地圖還附有一把特別的小鑰匙。在這裡！」他說，並把一根有長把手和複雜設計的銀製鑰匙遞給索林。「好好保管它！」

「這是當然。」索林說，他把鑰匙繫在脖子上掛著的精緻項鍊上，再把它塞進外套底下。「現在局勢看起來更有希望了。這件消息改善了狀況。到目前為止，我們都還不曉得該怎麼做。我們想過要盡可能低調謹慎地往東方走，盡量抵達長湖。在那之後，麻煩就會開始……」

「照我對往東道路的理解，得花上很長一段時間才能抵達。」甘道夫打岔道。

「我們可以從那裡沿著狂奔河順流而上，」索林毫不在意地繼續說，「然後抵達河谷城的廢墟——那是當地山谷中的老城鎮，坐落在山峰的陰影下。但我們沒人想嘗試走前門。河流直接從前門中流出，穿過山峰南邊的巨崖，巨龍也會從中竄出。他太常走這條路，除非他改變了習慣。」

「那一點都不好。」巫師說，「除非我們有個高強戰士，或甚至是英雄。我嘗試找一個來，但戰士們忙著在遙遠國度對抗彼此，這附近的英雄也相當罕見，或根本不見蹤影。這一帶的劍刃大多已經變鈍，斧頭也只用來砍樹，盾牌還被拿來當搖籃或鍋蓋。龍族也遙不可及（因此使牠們成了傳奇生物）。所以我才選擇偷竊——特別是當我想起有側門存在後。所以，我們的小朋友比爾博．袋金斯就此登場，他就是夜賊，也是雀屏中選的盜賊。現在呢，我們趕快安排計畫吧。」

「好吧，」索林說，「專業夜賊應該可以給我們一點想法或建議。」他假惺惺地轉向比爾博。

「首先，我想多了解一點情況。」他說，心裡覺得大惑不解又有些害怕，但目前圖克家的血統依舊堅持繼續下去。「我指的是黃金和巨龍等等的事。黃金是怎麼到那去的？又屬於誰？還有諸如此類的問題等等。」

「老天啊！」索林說，「你沒看到地圖嗎？而且你沒在聽我們的歌啊？我們不是講這件事好幾小時了嗎？」

「總之，我想弄清楚所有細節。」他頑固地說，態度變得正經八百（通常只對試圖向他借錢的人擺出這種臉色），並盡全力表現得睿智謹慎又專業，以符合甘道夫的推薦。「我也想了解風險、花費成本、需要的時間和報酬等等。」他的意思是指：「我會得到什麼？我會活著回來嗎？」

「好吧。」索林說，「很久以前，在我的祖父索洛爾的時代，我們的家族從遙遠的北方遭到驅逐，並帶著他們所有財富和工具來到地圖上的這座山。我的遠祖老索藍[3]發現了這座山，而他們則在裡頭採礦和挖隧道，並建造出雄偉廳堂和工坊；而且，我相信他們也找

---

3 譯注：Thrain the Old，第一任山下國王索藍一世（Thráin I）的綽號（第三紀元一九三四年至二一九〇年）。當他的父親奈恩一世（Náin I）於一九八一年在墨瑞亞遭到炎魔殺害後，索藍便帶著都靈一族踏上流亡生活，直到他在一九九九年於伊瑞柏建立了山下王國。索林的父親為索藍二世（Thráin II）（第三紀元二六四四年至二八五〇年）。

到許多黃金與大量珠寶。總之，他們變得富裕而知名，我的祖父則再度成為山下國王，住在南邊的凡人們極度崇敬他。這些人類逐漸往狂奔河上游擴散，地盤遠至山峰陰影下的山谷。在那些日子裡，他們打造了快樂的河谷城。國王們經常雇用我們的鐵匠，就連技術最差的人，也能獲得豐厚獎賞。父親們懇求我們收他們的兒子們為徒，也會付我們高昂費用，特別是食物補給品，因此我們從來不需自己栽種作物或覓食。我們過上了一段好日子，而我們中最貧窮的成員也有錢能花用或借人，還有閒暇時間而製作美麗的東西，就只為了好玩。更別提那些驚人的魔法玩具，現在在世界上已經找不到同樣的東西了。我祖父的廳堂中擺滿甲冑、珠寶、雕刻與杯盞，河谷城的玩具市場則成為北方的奇景。

「這肯定是引來巨龍的原因。你知道，龍族會到處從人類、精靈與矮人手中盜竊黃金與珠寶。只要牠們還活著，就會死守戰利品（除非牠們被殺，不然就永遠不會死），但連一丁點小東西都不懂得欣賞。牠們完全無法分辨物品好壞，但牠們通常清楚當前市價。牠們不會自行製作物品，就連修理稍微鬆動的鱗甲都不會。當時在北方有很多龍，由於矮人逃向南方或遭到殺害，當地的黃金可能變得少之又少，而龍族引發的燒殺擄掠情況也越趨惡化。有條特別貪婪強壯又歹毒的巨龍，名叫史矛格。有天牠飛上天空，並來到南方。我們率先聽到的，是一股源自北方的颶風般巨響，山峰上的松樹則在風中搖曳哀鳴。有些矮人剛好在外頭（幸好我是其中之一，當時我是個愛好冒險的年輕人，老是在外頭晃蕩，那天也因此救了自己的命），我們從遠方就看到惡龍吐出一大口火焰，並落在我們的山上。接著牠飛下山坡，而當牠抵達樹林時，林子就燒起大火。此時河谷城所有大鐘都響了起來，戰士們也集結備戰。矮人們衝出大門，但惡龍就在門口等待他們。沒有人從那條路生還。河流冒出蒸氣，迷霧也籠罩河谷城。霧氣中的巨龍撲向人們，殺害了大部分戰士。這是典型的悲劇，在當年經常發生。接著牠轉身爬回前門，並從所有廳堂、走廊、隧道、巷弄、地窖、豪宅和通道中驅逐所有人。之後山裡再也沒有活著的矮人，牠則奪走了他們的財富。牠可能將所有珍寶在山裡堆成一座小山，再把它當床睡，因為那就是龍族的生活方式。之後牠常爬出大門，在夜裡來到河谷城，並抓人食用（特別是處女），直到河谷城徹底毀滅，所有人不是死了就是逃走。我不清楚當地現在的狀況，但我認為除了長湖遠處邊緣外，沒有人住在靠近山峰的地方。

「我們少數待在外頭的人躲了起來，並坐下來哭泣，也咒罵著史矛格。出乎意料的是，我父親和祖父帶著焦黑的鬍鬚加入了我們。他們神情嚴肅，也沒有多說什麼。當我問他們如何逃走時，他們就要我安靜，並說等到時機恰當時，我就會知道。之後我們就離開，也得盡可能在各地工作維生，經常得低聲下氣地做鐵匠活，甚至是挖礦。但我們從未遺忘遭竊的寶藏。到了現在，儘管我們已經有了一筆財產，生活也不太差，」此時索林摸了摸脖子上的金鍊。「我們還是打算奪回寶藏，並對史矛格展開復仇——如果我們辦得到的話。

「我經常對我父親和祖父的脫逃感到好奇。我現在明白，他們一定有某種只有他們知道的私人祕門。但他們顯然做了張地圖，我也想知道甘道夫怎麼拿到地圖，地圖又為何沒有傳到我這個正統繼承人手上。」

「我沒有『拿到地圖』，是有人給我的。」巫師說，「你記得，你的祖父索洛爾在墨瑞亞礦坑遭到哥布林阿索格殺害。」

「那該死的名字，對，我記得。」索林說。

「你父親索藍在四月二十一日離開，也就是一百年前的上星期四，之後你再也沒有看過他……」

「沒錯，沒錯。」索林說。

「這個嘛，你父親把地圖交給我，要我轉交給你。如果我自行選擇了交付它的時間與方式，你也很難怪我，畢竟我花了很大工夫才找到你。當你父親給我地圖時，他幾乎不記得自己的名字，也從來沒把你的名字告訴我。所以整體而言，我想我該得到讚美和謝意！東西在這裡。」他說，一面把地圖遞給索林。

「我不明白。」索林說。比爾博覺得他自己也想說一樣的話。這段解釋似乎什麼都沒說清楚。

「你的祖父，」巫師緩慢嚴肅地說，「在前往墨瑞亞礦坑前，把地圖交給他兒子保管。當你的祖父遭到殺害後，你父親就帶著地圖去碰運氣。他經歷了許多可怕的冒險，但他從來沒靠近那座山。我不曉得他如何抵達該處，但當我發現他時，他是死靈法師地牢中的囚犯。」

「你在那裡做什麼？」索林打了個冷顫問道，所有矮人也發起抖來。

「別多管了。和往常一樣，我在找尋真相；那可是危險無比的經驗。即便是我甘道夫，也是在千鈞一髮的狀況下逃出生天。我試圖救你父親，但為時已晚。他神智不清，還到處遊蕩，幾乎遺忘了地圖和鑰匙之外的一切。」

「我們很久以前曾報復墨瑞亞的哥布林。」索林說，「我們得思考怎麼處理死靈法師。」

「別傻了！他是遠遠超過所有矮人力量的敵人，就算矮人們能從世界的四個角落再度聚首也一樣。你父親唯一希望的，是讓他兒子閱讀地圖並使用鑰匙。對你而言，惡龍和那座山已經是夠艱困的任務了！」

「說得好，說得好！」比爾博說，意外地把這句話說得太大聲了。

「說什麼？」其他人說道，並轉身看他，他則慌亂地回答：「聽我要說的話！」

「你要說什麼？」他們問。

「這個嘛，我覺得你們該去東方好好看看。畢竟那裡有道祕門，我想龍族有時也得睡覺。如果你們在門階上坐得夠久，八成就會想出辦法。而且，我想我們今晚談得夠久了。何不上床睡覺，明天提早出門呢？你們出發前，我會幫你們準備好早餐。」

「我想你說的是我們出發前吧。」索林說，「你不就是夜賊嗎？坐在門檻上不也是你的工作嗎？更別提還得進門去了。但我同意你對上床睡覺和早餐的想法。展開旅程前，我喜歡吃六顆蛋配火腿——用煎的，不要水煮，還得注意別把蛋弄破。」

所有人點過早餐，卻連一個請字都沒說後（這讓比爾博感到非常惱怒），他們便全部起身。哈比人得幫所有人找房間，他用上家中所有空房，還在椅子和沙發上鋪了床，再安頓所有人，之後他才疲憊又不開心地回到自己的小床。他下定決心，不要太早起床做所有人的早餐。圖克家的血統已經慢慢冷卻，他也不太確定自己早上會踏上任何旅程。

當他躺在床上時，能聽到索林在隔壁最好的臥房中自己哼歌：

跨越冰冷的迷霧山脈
前往深邃地牢與古老洞窟
我們得在黎明前出發
取回我們遺忘多時的黃金

比爾博耳中的歌聲使他陷入昏睡，也讓他產生非常不舒服的夢境。當他醒來時，已經是破曉很久之後的事了。

第二章——

烤羊肉

比爾博跳了起來，穿上睡袍就走進餐廳。他沒在裡頭看到任何人，只發現一頓急促大型早餐的跡象。房裡嚇人地亂成一片，廚房裡還有一堆沒洗的碗盤。他擁有的每件鍋碗瓢盆似乎都被使用過。洗碗過程令人感到絕望般地真實，這使比爾博被迫相信，前晚的宴會並不如他所希望的只是惡夢中的一部分。不過當他想到矮人們全都自行離開，甚至沒有叫醒他後，就鬆了一口氣（「但連一句謝謝都沒說。」他想）。但他不知怎地感到一絲失望。這種感覺讓他感到訝異。

「別傻了，比爾博．袋金斯！」他對自己說，「你都這年紀了，還在想巨龍和無稽之談！」於是他穿上圍裙，生了火，把水煮沸，並開始洗碗。接著他在廚房裡吃了些美味的早點，之後才離開餐廳。此時太陽已經高掛空中，溫暖的春風則飄入敞開的前門。當他在餐廳中坐下，準備在窗口旁再次享用一點早餐時，甘道夫就走了進來。

「我親愛的朋友，」他說，「你什麼時候要過來？不是說要提早出門嗎？已經十點半了，你居然還在吃早餐之類的東西！他們留了話給你，因為他們等不下去了。」

「什麼話？」可憐的袋金斯先生慌張地說。

「老天爺呀！」甘道夫說，「你今天早上一點都不正常——居然還沒打掃壁爐！」

「那有什麼關係？光是洗十四人分的碗，就夠我累了！」

「如果你打掃過壁爐，就會在時鐘下發現這個。」甘道夫說，一面把一張紙條遞給比爾博（自然是寫在他自己的筆記紙上）。

他看到的內容如下：

索林一夥向夜賊比爾博致敬！我們向您的招待致上最誠摯的謝意，也感激地接受您的專業協助。條件：事成付款，最高不超過總利潤的十四分之一（如果成功的話）。我們保證負擔所有旅行開銷。如果意料之外的事情發生，我們或我們的代表人會支付喪葬支出。

由於我們認為不必打擾您休息，便提前做出必要準備，也會在十一點整於臨水的綠龍旅店等待您。希望您準時抵達。

索林一夥誠摯敬上

「你只剩下十分鐘。你得用跑的。」甘道夫說。
「但是……」比爾博說。
「沒時間了。」巫師說。
「但是……」比爾博又說。
「那也沒時間了！快出發！」
比爾博一輩子都不記得自己出去時，怎麼會沒有帽子、手杖或任何錢，或是他平常出門時會隨身攜帶的東西。他還沒吃完第二頓早餐，也沒打理自己，就把鑰匙塞進甘道夫手中，並用毛茸茸的雙腳盡力沿著小徑衝刺，跑過大磨坊，穿過小河，再往前衝了一哩左右。
當他剛好在十一點前抵達臨水時，就已氣喘吁吁，也發現自己沒帶手帕！
「太棒了！」站在旅店門口等他的巴林說。
此時其他矮人繞過村莊的道路轉角。他們騎著小馬，每匹小馬上掛著各種行李、布袋、包裹和雜物。裡頭有匹特別嬌小的小馬，顯然是給比爾博騎的。
「你們倆快上馬，我們就出發了！」索林說。
「真抱歉，」比爾博說，「但我沒戴帽子，也忘了拿手帕，而且還沒帶錢。一直到十點四十五分，我才看到你的字條。」
「不用那麼準時，」德瓦林說，「也不用擔心！抵達旅程終點前，你不需要手帕，也不會用到多少東西。至於帽子呢，我的行李內有頂備用的兜帽和斗篷。」
在五月前的某個晴朗早晨，他們就此騎著滿載行囊的小馬出發了。比爾博穿著德瓦林借他的暗綠色兜帽（有點老舊）和斗篷。它們對他而言都太大了，他看起來有些滑稽。我不敢想像他父親邦哥會怎麼看待他這副模樣。他唯一的安慰，是不會有人把他誤認成矮人，因為他沒有鬍鬚。

他們還沒騎得太遠，甘道夫就英姿颯爽地駕著白馬出現。他帶了許多手帕來，加上比爾博的菸斗和菸草。之後大夥便開心地出發，整天騎馬前行時，他們都在講故事或唱歌，除了停下來用餐的空檔外。這些用餐時間沒有比比爾博預期得多，但他依然開始覺得冒險沒那麼糟。

剛開始他們穿過哈比人的土地，好心的人們居住在這塊備受尊崇的地區，當地的道路良好，還有一兩家旅店，三不五時也會有個矮人或農夫為了辦事而經過。接著他們來到當地人口音古怪的地帶，比爾博也從來沒聽過這些人唱的歌謠。他們隨後進入孤地，該地沒有人煙，也沒有旅店，路況也越趨惡劣。前方不遠處有淒涼的山丘，高度越來越高，還長滿漆黑的樹木。有些山丘上有外形陰森的古堡，彷佛是由邪惡勢力所打造。因為當天的天氣產生惡劣變化，一切看起來死氣沉沉。大部分時間裡，天氣就和美好故事中的五月一樣晴朗，現在卻變得冰冷潮溼。一行人被迫在孤地紮營，但至少營地是乾的。

「想想都快六月了。」比爾博埋怨道，他在其他人身後撲通作響地踩著泥濘步道。午茶時間已經過了。當時整天都下著傾盆大雨。他的兜帽把水滴入他眼裡，斗篷也吸飽了水。小馬疲憊不堪，還因踩到石塊而絆倒。其他人脾氣太差，一點都不想講話。「我確定雨水已經滲進乾衣服和食物袋裡了。」比爾博心想，「夜賊之類的事真煩！真希望我待在舒適小洞裡的火爐旁，沸騰的水壺還開始叫出聲！」這可不是他最後一次這麼想！

矮人們繼續緩緩前進，完全不轉彎或理睬哈比人。躲在灰雲後某處的太陽肯定已經落下，因為當他們走入某處谷底有河流的深谷時，天色已經變黑。風勢變得強勁，河岸兩側的柳樹也被吹得彎曲，並發出歎息聲。幸運的是，道路穿過一道古老石橋，因雨水而高漲的河流，則從北方的丘陵與山脈中沖刷而下。

當他們渡過河流時，已經幾乎入夜了。強風吹碎了灰色雲層，四處漫遊的月亮，出現在山丘頂端，位於飄散的雲朵之間。接著他們停下腳步，索林嘀咕起晚餐的事：「而且我們該去哪找乾爽的地方睡覺？」

這時他們才注意到甘道夫不見了。他和他們走了這麼長一段路，從來沒提過自己是否會參與冒險，或只是陪他們走一陣子。他吃得最多，話說得最多，也笑得最多。但現在他絲毫不見人影。

「正好在巫師最派得上用場的時候！」朵力和諾力呻吟道（他們認同哈比人對規律餐點抱持的看法：多量多餐）。

他們最後決定要在原處紮營。他們移動到一叢樹林間，儘管樹下較為乾燥，強風卻把雨水從葉片上吹落，不斷落下的水滴十分惱人。矮人們幾乎在任何地點，都能用各種工具生火，無論有沒有風都沒差。但他們當晚生不起火，就連對生火特別拿手的歐音和葛羅音也辦不到。

接著其中一匹小馬毫無來由地受到驚嚇，並拔腿就跑。在大夥抓住牠前，牠就衝進河裡。而在他們把牠拉上岸前，奇力和菲力就差點淹死了，而小馬扛著的所有行李也都遭到沖走。裡頭裝的自然大多是食物，只剩下少許能供應晚餐的量，早餐就別提了。

他們陰鬱又溼漉漉地坐下，一面咕噥著，歐音和葛羅音則繼續試圖生火，還為此吵了起來。正當比爾博悲傷地思索，覺得冒險並不老是在五月陽光下騎小馬時，總是擔任哨兵的巴林就說：「那裡有光！」遠處有座上頭長了些樹的丘陵，樹林中有些部分還相當茂密。他們從漆黑的樹林中看見明亮的光芒，那是道看起來令人安心的紅光，有可能來自閃爍的火堆或火炬。

當他們望著光芒看了一陣子後，就開始爭執。有些人說「不」，有些則說「好」。有些人說可以只去看看，畢竟做什麼都比只有些許晚餐和一丁點早餐，以及整晚穿溼答答的衣服更好。

其他人說：「我們不太熟悉這些地帶，這裡也太靠近山區了。旅人們現在很少走這條路。舊地圖毫無用處：一切都變糟了，道路也無人看守。這附近的人幾乎沒聽過國王，而且只要不好奇，就不太會惹上麻煩。」有些人說：「畢竟我們還有十四個人。」其他人說：「甘道夫上哪去了？」每個人都重述了這句話。接著雨勢變得更大，歐音和葛羅音也打起架來。

大夥下了決定。「畢竟，我們還有個夜賊。」他們說。於是他們就此出發，領著他們的小馬們（態度小心翼翼）走向光源。他們來到山丘旁，很快就走進樹林中。他們爬上山丘，但看不到任何能走的路徑，像是通往屋舍或農場的道路。當他們在伸手不見五指的黑暗中穿越樹林時，便發出響亮的喀滋騷動聲（加上不少抱怨和咒罵）。

忽然間，紅光在不遠處前方的樹幹之間變得格外明亮。

「夜賊該上場了。」他們說，指的是比爾博。「你得去弄清楚那道光的底細，還有它出現的原因，也得看看一切是否安全正常。」索林對哈比人說，「快去吧，如果一切都沒事，就趕快回來。如果有問題，就盡可能趕回來！如果你沒辦法逃跑，就學東倉鴞咕咕叫兩聲，再學鳴角鴞叫一聲，我們就會想辦法幫你。」

比爾博還沒解釋自己根本沒辦法學任何貓頭鷹叫，就被迫上路。但總而言之，哈比人能在樹林中安靜地移動，過程毫無聲響。他們對此感到自豪，比爾博一路上不只埋怨了「這些爛矮人差事」一次，但我不覺得你我在起大風的夜晚會注意到任何事，就算整隊騎兵在兩呎外經過也一樣。當比爾博拘謹地走向紅光時，我覺得連黃鼠狼都不會因此抖動鬍子。所以，他自然在沒有驚動任何人的狀況下，順利抵達火邊——那確實是座火堆。以下是他看到的光景。

三個龐大無比的人形生物坐在巨大的山毛櫸火堆旁。他們正用長樹枝烤羊肉，並舔掉手上的肉汁。周圍飄來一陣令人垂涎三尺的香味。旁邊還有一桶好酒，他們則拿水罐裝酒喝。但他們是食人妖。當然是食人妖了。就連生活養尊處優的比爾博，都看得出這點：他們厚重的大臉、體型和雙腿的形狀，更別提他們的用語了，那一點都不是該在客廳中講的體面語言。

「昨天吃羊肉，今天吃羊肉，該死，明天八成又要吃羊肉了。」其中一隻食人妖說。

「我們好久沒吃人肉了。」第二隻食人妖說，「威廉到底在想啥？居然把我們帶來這一帶，我真搞不懂——而且啊，酒快要喝光了。」他說，一面輕推威廉的手肘，對方正拿著水罐喝酒。

威廉嗆到了。「閉上尼的嘴！」一等他恢復，他就立刻說道，「尼別以為會有人會停在這裡，就為了給你和伯特吃。自從我們下山後，尼們倆就吃了一個半村莊。尼們還要吃多少？以前啊，光是吃點這種肥美的山羊肉，尼們就會說：『薛薛尼比爾』。」他咬了一大口自己正在烤的羊腿，並用袖管擦抹嘴唇。

對，恐怕這就是食人妖的習性，即便是只有一顆頭的品種也一樣。聽到這一切後，比爾博應該立刻做出因應措施。他要不該安靜地回去警告他朋友們，說有三隻體型龐大、脾氣火爆的食人妖在附近，很可能會試圖抓矮人或小馬來烤，以便換點口味；要不他就該快點偷點東西。一流的傳奇夜賊此時會去扒竊食人妖的口袋（如果辦得到的話，幾乎都能滿載而歸），再摸走肉叉上的羊肉，也盜走啤酒，並在對方絲毫沒有注意到的狀況下溜走。手法更實際但比較沒有職業驕傲的夜賊，可能會在食人妖發現前，就把匕首插在他們身上。接著夜晚就輕鬆多了。

比爾博清楚這點。他在書上讀過很多自己從沒見過或做過的事。他感到非常緊張，也感到作嘔。他希望自己待在百哩之外，但是——他無法兩手空空地回去找索林一夥人。所以他站在陰影中猶豫不決。從他聽說過的扒竊過程中來看，扒食人妖的口袋似乎是最不困難的事，因此最後他悄悄躲到威廉身後的一棵樹之後。

伯特和湯姆走到木桶邊。威廉又喝了一杯酒。接著比爾博鼓起勇氣，把小手伸進威廉碩大的口袋裡。裡頭有只錢包，對比爾博而言和布袋一樣大。「哈！」他想，當他小心翼翼地拿出錢包時，就對自己的新工作逐漸感到熟練。「這是個新開始！」

確實沒錯！食人妖的錢包總會搞鬼，這只錢包也不例外。「呃，你是誰？」它在離開口袋時尖聲叫道。威廉立刻轉身，並在比爾博躲回樹後前，就抓住他的脖子。

「天啊，伯特，看看我抓到什麼了！」威廉說。

「那是什麼？」其他食人妖走了過來。

「誰知道！尼是什麼東西？」

「比爾博．袋金斯，夜——哈比人。」可憐的比爾博說，他全身發抖，思索該如何在他們把自己掐死前，先發出貓頭鷹的叫聲。

「夜哈比人？」他們有點訝異地說。食人妖的反應很慢，也會對任何新事物抱持疑心。

「夜哈比人跟我的口袋有啥關係？」威廉說。

「尼可以煮他們嗎？」湯姆說。

「尼可以試試看呀。」伯特說，一面拿起一把肉叉。

「等他剝皮去骨後，」威廉說，他已經吃過大餐了，「連一口都塞不滿啦。」

「或許附近還有像他一樣的東西，我們就能做個派。」伯特說，「喂，森林裡還有尼的同伴嗎，骯髒的小兔子？」他看著哈比人毛茸茸的腳說。他抓住比爾博的腳，上下顛倒地搖晃他。

「對，有很多。」比爾博說，這時他才想起不該洩漏朋友們的行蹤。「沒有，一個都沒有。」他隨後立刻說道。

「尼是什麼意思？」伯特說，並立刻把他抬高，這次抓起了他的頭髮。

「我說的是……」比爾博喘著氣說。「拜託別拿我去煮，好心的大爺們！我自己是個好廚師，煮的也比我煮起來好吃，你們懂我的意思嗎？只要你們不拿我當晚餐，我就幫你們煮頓超棒的早餐。」

「可憐的小傢伙。」威廉說。他已經吃夠了晚餐，還喝下不少啤酒。「可憐的小傢伙！讓他走吧！」

「在他說清楚很多和一個都沒有前，休想！」伯特說。「我不想讓喉嚨在睡覺時被割開！用火烤他的腳趾，直到他開口！」

「不准動手。」威廉說。「是我抓到他的。」

「你是個胖蠢蛋，威廉。」伯特說。「晚上我就這樣說過了。」

「你才是笨蛋！」

「不准你這樣說，比爾．哈金斯[1]！」伯特說，一面往揮拳打向威廉的眼睛。

一場激烈打鬥隨之爆發。當伯特把比爾博丟到地上後，在食人妖們如惡犬般互毆，還大聲地用各種符合他們的髒話叫囂時，他就勉強帶著僅存的理智爬離食人妖腳邊。他們很快就緊抓住彼此的手臂，還幾乎翻滾到火堆旁，一邊又踢又踩，湯姆則拿了根樹枝敲他們倆，要他們冷靜下來——這當然只讓他們更火大。

比爾博原本該趁機逃跑。但伯特的大掌幾乎擠扁了他可憐的小腳，他也喘不過氣，還感到暈頭轉向。因此他花了一會兒倒在地上喘氣，位置剛好在火光圈之外。

就在這番打鬥之間，巴林走了過來。矮人們在遠處聽到噪音，等待比爾博回來、或學貓頭鷹叫一段時間後，他們就一個接一個悄悄走向火光，腳步盡可能地安靜。湯姆一看到巴林走進亮光中，就發出難聽的嚎叫聲。食人妖非常厭惡（沒煮過的）矮人。伯特和比爾立刻停止打架，並說：「拿布袋來，湯姆，快！」巴林還在想比爾博究竟在這陣騷動中待在何處，還來不及察覺當下狀況，有只布袋便套上他的頭，使他跌倒在地。

「還有更多矮人會來，」湯姆說，「除非我完全搞錯了。果然是很多和一個都沒有。」他說，「沒有夜哈比人，但有很多矮人在這。情況就是這樣！」

「我想你說對了。」伯特說，「我們最好離開亮光。」

他們就這麼做了。他們手裡拿著原本用來裝羊肉和其他戰利品的布袋，躲在陰影中伺機而動。當每個矮人吃驚地走來看火堆、打翻的酒罐和咬過的羊肉時，碰！臭味撲鼻的布袋就會套上他的頭，害他倒在地上。德瓦林很快就倒在巴林身旁，菲力和奇力一同倒下，朵力、諾力和歐力擠成一堆，歐音、葛羅音、畢佛、波佛和龐伯則用不舒服的姿勢堆疊在

——

1　譯注：Bill Huggins，英文中「比爾」為「威廉」的暱稱。

火邊。

「他們這樣才會學乖。」湯姆說，因為畢佛和龐伯惹出很多麻煩，還發狂般地掙扎，遭到圍堵的矮人都會這麼做。

索林最後才來——他也沒有措手不及地被抓。他來的時候，就已經預料到有問題，也不須看到他朋友們從布袋下伸出的腿，就知道事情出了差錯。他站在一段距離外的陰影中，說：「怎麼回事？誰打倒了我的族人們？」

「是食人妖！」樹木後的比爾博說。他們完全遺忘了他。「他們拿著布袋躲在灌木叢裡！」

「喔！是嗎？」索林說，在食人妖們撲向他時，他就往前跳到火堆邊。他拿起一根末端燒著大火的樹枝，而伯特在閃開前，就被樹枝那頭戳中了眼睛。這害他脫離了戰鬥一下。比爾博盡力而為。他抱住湯姆的腿——他努力抱住，因為對方的腿粗得和小樹幹一樣。但當湯姆把火花踢向索林臉上時，比爾博就被甩飛到灌木叢頂端。

湯姆因此害樹枝打中自己的牙齒，還掉了顆門牙。我可以告訴你，那讓他痛得哀嚎。但就在此刻，威廉從後頭撲來，把一只布袋直接套到索林頭頂，一路包住他的腳趾。戰鬥就此結束。他們陷入了大麻煩：所有人都被牢牢地綁在袋中，三隻氣急敗壞的食人妖（兩隻身上還有燙傷和挫傷）坐在他們身旁，爭論究竟該緩緩烤熟他們，還是剁碎他們後再煮熟，或乾脆一個接一個坐在他們身上，把矮人們壓成肉醬。比爾博則卡在灌木叢上，衣服和皮膚都磨破了，他也不敢移動，深怕食人妖們會聽到他的動靜。

甘道夫恰好在此時回來。但沒人看到他。食人妖們剛決定好要燒烤矮人，之後再吃掉他們——那是伯特的點子，而在大肆爭執後，他們才都同意這點。

「現在烤他們不好啦，會花上一整晚。」某個聲音說。伯特以為是威廉的聲音。

「別又開始吵了，比爾。」他說，「不然就真的會花上一整晚了。」

「誰在吵？」威廉說，他以為說話的是伯特。

「你啊。」伯特說。

「你是個騙子。」威廉說，於是爭論再度展開。最後他們決定把矮人們剁碎煮熟。所以他們搬來了一只大黑鍋，並取出刀子。

「煮他們沒好處！我們沒有水，去水井又太遠了。」某個聲音說。伯特和威廉以為那是湯姆的聲音。

「閉嘴！」他們說，「不然我們永遠煮不了。如果尼再說的話，尼可以自己去拿水。」

「尼們才閉嘴！」湯姆說，他以為那是威廉的聲音。「我才想知道你在吵什麼。」

「你是傻瓜！」威廉說。

「你才是傻瓜！」湯姆說。

於是爭執再度開始，還比先前吵得更激烈，直到最後他們決定一個接一個坐在布袋上，把矮人們壓爛，下次再煮他們。

「我們該先坐在誰身上？」那聲音說。

「最好先坐在最後一個傢伙身上。」伯特說，索林打傷了他的眼睛。他以為是湯姆在講話。

「不要自言自語！」湯姆說，「但如果你想坐在最後一個人身上，就坐呀。哪個是他？」

「穿黃色長襪的傢伙。」

「胡說，是穿灰長襪的傢伙。」像是威廉的聲音說。

「我確定是黃色。」伯特說。

「是黃色呀。」威廉說。

「那你幹嘛說灰色？」伯特說。

「我沒說呀。是湯姆說的。」

「我根本沒說！」湯姆說，「是你說的。」

「二對一，所以閉上尼的嘴！」伯特說。

「夠了！」湯姆和伯特一起說，「夜晚快結束了，很快就會天亮。快點決定！」

「黎明將吞沒你們，將你們化為岩石！」一股像威廉的聲音說。但那並不是威廉。就在那剎那，陽光籠罩住山丘，枝梢間也傳來響亮的啁啾聲。威廉再也沒有說話，因為他在彎腰時化為石頭，伯特和湯姆望向他時，也像岩石般一動也不動。他們至今依然孤寂地站在原處，只有飛鳥停駐在他們身上。你可能曉得，食人妖得在黎明前回到地底，不然就會變回他們的製作原料，也就是山脈中的岩石，並且再也無法動彈。這就是伯特、湯姆和威廉的下場。

「太好了！」甘道夫說，他從一棵樹後走了出來，再幫比爾博爬下荊棘叢。比爾博這才恍然大悟。就是巫師的聲音讓食人妖們爭吵不休，直到陽光出現並解決他們。

接下來要做的，就是鬆開布袋，讓矮人們出來。他們差點窒息，也感到非常惱怒；他們一點都不喜歡躺在那，聽食人妖安排燒烤、壓爛和剁碎他們的計畫。他們得聽比爾博解釋發生在他身上的事兩次後，才感到滿意。

「在這時候練習扒竊，實在太蠢了，」龐伯說，「我們只想要火和食物！」

「無論如何，如果沒打上一架，你們就不可能從那些傢伙身上拿到那些東西。」甘道夫說，「總之，你們現在在浪費時間。你們不明白嗎？食人妖們在附近一定有用來躲太陽的山洞或洞穴。我們得去那看看！」

他們四處搜索，很快就發現食人妖的硬靴留下的腳印穿過樹林。他們跟著足跡走上丘陵，直到抵達藏在灌木叢後的龐大石門，石門則通往某座洞穴。但儘管他們使勁地推，甘道夫還嘗試了不同的咒語，卻打不開門。

「這會有幫助嗎？」當他們變得又累又氣時，比爾博就問道。「我在食人妖打架的位置找到這東西。」他拿出一把大型鑰匙，不過威廉肯定覺得鑰匙渺小又難找。幸運的是，鑰匙一定是在他變成石頭前，就掉出口袋了。

「你幹嘛不早說？」他們叫道。甘道夫抓住鑰匙，並將它插進鑰匙孔內。接著用力一推，就打開了石門，他們則全走進洞裡。地上散落著骨頭，空氣中則有難聞的臭味。但架上和地上都有許多隨意擺放的食物，還有一大堆雜亂的戰利品，從黃銅鈕扣到角落中裝滿金幣的罐子都有。洞裡還有很多掛在牆上的衣物（對食人妖而言太小了，恐怕都屬於被害者），其中則有好幾把作工、形狀與尺寸都不同的劍。有兩把劍特別吸引了他們的目光，因為它們有精美的劍鞘和飾有珠寶的劍柄。

甘道夫和索林各拿了一把劍，比爾博則拿了把插在皮革刀鞘中的小刀。對食人妖而言，這只是口袋小刀，但哈比人卻可以拿來當短劍用。

「這些看起來是好劍。」巫師說，他半抽出劍鋒，並好奇地檢查它們。「食人妖沒有打造這些劍，這一代當今的鐵匠也沒有這種手藝。等我們能看懂上頭的符文時，就會更清楚它們的來歷了。」

「我們趕快離開這股臭味吧！」菲力說。於是他們帶著裝滿金幣的罐子，和沒人動過、看起來也能吃的食物出去，還拿了一只裝滿艾爾啤酒的木桶。這時他們想吃早餐了，而由於他們飢腸轆轆，就沒有嫌棄從食人妖儲藏室中取出的食物。他們自己的存糧所剩不多，而現在有了麵包和乳酪，以及大量艾爾啤酒，還能拿培根去火堆餘燼中烤。

他們隨後倒頭就睡，因為他們的夜晚受到干擾。一直到下午前，他們什麼也沒做。接著他們牽來小馬，把金幣罐搬走，並隱密地將它們埋進離河邊道路不遠的地點，再向它們施展了大量法術，以便讓大夥有機會回來拿它們。完工後，他們就再度上馬，並沿著通往東方的道路騎去。

「我可以問問你去哪了嗎？」當他們騎馬時，索林便向甘道夫問道。

「去前面探路。」他說。

「那你怎麼會在千鈞一髮之際回來？」

「回來看看。」他說。

「當然啦！」索林說，「但你能說清楚點嗎？」

「我去偵查前方道路。路途很快就會變得危險又艱困。我也擔心該如何補充我們貧瘠的存糧。不過，我還沒走太遠，就遇到了幾個來自裂谷的朋友。」

「那是哪？」比爾博問。

「別打岔！」甘道夫說，「如果我們幸運的話，幾天內就會抵達當地，你就會明白了。如我所說，我碰見了兩個愛隆的子民。由於害怕食人妖，因此他們正在趕路。他們告訴我，有三隻食人妖跑下山，並住在離道路不遠的樹林裡。他們嚇跑了當地所有人，還會搶劫陌生人。

「我立刻有種感覺，認為你們需要我。回頭時，我就看到遠處的火光，便走了過去。現在你知道原因了。下次請更小心點，不然我們根本到不了任何地方！」

「謝謝你！」索林說。

第三章——短暫的休息

即便天氣好轉，那天他們依然沒有唱歌或說故事；隔天和後天也沒有。他們開始感到危險離道路兩側不遠。他們在星空下紮營，馬匹則大快朵頤了一番，因為附近長了很多草，但就算加上從食人妖那取來的食物，他們的袋子裡依然沒有多少存糧。有天早上他們渡過一條河，途經寬闊的淺灘，水中則不斷傳來石塊和水沫的聲響。遠方的河岸陡峭又滑溜。當他們牽著小馬抵達河岸頂端時，就發現聳立的山脈綿延到非常靠近他們的位置。似乎只要一天的輕鬆路程，他們就能抵達最近的山腳。它看起來漆黑蒼涼，不過有幾道陽光灑落在棕色山壁上，積雪峰頂則在山肩後閃爍。

「這就是那座山嗎？」比爾博嗓音肅穆地問，一面瞪大眼睛看它。他從來沒看過這麼大的東西。

「當然不是！」巴林說。「那只是迷霧山脈，我們也得想辦法穿越、攀登或鑽到山脈底下，之後才會抵達遠方的大荒原。從山脈另一頭到東方的孤山之間還有很長一段路，那兒的史矛格就躺在我們的寶藏上。」

「喔！」比爾博說，此時他感到前所未有的疲倦。他又想起了自己哈比洞中最喜歡的客廳裡火爐前的舒適椅子，還有發出尖鳴的水壺。這不是他最後一次這麼想！

現在由甘道夫帶路。「我們一定不能錯過道路，不然就糟了。」他說，「而且我們需要食物，和在安全狀況下休息——走正確路徑通過迷霧山脈也很重要，不然你們就會在山上迷路，還得回來從起點再度開始（如果你們回得來的話）。」

他們問他要往哪走，他則回答：「你們有些人知道，現在已經來到了野地的邊陲。秀麗的裂谷就隱藏在我們前方某處，愛隆則住在當地的最後庇護所。我請朋友們傳了訊息過去，他們正在等我們。」

那聽起來令人安心，但他們還沒抵達那裡，要找到迷霧山脈以西的最後庇護所也並非易事。他們前方似乎沒有任何樹木、山谷和丘陵能顯示跡象，只有一座龐大的斜坡緩緩上升，蔓延到最近的山脈底部；那是座顏色宛如石楠花的寬闊地帶，上頭滿布碎裂的岩石，還有幾塊地上有青草和綠苔蘚的痕跡，突顯出水源的位置。

早晨過去，下午隨之到來；但死寂的荒原上杳無人煙。他們越來越緊張，因為他們發現庇護所可能藏在自身與山脈之間的任何地點。他們來到意料之外的山谷中，兩側的峭壁相當狹窄。山谷忽然在他們腳邊向外開展，而他們往下一看，訝異地看到底下有樹林，山谷底部還有潺潺流水。他們幾乎可以跳過某些溪谷，但溪谷非常深邃，其中也有瀑布。谷中有人們無法跳過或攀爬的溝壑，裡頭也有沼澤，有些是外表宜人的綠色沼地，長滿了色彩明亮又高聳的花朵；但背上馱著行囊的小馬一旦走進去，就再也不可能出來。

從渡口到山脈之間的地區，確實遠比你想像中還寬闊。比爾博感到萬分震驚。白色石子標示出唯一的通道，有些石子很小，青苔或石楠花則遮掩了其他白石。整體而言，即便有甘道夫的指引，走這條路的速度依舊非常緩慢，而甘道夫似乎相當熟悉路徑。

當他找尋石子時，他的頭和鬍鬚就會左右搖晃，大夥則跟著他，但當天色開始變暗時，他們的搜索似乎還沒有結束。午茶時間早就結束了，他們似乎也會錯過晚餐時間。飛蛾在附近飛舞，光線也變得黯淡，因為月亮還沒升上天空。比爾博的小馬開始因踩到樹根和石塊而絆倒。他們忽然抵達地面上一處陡坡，害甘道夫的馬差點滑下斜坡。

「終於到了！」他喊道，其他人則圍在他身邊，往坡邊外看。他們看到底下遠處有座山谷。他們能聽到谷底岩床上傳來湍急的流水聲，空氣中飄散著樹木的芬芳氣味，河水對面的谷壁還閃爍著一道光。

比爾博永遠不會忘記他們在暮色中沿著陡峭而曲折的道路，蜿蜒走進裂谷的祕密山谷。當他們往下坡走時，空氣變得更溫暖，松樹的氣味也使他感到昏昏欲睡，因此他三不五時點頭打盹，差點摔下馬去，或讓鼻子撞上小馬的頸子。隨著他們逐漸往下走，興致就變得越高。樹木種類變成樺樹和橡樹，微光中則有股舒適感。當他們終於來到一處離河岸上頭不遠的開闊草地時，最後一絲綠色陽光已完全從草上消失。

「嗯！聞起來像精靈！」比爾博心想，並抬頭望向繁星。群星閃爍著明亮的藍色光芒。樹林間此時傳來了一陣宛如笑聲的歌曲：

噢！你們在幹嘛，
又要去哪？
你們的小馬需要馬蹄鐵！
河流川流不息！
　噢！答啦啦啦
　　來到山谷底！

噢！你們在找什麼，
又想去哪？
柴薪正在冒煙，
班諾克麵包也在烤爐裡！
　噢！特哩哩哩
　　山谷歡騰喜悅，

哈！哈！

噢！你們搖著鬍子
想上哪去？
不知道，不知道
是什麼帶袋金斯先生
和巴林與德瓦林
在六月
走下山谷
哈！哈！

噢！你們會留下，
還是離開？
你們的小馬在亂跑！
陽光已逝！
離開是不智之舉，
留下愉快無比
仔細傾聽

我們的歌曲
直到黑夜結束
哈！哈！

他們就這樣在樹林中大笑並唱歌，我敢說你覺得歌詞內容荒唐無稽。他們也不在乎。如果你如此告訴他們，他們只會笑得更大聲。他們當然是精靈了。當天色變暗時，比爾博就瞥見他們的身影。他熱愛精靈，儘管他很少碰上他們；但他也有點害怕他們。矮人們和精靈處得不好。就連索林和他朋友們這些善良的矮人，都覺得精靈很蠢（這麼想就太蠢了），或對他們感到惱怒。因為有些精靈會逗弄和嘲笑他們，大多都針對了矮人的鬍子。

「哎呀，哎呀！」有個嗓音說，「看呀！哈比人比爾博騎著小馬，天啊！真可愛！」

「真是太棒了！」

接著他們唱起另一首歌，內容和我先前完整寫下的那首歌同樣荒謬。最後有個高大的年輕精靈走出樹林，向甘道夫和索林鞠躬。

「歡迎來到山谷！」他說。

「謝謝你！」索林有點粗魯地說，但甘道夫已經下馬走入精靈群中，愉快地和他們交談。

「你們有點走偏了。」精靈說，「如果你們要走唯一的道路渡河，再前往遠處房屋的話，就走錯路了。我們會帶你們走對的路，但你們最好徒步前進，直到你們跨過橋墩。你們要待一下和我們一起唱歌，還是要直接前進？晚餐已經在準備了。」他說，「我可以聞到烹飪用的柴薪味了。」

儘管十分疲憊，比爾博卻願意待一下。如果你喜歡這種奇景，就不該錯過六月繁星下的精靈歌唱。他也想和這些人私下聊聊，儘管他先前從未見過他們，他們卻似乎知道他的名字和關於他的事。他覺得精靈們對他冒險的想法可能會很有趣。精靈知曉許多事，能提供很棒的消息，還能如同水流般迅速得知世上人民發生的狀況，甚至還更快。

但矮人們當下只想盡快吃晚餐，不願意留下來。他們一同出發，一面牽著小馬，直到精靈們將他們帶到一條好走的道路上，並終於抵達河邊。河水湍急又吵雜，當太陽整天照耀遠方山頂上的積雪後，夏夜中的山間溪流總會如此。河上只有座沒有護欄的狹窄石橋，窄到只容許一匹小馬通過。他們得緩慢謹慎地一個接一個過橋，每個人都牽著自己小馬的轡頭。精靈們把明亮的提燈帶到岸邊，並在矮人們通過時唱起了愉快歌曲。

「別把你的鬍子泡到水花裡了，老爹！」他們對索林喊道，索林幾乎得趴著用四肢爬行。「鬍子夠長啦，不用再澆水了。」

「小心別讓比爾博吃光所有蛋糕！」他們叫道，「他太胖了，還沒辦法穿過鑰匙孔！」

「噓，噓！各位好心人！晚安！」最後抵達的甘道夫說，「山谷隔牆有耳，有些精靈又太長舌了。晚安！」

於是他們終於抵達了最後庇護所，也發現該處大門敞開。

說來奇怪，但好東西和好日子談起來乏善可陳，聽起來也不過癮；而令人不安又緊張、甚至是恐怖的東西，才會變成好故事，也得花上很長一段時間娓娓道來。他們在那座良好宅邸中待了很久，至少住了十四天，依依不捨地不願離開。比爾博很樂意永遠待在那——甚至打消了立刻回到哈比洞的念頭。但至於他們留在當地的經歷，就沒什麼好談的。

宅邸的主人是位精靈之友——他的先祖們在太初時就踏入了奇異故事，當年時逢邪惡的哥布林與精靈和北方第一批人類的戰爭。在我們這段故事發生的日子裡，有些人的先祖中依然有精靈與北方英雄，宅邸主人愛隆便是這些人的首領。[1]

他如精靈貴族般高貴俊美，如戰士般強壯，和巫師一樣睿智，尊榮氣度不輸矮人國王，也如同夏日般和善。他出現在許多故事中，但他在比爾博大冒險的故事裡只扮演了小角色，不過相當重要；等我們講到結尾，你就會明白了。他的宅邸完美無瑕，無論你喜歡食物、睡覺、工作、說故事、唱歌、坐下思考或通通做都行。邪惡的事物不會踏進那座山谷。

我真希望有時間把他們在那座宅邸中聽到的幾篇故事、或一兩首歌曲告訴你。待在那裡的幾天內，他們所有人（包括小馬們）都變得精神飽滿有力量。他們的衣服受到縫補，

---

1 譯注：托爾金的《精靈寶鑽》（*The Silmarillion*）描寫了這段第一紀元（First Age）的歷史，其中記載精靈們與第一位黑暗魔君魔高斯（Morgoth）之間的慘烈戰爭。

身上的瘀青、脾氣和希望也都得以修復。他們的行囊裝滿食物和補給品，重量輕得足以攜帶，品質卻足以讓他們度過山路。他們的計畫得到了絕佳建議。而時間來到了仲夏夜，他們也準備隨著仲夏早晨的陽光再度上路。

愛隆通曉各種符文。那天他看了他們從食人妖巢穴中帶來的劍，並說：「這些不是食人妖的作品。它們是古老的劍，是西方高等精靈的古劍，他們是我的族人。這些劍是在剛多林為了哥布林戰爭所打造的。它們肯定來自龍族寶庫或哥布林的戰利品堆，因為好幾個世紀前，龍族和哥布林摧毀了那座城市。索林，這把劍上的符文稱它為獸斬劍，在古代剛多林的語言中代表哥布林斬殺者；它是把名劍。甘道夫，這把是格蘭瑞，是剛多林之王曾佩戴過的敵擊劍。好好保護它們！」[2]

「我想知道，食人妖是從哪得到它們的？」索林眼中帶著嶄新的興趣，看著他的劍。

「我不曉得，」愛隆說，「但我猜這幫食人妖搶劫過其他搶匪，或是在山裡某處要塞中發現了古老戰利品。我聽說在墨瑞亞礦坑中，還能找到人們早已遺忘的古老寶藏；自從矮人和哥布林的戰爭後，那些洞窟就遭到廢棄。」

索林思索著這段話。「我會好好守護這把劍。」他說，「願它能再次斬殺哥布林！」

「這種願望在山裡很快就會成真！」愛隆說，「給我看看你的地圖吧！」

他拿起地圖並看了很久，搖搖頭——即便他不贊同矮人與他們對黃金的熱愛，他卻更痛恨龍族與牠們殘酷的邪惡天性，一想到遭到毀滅的河谷城、鎮上的愉悅鐘聲與明亮的狂奔河兩旁的起火河岸，他就感到悲傷。他抬高地圖，白光則從中穿過。「這是什麼？」他說，「這裡有月文，就在寫了『門高五呎，三人可同行』的普通符文旁。」

「什麼是月文？」哈比人滿心興奮地問。他喜歡地圖，我之前提過這點；他也喜歡符文、文字和巧妙的筆跡，不過當他自己寫字時，字跡就有點纖細薄弱。

「月文是符文字母，但你無法看見它們。」愛隆說，「當你正眼看它們時，就什麼都看不到。只有當月光透過文字時，才能看見它們；而且，更精巧的月文還需要和寫下它們當天同樣形狀的月亮相同的季節，才會現形。矮人們發明了這種文字，用銀筆寫下它們，你朋友們也能告訴你這點。這些文字肯定是在多年前的仲夏夜彎月下寫出的。」

「它們寫了什麼？」甘道夫和索林一同問道，由於愛隆先發現這件事，讓他們感到有些惱怒，不過之前他們沒有機會仔細看地圖，天曉得之後何時才又有這種機會。

「當畫眉鳥敲擊時，站在灰石旁，」愛隆念道，「都靈之日最後一抹餘暉便會照在鑰匙孔上。」

「都靈，都靈！」索林說，「他是長鬍族矮人最古老的祖先，也是我的第一位祖先。

---

2 譯注：此處的高等精靈指的是諾多族（Noldor）。愛隆的父親航海家埃倫迪爾（Eärendil）是出生在剛多林的半精靈，小時候便遭遇過魔高斯大軍對剛多林的攻擊，相關內容記載於《精靈寶鑽》與《剛多林的陷落》（*The Fall of Gondolin*）中。剛多林之王特剛（Turgon）則是埃倫迪爾的父親與愛隆的祖父，也是當時的諾多族至高王（High King）。

我是他的傳人。」

「都靈之日是什麼時候？」愛隆問。

「矮人新年的第一天，」索林說，「眾所周知，那是秋冬交會最後一個月時的第一天。當秋天最後的月亮和太陽一同出現在天空中時，我們依然把那天叫做都靈之日。但這恐怕幫不了我們多少，因為在這些日子裡，我們已經猜不出這種時刻何時會發生了。」

「到時候就曉得了。」甘道夫說，「還有其他文字嗎？」

「在這種月色下，看不出別的字跡了。」愛隆說，他把地圖還給索林。接著他們走到河邊，看精靈們在仲夏夜中載歌載舞。

隔天的夏至清晨清爽無比：藍天中萬里無雲，水面上則閃爍著陽光。他們在送別歌聲中騎馬離開，心中已準備好面對更多冒險，也清楚他們得順著道路穿越迷霧山脈，抵達山後的地區。

第四章——

越過山頂，鑽進山底

有許多道路通往山中，也有不少道路跨越山區。但大多通道都是騙人的死路，完全無法抵達任何地方，或是導向糟糕的盡頭；而大部分通道裡都潛伏著邪惡生物和恐怖危機。得到愛隆的睿智建議與甘道夫的知識和記憶輔助後，矮人們和哈比人便選擇了通往正確山路的途徑。

在離開山谷多天，並把最後庇護所拋在數哩外後，他們依然不斷往上坡走。那是條艱困危險的道路，路徑蜿蜒冷清又漫長。現在他們能回頭看自己離開的地區，那一切都留在他們腳下遠處。在遙遠的西方，萬物看起來蔚藍又模糊，比爾博清楚自己充滿安全舒適事物的家鄉、以及他的小哈比洞就在那裡。他打起冷顫。高處變得冰冷刺骨，岩石間則颳著銳利強風。正午的太陽照在雪上，有時則使巨石從山壁落下，穿過一行人之間（這很幸運），或是掠過他們頭頂（這很嚇人）。冷冽的夜晚一點都不舒服，他們也不敢大聲唱歌或交談，因為回音聽起來十分怪誕，當地的寂靜似乎也不願受到破壞——除了水聲、風嘯與石塊碎裂聲。

「山下的夏天快結束了。」比爾博心想，「人們正在製作乾草，也會去野餐。以這種速度，當我們才剛開始往另一頭走下坡時，人們早就在收割作物和採黑莓了。」其他人腦筋裡也充斥陰沉念頭，不過當他們在夏至早晨興高采烈地向愛隆道別時，曾愉快地談起山中通道，還有快速抵達彼端大地的騎馬路程。他們想到抵達孤山的祕門，或許能在這次秋季最後一個月到達目的地。「或許那天就是都靈之日。」他們說。只有甘道夫一語不發地搖了搖頭。矮人們多年沒有經過那條路，但甘道夫有，他也知道自從龍族把人們從土地中趕走，哥布林也在墨瑞亞礦坑戰役後祕密拓展勢力後，野地中的邪惡與危險變得有多壯大。當你在「野地邊陲」踏上危險旅程後，就連睿智巫師甘道夫和善良友人愛隆想出的好計畫，有時都可能失效；經驗老道的甘道夫深知這點。

他知道可能會發生出乎意料的事，也不太認為他們能在沒碰上可怕冒險的狀況下，安然通過沒有國王治理的高聳山脈、寂寥頂峰與山谷。情況確實如此。路途一切平安，直到他們某天碰上一場大雷雨——不只是大雷雨，根本就是場雷電風暴。你知道在平地和河谷，真正的大雷雨會造成哪種駭人影響，特別是在兩團龐大風暴交會碰撞時。夜裡高山上的雷聲與閃電更嚇人，此時分別來自東西方的狂風與彼此交錯衝擊。山峰上雷電交加，岩石也為之顫動，轟然雷響劃破了空氣，在每座山洞與低谷中催生隆隆回音。黑暗中充斥著巨響與突如其來的電光。

比爾博從來沒見過或想像過這種光景。他們位於高處的狹窄空間，一旁則是光線黯淡的恐怖山谷。他們在一塊突出的岩石下過夜，比爾博則躺在毯子下，從頭到腳都在發抖。當他往閃電中窺探時，看到岩石巨人從山谷彼端出現，它們正對彼此投擲石塊當遊戲，一面接住石塊，再將石塊往下拋進黑暗中。巨石砸進底下遠處的樹林，或是砰的一聲裂成碎片。接著颳來一陣風雨，強風將雨水和冰雹吹向四周，因此突出的岩石根本無法提供庇護。他們很快就淋得全身溼透，小馬們則低垂著頭，把尾巴夾在腿間，有些馬匹還發出害怕的嘶叫聲。他們聽見巨人的大笑和叫聲在山壁間迴盪。

「這可不行！」索林說，「如果我們沒被吹走、淹死或被雷電打中的話，遲早也會被某個巨人抓起來，像足球一樣踢到天上。」

「哎，如果你曉得有更好的地點，就帶路吧！」甘道夫說，他感到非常暴躁，也完全不樂見巨人的存在。

爭論到最後，他們派菲力與奇力去找比較好的避難處。兩人的眼睛非常銳利，通常也會接下這類差事（大家都看得出派比爾博沒用）。如果你想找到東西，就沒什麼比親眼去看看更有用了（索林這麼告訴年輕的矮人們）。如果你去找找，通常一定會發現某種東西，但發現的並不總是你在找的東西。這次的事件也證明了這句話。

菲力和奇力很快就彎著腰回來，一面在強風中抓緊岩石。「我們找到一座乾的洞穴，」

他們說，「就在下一個轉角不遠處，小馬們也都能進去。」

「你們徹底探查過洞裡嗎？」巫師說，他知道山上的洞穴鮮少無人居住。

「有呀，有呀！」他們說，不過大家都知道他們不可能探查過很久，他們回來得太快了。「裡頭沒那麼大，也沒延伸得太遠。」

那當然就是洞穴危險的地方：有時你不曉得它們延伸到多遠，或是後頭的通道通往何處，或是有什麼東西在洞裡等你。但現在菲力與奇力的消息聽起來似乎不錯。於是他們全站起身，準備移動。強風颯颯呼嘯，雷電也依然轟隆作響，他們也費勁地和小馬們一起移動。不過，目的地並不遠，不久他們就抵達一塊擋在山路上的大石頭。如果你繞到後頭，就會在山壁上發現一處低矮的拱型開口。小馬們勉強能擠進裡頭的空間，但得先取下牠們身上的行囊和馬鞍。當眾人穿過拱型開口底下，並聽到風雨聲來自外頭，而不是瀰漫在他們周圍時，感覺起來很棒，他們也慶幸於遠離巨人和它們拋擲的岩石。但巫師不想冒險。他點亮魔杖（如果你記得的話，他那天在比爾博的餐廳裡也這麼做過，那似乎已經是很久以前的事），他們利用魔杖的亮光仔細探索了洞穴。

洞穴似乎相當空曠，但不會太大或帶有神祕感。它的地面乾燥，也有些舒適的角落。一頭有安置小馬的空間，馬匹們則站在那（換了地方讓牠們很開心），身上冒著蒸氣，並往飼料袋中大聲咀嚼。歐音和葛羅音想在洞口生火以便烤乾衣服，但甘道夫不准。所以他們將潮溼的行李鋪在地上，並從包裹中取出乾燥的物品。接著他們擺好毛毯，拿出菸斗並吹起菸圈。甘道夫讓菸圈變出不同色彩，還讓菸圈飄上洞穴頂端來娛樂大家。他們不斷談話，也忘了風暴的事，並討論起每個人要如何運用自己分到的寶藏（前提是他們得找到寶藏，當下似乎可能性極高）；他們隨後一個個陷入昏睡。那也是他們最後一次使用小馬、行囊、行李、工具和他們隨身攜帶的雜物。

結果，當晚他們帶上小比爾博還是好事一樁。因為不知怎的，他花了很久也無法入睡；而當他終於睡著時，就做了惡夢。他夢到洞穴後頭岩壁上有道裂隙逐漸變大，張得越來越寬。他非常害怕，但無法出聲呼叫或做任何事，只能眼睜睜地躺著。接著他夢到洞穴地板往下掉，他也滑落下去——他開始一路下墜，天知道要掉到哪去。

此時他嚇得驚醒，並發現部分夢境成真了。洞穴後頭確實打開了一道裂隙，裂隙也已變成寬闊的通道。他及時看到最後一匹小馬的尾巴消失在裂隙開口。他自然大叫出聲，以哈比人的體型來說，能發出這麼大的叫聲著實令人訝異。

在你來得及開口說話前，龐大的哥布林，高大醜陋的哥布林，大量哥布林就從裂口跳了出來。每個矮人至少面對六隻哥布林，甚至連比爾博都碰上了兩隻。在你來得及出聲反應前，牠們就抓住眾人，把大夥拖過裂口。但甘道夫沒有被抓。比爾博的叫聲至少帶來了一件好事。叫聲瞬間驚醒了甘道夫，而當哥布林過來抓他時，洞穴裡就亮起一陣如同閃電的強光，也飄出宛如火藥的氣味，好幾個哥布林就此倒地而死。

裂隙喀的一聲闔上，比爾博和矮人們卻都困在另外一頭！甘道夫在哪？他們和哥布林都不曉得這問題的答案，哥布林們也不想知道。牠們抓住比爾博和矮人們，並催促他們向前。洞穴深邃黑暗，只有居住在山脈深處的哥布林看得清楚。裡頭的通道錯綜複雜，但哥布林們知道該往哪走，就像你知道該怎麼抵達最近的郵局。道路一路往下坡延伸，也感覺十分擁擠。哥布林們非常粗魯，毫無同情心地捏著他們，還用恐怖的冰冷嗓音嬉笑。比起食人妖把他倒抓起來時，比爾博現在更不開心。他一再希望回到自己舒適明亮的哈比洞。這不是他最後一次這麼想。

他們前方出現了一絲紅光。哥布林們開始唱歌，或該說是嘶吼，用平坦的雙腳在石頭上打著節拍，同時搖晃著牠們的囚犯。

喀啦！鏗鏘！黑色裂口！
抓呀，抓緊！捏呀，抓住！
往下走向哥布林城
快走呀，小子！

匡噹，壓毀！喀擦，打爛！
鎚子和鉗子！門環和銅鑼！
碰，碰，到地底遠處！
呵，呵！小子！

揮，啪！甩響鞭子！

痛打重擊！抱怨哀鳴！
工作，工作！別想推拖，
哥布林痛快飲酒，哥布林高聲大笑，
繞進地底遠處
下去吧，小子！

聽起來太可怕了。牆面迴盪著喀啦！鏗鏘！和喀擦，打爛！的歌聲，以及牠們唱著呵，呵！小子！的醜惡笑聲。這首歌的意思顯而易見，因為哥布林們拿出了鞭子，並啪的一聲鞭打他們，逼迫矮人們儘快跑在哥布林前方。不只一個矮人抱怨又呻吟，此時他們跌撞地踏進了一座大型洞窟中。

洞穴中央的紅色大火堆和牆上的火炬照亮了內部，洞裡也擠滿了哥布林。當矮人們（可憐的小比爾博擠在後頭，還最靠近鞭子）跑進來時，牠們全都放聲大笑，並跺腳拍手，哥布林奴隸主們則在後頭揮舞著鞭子。小馬們已經縮在洞裡的角落中了。所有行李和包裹也散落一地，哥布林們仔細翻找過裡頭的東西，對行李又聞又摸，還為此爭執不休。

恐怕這是矮人們最後一次看到那些優秀的小馬，包含其中一匹快活健壯的小白馬，那是愛隆借給甘道夫用的，因為甘道夫的馬不適合走山路。因為哥布林會吃駿馬、小馬和驢子（以及其他更可怕的東西），牠們也總感到飢腸轆轆。不過當下囚犯們只想到自己。哥布林們把他們的雙手用鐵鍊綁在背後，並把他們連成一排，再把他們拖到洞穴遠端，小比爾博則拖在隊伍盡頭。

在陰影中一塊龐大扁平石塊上，坐了隻頭顱碩大的巨大哥布林，武裝齊全的哥布林站在牠周圍，拿著慣用的斧頭與彎劍。哥布林不只殘酷邪惡，心腸也十分惡毒。牠們不會製作美麗的物品，卻打造出許多精巧的工具。當牠們願意花時間挖洞採礦時，便會展現出優秀技術，只有最高明的矮人比牠們略勝一籌，不過牠們通常過著雜亂而骯髒的生活。牠們善於製作鎚子、斧頭、長劍、匕首、鶴嘴鋤、鉗子和拷問用的道具，或是逼囚犯和奴隸們製作牠們的設計，這些人最後則會因渴望空氣和光線而死。牠們很可能發明了某些一直到現在都為世界帶來災禍的機器，特別是一次就能殺死大批人群的精巧裝置，因為牠們總是喜愛輪子、引擎和爆炸，同時也盡可能不靠自己的雙手進行勞動。但在那時代的荒野地帶中，牠們還沒有這麼先進（牠們如此稱呼這種事）。牠們並不格外痛恨矮人，牠們痛恨的是所有人和萬物，特別是和諧繁榮的事物。某些地方的邪惡矮人甚至和牠們結盟。但牠們特別憎恨索林的同胞，原因是由於你之前聽過的那場戰爭，但這篇故事中不會對此多談。總之，哥布林們不在乎自己抓到什麼，只要過程狡猾又鬼鬼祟祟，犯人也無法防衛自己就好。

「這些悲慘的傢伙是誰？」大哥布林說。

「是矮人，還有這傢伙！」其中一個奴隸主說，一面拉扯比爾博的鍊子，讓他跌跪在地。「我們發現他們躲在前廊裡。」

「你們想幹什麼？」大哥布林說，一面轉向索林，「我敢說一定不安好心！我猜，你們是來打探我族人的私事吧！我可一點都不會訝異，你們這幫小偷！也可能是殺人犯和精靈之友！快！你有什麼要說？」

「矮人索林任您差遣！」他回答——這只是禮貌的空泛之語。「我們完全不曉得你懷疑和猜想的事。我們躲在看似便利的無人山洞中，以便躲避風暴。我們完全沒想過要以任何方式打擾哥布林！」那倒是真話！

「哼！」大哥布林說，「你是這樣說！我可以問問你們來山上幹嘛，之前打哪來，還打算去哪？事實上，我想知道所有關於你們的事。這對你可沒好處，索林．橡木盾，我已經清楚太多關於你們這種人的事了。說老實話，不然我就為你們準備特別不舒服的東西！」

「我們要去拜訪親戚、侄子和侄女，還有一等二等三等親，以及我們祖父輩的其他後人，他們住在這些秀麗山脈的東邊。」索林說，他不太清楚在這一剎那該講什麼，但顯然完全不該說出真相。

「他是個騙子，偉大的大王！」其中一個奴隸主說，「當我們去邀這些生物下來時，有好幾個同胞在洞穴裡遭到閃電擊中，他們現在已經死透了。他也沒解釋這個！」他遞出索林佩戴的劍，也就是來自食人妖巢穴的那把劍。

當大哥布林看到那把劍時，就發出駭人的震怒嚎叫，所有士兵們也咬牙切齒，敲擊著自己的盾牌，並用力跺腳。牠們立刻認出了這把劍。當年它曾斬殺過數百隻哥布林，昔日剛多林的俊美精靈們在山丘中獵殺牠們，或在城牆前與牠們作戰。牠們稱它為獸斬劍，意思是哥布林斬殺者，但哥布林們簡稱它為咬劍。牠們痛恨它，也更恨任何佩戴它的人。

「殺人犯和精靈之友！」大哥布林叫道，「砍死他們！打爛他們！咬死他們！咬爛他們！把他們送進爬滿蛇群的黑暗洞穴，讓他們永遠不見天日！」大發雷霆的牠跳下座位，並衝向索林，一面張開血盆大口。

就在此時，洞窟中的所有光芒突然熄滅，大火堆噗的一聲化為冒著微弱藍光的煙柱，往上飄向洞窟頂端，還往哥布林們身上灑下刺眼的白色火花。

洞裡響起叫喊與埋怨，還有嘶吼與嘰哩呱啦的聲響；嚎叫、怒吼和咒罵聲四起。隨後浮現了難以描述的尖叫與吶喊聲。就算有數百隻野貓和野狼一起遭到慢火烘烤，也無法與這種騷動比擬。火花在哥布林身上燒出小洞，從洞穴頂端飄落的煙霧則使空氣變得過於濃密，就連牠們的眼睛都看不到東西。牠們很快就摔倒在彼此身上，並在地上又咬又踢地滾成一團，彷彿所有成員都發了瘋。

忽然間，一把劍亮起了鋒芒。比爾博目睹劍刃直接刺穿大哥布林，而發怒的牠正呆站原地。牠倒地而死，劍鋒前的哥布林士兵們則尖叫著逃進黑暗中。

劍刃回到劍鞘中。「快跟我走！」一股凶猛的嗓音低聲說。比爾博還沒搞清楚發生了什麼事，就再度邁出步伐，腳步盡可能加快，並跟在大夥後頭；他們衝向更多漆黑通道之間，哥布林大廳中的喊叫聲則在他身後漸趨薄弱。一道蒼白的光芒正帶領著他們。

「快點，快點！」嗓音說，「火炬很快就會亮起來了。」

「等一下！」朵力說，心地善良的他，待在隊伍後頭的比爾博身旁。他盡可能用被綁住的雙手，幫哈比人爬上自己的肩膀，接著他們一同往外衝，鐵鍊不斷鏗鏘作響，他們也時常絆倒，因為他們無法用手穩住自己。過了很久，他們才停下腳步，此時他們肯定已經身處山脈深處。

接著甘道夫點亮了魔杖。那人自然是甘道夫，但當時他們無暇問他是從哪冒出來的。他又拔劍出鞘，劍身則再度在黑暗中閃閃發光。一旦附近有哥布林，它就會燃起一股怒火並閃出強光；由於殺死了洞穴的大王，使它喜悅地如同藍色火焰般明亮。切開哥布林鍊子對它而言不成問題，也因此盡快解放了囚犯們。如果你還記得的話，這把劍的名字是敵擊劍格蘭瑞。哥布林只稱它為打劍，對它的恨意比對咬劍還重。獸斬劍也被搶救回來，因為甘道夫先前從其中一個嚇呆的守衛手中將它奪走，把它一起帶了過來。甘道夫考量到大多數狀況，而儘管他無法面面俱到，在緊急時刻下，他依然能幫朋友們不少忙。

「我們都到齊了嗎？」他說，邊把劍還給索林，並鞠了躬。「讓我瞧瞧：一——是索林，二，三，四，五，六，七，八，九，十，十一；菲力和奇力在哪？他們在這！十二，十三——還有袋金斯先生：十四！哎呀，哎呀！情況原本可能更糟，不過也可能更好。我們沒有小馬，沒有食物，也不曉得我們在哪，後頭還有一堆生氣的哥布林！走吧！」

他們繼續向前。甘道夫說得沒錯：他們開始聽到哥布林的聲音與可怕叫聲，從他們穿過的通道後頭遠處傳來。他們因此跑得更快，而可憐的比爾博根本無法加快腳步——我可以告訴你，在情急之下，矮人能夠速度飛快地奔跑。所以他們輪流背他。

但哥布林依然跑得比矮人快，而這些哥布林不只更熟悉路線（牠們自己挖出了這些道路），還感到氣急敗壞；因此儘管矮人們不斷奔跑，卻依然能聽到後頭傳來的嚎叫。他們很快就聽到哥布林的腳發出的拍打聲，有很多雙腳似乎在最後一個轉角就要出現。他們能在隧道中看到身後閃爍的紅色火炬，而且他們也已精疲力竭了。

「哎呀，我為什麼要離開我的哈比洞？」可憐的袋金斯先生說，他正在龐伯背上上下晃動。

「哎呀，我為何要帶該死的小哈比人來尋寶？」可憐的龐伯說，他身型肥胖，當緊張又恐懼的他蹣跚踏步時，汗水便從鼻子滴落。

此時甘道夫停在後頭，索林也跟著他。他們繞進轉角。「該動手了！」他喊道。「拔劍吧，索林！」

這是臨危之計，哥布林們也不喜歡這計畫。牠們叫嚷著衝過轉角，並發現哥布林斬殺者與敵擊劍在牠們訝異的眼中閃爍著冷冽亮光。最前方的哥布林拋下火炬並發出一聲大叫，隨即被殺。後頭的哥布林繼續鬼吼鬼叫並往後跳，撞倒了其他從後頭跑來的同伴。「咬劍和打劍！」牠們尖聲叫道。牠們很快就亂成一團，大多哥布林也沿著原路逃之夭夭。

花了好一陣子，牠們才敢繞過那個轉角。這時矮人們已經再度前進，往哥布林地盤中的漆黑隧道中跑上很長一段距離。當哥布林發現這點時，就熄滅火炬並穿上軟鞋，再挑出耳朵和眼睛最利、跑速也最快的成員。這些哥布林往前衝去，就和黑暗中的黃鼠狼一樣迅速，發出的聲音也不比蝙蝠大。

因此比爾博、矮人或甚至是甘道夫，都沒有聽到牠們逼近。他們也沒看到哥布林。但無聲地跑在後頭的哥布林看見他們，因為甘道夫讓他的魔杖發出微光，以便幫矮人探路。

　　忽然間，後頭的黑暗中有東西抓住在隊伍末端背著比爾博的朵力。他大叫一聲並摔倒在地，哈比人則從他的肩膀上滾落到黑暗中，一頭撞上堅硬的岩石，然後什麼也記不得了。

第五章——

黑暗中的謎語

當比爾博睜開眼睛時，他不確定自己是否真的有睜眼，因為周圍和閉眼時一樣漆黑。他附近一個人都沒有。想想他有多害怕！他什麼也聽不見，也看不到任何東西，而除了岩石地面外，他什麼都感覺不到。

他非常緩慢地起身，以四肢著地的方式四處摸索，直到觸摸到隧道牆壁；但他無法在牆面上下找到任何東西。什麼都沒有，沒有哥布林的跡象，也沒有矮人的蹤跡。他感到暈頭轉向，也毫不確定當自己摔倒時，矮人往哪衝去了。他盡可能猜測方向，並爬了很長一段距離，直到他的手忽然在隧道地面上碰到一枚冰冷的金屬小戒指。這是他生涯中的轉捩點，但他當時並不曉得。他想也不想，就把戒指放進口袋中；當下它顯然毫無用途。他沒有再走多遠，反而坐在冷冽的地面上，讓自己徹底感到絕望好一陣子。他想到自己在家中廚房煎培根和炒蛋，因為他可以打從內心感覺到，現在已經是用餐時間了；但那只讓他感到更悲傷。

他想不出該怎麼做，也不知道發生了什麼事，或是他為何遭到拋下。假若他被拋在後頭，哥布林為何沒抓到他？他的頭又為何這麼痛？其實，他先前安靜無聲地在漆黑角落中躺了很久，完全沒人看到和想起他。

過了一陣子後，他就摸索著自己的菸斗。菸斗沒有斷掉，這是好消息。接著他摸索自己的小袋子，裡頭裝了點菸草，這是更棒的消息。接著他摸索著火柴，卻一根都找不到，這完全擊碎了他的希望。但當他恢復理智時，就覺得這樣也好。天知道點燃的火柴和菸草味，會從可怕的漆黑洞穴中引來什麼東西。但當下他依然感到無比沮喪。拍打全身的口袋，並摸索全身找尋火柴後，他的手碰到小劍的劍柄——那是他從食人妖那拿到的小匕首，而他完全忘了這回事。幸運的是，哥布林也沒有注意到這把劍，因為他把劍藏在褲子裡。

他把劍抽了出來。它在他眼前散發黯淡的蒼白光芒。「所以這也是把精靈劍，」他想，「哥布林不太近，但也不夠遠。」

但他不知怎地感到安心。佩戴在剛多林為備受傳頌的哥布林戰爭打造的劍，令他覺得氣宇不凡。他也注意到，當哥布林突襲他們時，這種武器讓牠們產生劇烈反應。

「回去嗎？」他想。「不行！往旁走？不可能！往前走！只能這樣做了！前進吧！」於是他爬起身，把小劍舉向前方，一隻手摸著岩壁行走，心臟撲通直跳。

比爾博現在肯定稱得上身陷困境。但你得記好，比起對於你我而言，當地的情況對他來說並不太糟。哈比人不太像一般人，儘管他們的洞穴舒適又通風，和哥布林的隧道差異很大，但他們還是比我們更習慣走隧道，在地底下也不容易失去方向感。當他們的頭從撞擊中恢復後，方向感就十分正常。他們能安靜無聲地移動，還能輕易隱藏行蹤，並從摔傷和撞傷中迅速復原，更有滿腔智慧，和人們大多從未聽說、或遺忘多年的諺語。

不過，我也不想進入袋金斯先生的處境。隧道似乎永無止盡。他只知道，隧道持續向下坡延伸，儘管有個彎道和一兩個轉彎處，隧道依然往同一個方向伸去。小劍發出的微光，讓他發現牆上三不五時會出現別的通道，當他觸碰岩壁時也會注意到這點。他完全不在意這些路徑，只會快速離開洞口，害怕會有哥布林或想像中的黑暗怪物從裡頭冒出。他不斷前進，並持續往下坡路走。他依然沒有聽到任何聲響，除了偶爾飛過他耳邊的蝙蝠之外。剛開始那會嚇到他，直到這種情況變得頻繁到使他麻木。我不曉得他繼續走了多久，他不想繼續往前，但也不敢止步，於是他不斷行走，直到整個人精疲力竭。他彷彿一路走到明天之後的日子了。

忽然間，他毫無預警地踏入水中！噁！水溫非常冰冷。他立刻把腳抽出來。他不曉得那是道路中的水池，或者是橫跨路徑的地底溪流，還是深邃黑暗的地下湖泊邊緣。劍身幾乎停止發光了。他停下腳步，而當他豎耳傾聽時，就能聽見視野外的洞頂傳來滴滴答答的水聲，落入底下的水域。但似乎沒有其他聲音。

「所以這是座水池或湖泊，不是地底河。」他想。不過，他依然不敢涉水走進黑暗中。

他不會游泳，也想到在水中扭動的噁心滑溜生物，牠們還長了又大又凸的盲眼。山脈底部的水池和湖泊中，住了古怪的生物：天知道在多少年前，有些魚類的祖先游進山底，再也沒有游到外頭，為了在黑暗中視物，眼睛就變得越來越大。洞裡還有比魚更黏膩的生物。就連在哥布林們自行挖掘的隧道與洞穴中，都住有牠們所不知道的其他東西，這些東西從外界偷溜進來，躲藏在黑暗中。有些洞穴的起源也能追溯至哥布林出現之前的時代，牠們只是拓寬了隧道，並將之連上原本的通道，而原本的擁有者依然躲在古怪的角落裡，偷偷摸摸地四處窺探。

在地底深處的漆黑水域旁住著老咕嚕，他是個矮小滑溜的生物。我不曉得他來自何方，也不曉得他的身分與底細。他就是咕嚕——除了纖瘦臉孔上的兩顆蒼白大圓眼外，全身如同黑影般難以辨識。他有艘小船，也會在湖上無聲地划船。這的確是座湖，寬闊深邃而冰冷刺骨。他用懸在船邊的大腳充當船槳，但他從來不會製造出任何漣漪。他毫無動靜。他油燈般的蒼白雙眼找尋著盲魚，再用細長的手指迅雷不及掩耳地捉魚。他也喜歡肉。如果他抓到哥布林的話，也覺得很好吃；但他總是小心不讓牠們發現自己。如果有哥布林獨自走到靠近水邊的位置，而他又在附近出沒，他就會從後頭掐死對方。牠們鮮少來這裡，因為牠們覺得有某種不祥之物潛伏在山脈深處。多年前牠們往下挖掘隧道時，就發現了這座湖，也發現牠們無法繼續前進。因此牠們的道路終止於此，也沒理由要往那走——除非大哥布林派牠們過去。牠有時想吃湖裡的魚，而有時哥布林和魚都沒有回去。

其實咕嚕住在湖中央的黏滑岩島上。他正從遠處用望遠鏡般的蒼白眼珠盯著比爾博。

比爾博看不見他，但他對比爾博大感好奇，因為他看得出比爾博不是哥布林。

咕嚕爬進船裡，並從島邊漂走，此時比爾博正不知所措地坐在湖邊，不知該如何是好。咕嚕忽然出現，嘶嘶作響地低聲說道：

「祝福我們，我們太幸運了，我的寶貝！我猜這是頓大餐，終於有好吃的東西吃了，咕嚕！」當他說咕嚕時，喉嚨中就會發出難聽的吞嚥聲。這就是他名字的由來，不過他總是叫自己「我的寶貝」。

當耳邊傳來嘶嘶聲時，哈比人就嚇得六神無主，也突然看到盯著自己的蒼白眼睛。

「你是誰？」他說，邊把小劍舉向前。

「他嘶誰，我的寶貝？」咕嚕悄聲說道（由於從來沒有交談對象，讓他總是自言自語）。這就是他來此的目的，因為他當下不太餓，只是好奇而已；不然他就會先抓住對方，事後再低聲說話。

「我是比爾博．袋金斯先生。我和矮人走散了，也找不到巫師，我不知道自己在哪，也不想知道，如果我能離開就好了。」

「他手裡拿的是什麼？」咕嚕說，一面盯著劍看，他不太喜歡這東西。

「這是劍，是來自剛多林的武器！」

「嘶嘶。」咕嚕說，態度變得彬彬有禮，「或許我們可以坐下來聊天一下，我的寶貝。它喜歡謎語，可能吧，是嗎？」他急於表現友善，至少當下是如此；他得先了解更多關於這把劍和哈比人的事，究竟對方是否真的獨自一人，好不好吃，還有咕嚕自己到底餓不餓。

謎語是他唯一想得到的東西。問謎語，有時加上猜測答案，是他很久以前和其他坐在自家洞裡的有趣生物唯一玩過的遊戲。後來他失去了所有朋友，還遭到驅逐，孤獨的他則爬入山脈底下的黑暗中。

「好吧。」比爾博說，他急著同意對方，因為他得先了解更多關於這生物的事，究竟對方是否獨自一人，是否凶狠或飢餓，以及究竟是不是哥布林的朋友。

「你先問。」他說，因為他沒時間想謎語。

因此咕嚕嘶聲說道：

什麼東西有無人見過的根部，
比樹木更高，
直上雲霄，
卻從不長高？

「簡單！」比爾博說，「我想，是山吧。」

「它覺得很簡單嗎？它得跟我們比賽，我的寶貝！如果寶貝發問，它回答不出來，我們就吃掉它，我的寶貝。如果它問我們，我們回答不出來，那我們就照它說的做，啊？我們帶它去找出路，對！」

「好吧！」比爾博說，他不敢拒絕對方，也絞盡腦汁想出能避免自己被吃的謎語。

紅丘上有三十四白馬，
牠們先大嚼特嚼，
然後用力跺腳，
接著紋風不動。

他只能想出這個謎語——他心裡盤旋著吃東西的念頭。這也是個老謎語，而咕嚕就和你一樣清楚答案。

「老套，老套。」他嘶嘶說道，「牙齒！牙齒！我的寶貝，但我們只有六顆！」接著他問了第二個謎語：

它無聲卻疾呼，
無翅卻撲翼，
無牙卻啃咬，
無口卻呢喃。

「等一下！」比爾博喊道，他依舊不安地想到進食。幸運的是，先前他曾聽過類似的謎語，一等他恢復理智，就想出了答案。「風，當然是風了。」他說，還自鳴得意地當場想出了一個謎語。「這會難倒那個噁心的地底小怪物。」他想。

藍臉上有顆眼睛
在綠臉上看到一顆眼睛。
「那顆眼睛和這顆眼睛很像。」
第一顆眼說，
「但在低處
不在高處。」

「嘶，嘶，嘶。」咕嚕說，他住在地下已經很久了，也遺忘了這種東西。但正當比爾博開始希望怪物無法回答時，咕嚕就想起數世紀前的回憶，當時他還和祖母住在河岸的洞裡。「嘶，嘶，我的寶貝。」他說，「意思是照耀雛菊的太陽，沒錯。」

但這些地面的日常謎語讓他感到疲倦。這類謎語也讓他想起自己較不孤單、也不偷偷摸摸和骯髒的昔日生活，使他發起脾氣。更糟的是，回憶使他感到飢餓，所以這次他嘗試比較困難和不祥的謎語：

沒人能看到它，感受它，
無法聽到它，無法嗅到它。
它藏在繁星後與山丘下，

填滿空蕩洞穴。
它率先到來並隨後跟上，
消弭生命，扼殺歡笑。

對咕嚕不利的是，比爾博先前聽過這類謎語，而且答案就在他周遭。「黑暗！」他連頭也沒抓，不假思索地說道。

盒子沒有絞鍊、鑰匙或蓋子，
但其中埋藏黃金寶。

在他能想出真正困難的問題前，就先問這個謎語以爭取時間。他認為這是過度簡單的老套謎語，不過他沒有使用常見的文字內容。但這對咕嚕帶來莫大打擊。他對自己發出嘶嘶聲，但他依舊沒有回答。他悄聲並語無倫次地說話。

過了一陣子後，比爾博感到不耐煩。「哎，答案是什麼？」他說。「從你發出的聲音聽來，答案不是沸騰的茶壺。」

「給我們一次機會，它得給我們一次機會，我的寶貝——嘶——嘶。」

「嗯，」比爾博讓他想了很長一陣子後說，「你猜到什麼答案了？」

但咕嚕忽然想起很久以前從巢裡偷東西的事，當時他坐在河岸底下教他的祖母，教他的祖母吸——「蛋！」他嘶嘶說道。「就嘶蛋！」接著他問：

活著卻不呼吸，
冰冷宛如死亡；
從不口渴，總在喝水，
全身裝甲，卻從不作響。

換他覺得這是極度簡單的謎語了，因為他總是會想著這答案。但當下他想不出更好的謎語，因為雞蛋謎語讓他感到慌亂。這對可憐的比爾博而言也是一次打擊，如果可以的話，他永遠都不想靠近水邊。我想你自然清楚答案，或是能輕易猜出來，因為你舒適地坐在家中，完全沒有被吃掉的危險來打擾你的思緒。比爾博坐了下來，清了喉嚨一兩次，但他一個答案都說不出口。

過了一陣子後，咕嚕就開始愉快地嘶聲自言自語：「它好吃嗎，我的寶貝？它多汁嗎？它咬起來美味嗎？」他開始在黑暗中窺視比爾博。

「等一下。」哈比人發著抖說，「我剛剛才給過你很長的機會。」

「它得快點，快點！」咕嚕說，並開始爬出小船，想上岸抓比爾博。但當他把長蹼的細長雙腳伸進水裡時，有條魚就害怕地跳出水面，掉在比爾博的腳趾上。

「噁！」他說，「又冰又黏！」因此他做出猜測。「魚！魚！」他喊道，「是魚！」

咕嚕非常失望，但比爾博盡快問了另一個謎語，因此咕嚕得回到船上思考。

沒腿的躺在一條腿上，兩條腿的坐在三條腿的附近，四條腿的得到一點東西。

此時不是問這個謎語的正確時機，但比爾博非常匆忙。如果他在別的時間點問這個謎語的話，咕嚕可能難以猜出答案。因此，一談到魚，「沒腿的」就不太難猜了，之後的其他部分也相當簡單。「小桌上放了魚，桌邊的人坐在凳子上，貓兒咬著骨頭。」那自然就是解答，咕嚕也迅速說了出來。接著他覺得該問困難又可怕的題目了。以下就是他說的：

此物吞沒萬物：
鳥獸樹花，
啃鐵咬鋼，
碾碎堅石，
弒王滅城，
夷平高山。

可憐的比爾博坐在黑暗中，思考他在故事中聽過的所有巨人和食人魔名稱，但沒有一種怪物做過這些事。他覺得答案本質截然不同，自己也應該猜得出來，但他完全想不出解答。他開始感到害怕，這也不利於思考。咕嚕準備爬出小船。他拍打著水面，往岸邊划去。比爾博能看到咕嚕的眼睛朝他逼近。他的舌頭似乎在嘴裡變得僵硬，他也想大叫出聲：「給我多一點時間！給我時間！」但他忽然擠出的話語只有：

「時間！時間！」

比爾博能得救，完全是因為運氣。因為那就是答案。

咕嚕再度大失所望；他開始毛躁起來，也厭倦了遊戲。這確實讓他感到飢腸轆轆。這次他沒有回到小船上。他在黑暗中坐在比爾博身旁。這讓哈比人感到極度不適，也害他嚇得六神無主。

「它只能再問我們一個問題，我的寶貝，對，對，對。只能再猜一個問題，對，對。」咕嚕說。

但當潮溼冰冷的噁心怪物坐在身旁，還不斷對他東摸西摸時，比爾博完全無法想出任何問題。他搔頭又狠捏自己，但依然想不出任何點子。

「問我們！問我們！」咕嚕說。

比爾博對自己又捏又打。他伸手握緊小劍。他甚至用另一隻手在口袋中摸索。他在裡頭發現自己在隧道中撿到但忘記的戒指。

「我口袋裡有什麼？」他說出聲來。比爾博只是在自言自語，但咕嚕以為那是個謎語，這使他大驚失色。

「不公平！不公平！」他嘶嘶說道，「不公平呀，我的寶貝，對吧，居然問我們它骯髒的小口袋裡有什麼？」

比爾博察覺剛發生的事，便在無計可施的狀況下，繼續問同樣的問題：「我口袋裡有什麼？」他更大聲地說。

「嘶——嘶——嘶。」咕嚕發出嘶嘶聲。「它得讓我們猜三次嘶，我的寶貝，三次嘶。」

「好吧！快猜！」比爾博說。

「手！」咕嚕說。

「錯了。」比爾博說，幸好他剛又把手抽了出來。「再猜一次！」

「嘶——嘶——嘶。」咕嚕更沮喪地說。他想到自己放在口袋中的所有東西：魚骨頭、哥布林牙齒、溼貝殼、一小部分的蝙蝠翅膀、一顆用來磨牙的銳利石塊和其他骯髒的東西。他試圖思考其他人會在口袋裡放什麼。

「刀子！」他最後說道。

「錯！」比爾博說，他先前就弄丟了自己的刀子。「最後一次機會！」

咕嚕現在的心情，比起比爾博問他雞蛋謎語時還更糟。他嘶嘶作響又咕噥著，並前後搖晃身體，用雙腳拍打地面，一面不住扭動；但他依然不敢浪費最後一次機會。

「快點！」比爾博說。「我在等呢！」他試著讓自己聽起來大膽又開心，但無論咕嚕有沒有猜對，比爾博其實一點都不確定遊戲會如何結束。

「時間到了！」他說。

「細線，或什麼都沒有！」咕嚕尖叫道，同時猜兩個答案並不太公平。

「兩個都錯。」放下心中大石的比爾博喊道。他也立刻跳起身，背對最靠近的岩壁，並舉起他的小劍。他當然知道謎語遊戲神聖又古老，就連最邪惡的生物玩這種遊戲時也害怕作弊。但他覺得自己無法信任這隻黏滑生物會在絕境中信守承諾。他能用任何理由毀約。畢竟，根據古老法則，最後一個問題並不算是真正的謎語。

但無論如何，咕嚕都沒有立刻攻擊他。他能看到比爾博手中的劍。他一動也不動地坐著，一面顫抖低語。最後比爾博等不下去了。

「怎麼了？」他說，「你的承諾呢？我想離開了。你得帶我去找出路。」

「我們有這樣說嗎，寶貝？帶可惡的小袋金斯去找出路，對，對。但它口袋裡有什麼啊？不是細線，寶貝，但也不是什麼都沒有。噢不！咕嚕！」

「別管了。」比爾博說，「承諾就是承諾。」

「它真粗魯，又不耐煩，寶貝。」咕嚕嘶聲說道，「但它得等，對，它得等等。我們不能這麼急著進隧道。我們得先去拿東西，對，拿能幫我們的東西。」

「嗯，快點！」比爾博說，一想到咕嚕要離開，他就感到放鬆。他覺得對方只是找藉口，沒打算回來。咕嚕在說什麼？他能把什麼有用的東西放在漆黑的湖上？但他錯了。咕嚕確實打算回來。現在他又氣又餓。而且他是個悲哀的歹毒生物，也已經想出了計畫。

比爾博不曉得他的島嶼就在不遠處，而他在藏身處中放了幾個航髒物品，還有一個非常美麗的東西，不只美麗，還完美無瑕。他有一枚戒指，一枚金戒，一枚寶貴的戒指。

「我的生日禮物！」他悄聲自言自語，他在不見天日的無盡歲月中經常這麼做。「我們現在想要它，對；我們要它！」

他想要它的原因，是由於那是枚力量之戒，如果你把戒指套在手上，就會化為無形；只有在最強烈的陽光下，你才會顯露身影，但也只看得到你顫動的微弱陰影。

「我的生日禮物！我在生日那天得到它，我的寶貝。」他總是這麼對自己說。但誰知道在世上還有許多這種戒指的古老歲月中，咕嚕是如何拿到那禮物的？或許就連統御那些戒指的主人都不曉得。一開始咕嚕經常佩戴它，直到它讓咕嚕感到倦怠。接著他把戒指放在貼身的小袋子裡，直到戒指磨傷他。現在他通常把戒指藏在島上岩石的縫隙中，也總會回去看它。有時當他受不了遠離戒指，或是飢腸轆轆又厭倦吃魚時，他就會戴上戒指。接著他會沿著漆黑的走道鬼鬼祟祟地移動，找尋迷途的哥布林。即使他會痛苦地眨眼，也敢冒險進入點著火炬的地點，因為他安全無虞。沒錯，非常安全。沒人看得見他，沒人會注意到他，直到他用手指掐住對方的咽喉。僅在幾小時前，他才戴上戒指過，並抓了隻小哥布林。牠尖叫的聲音可大著呢！他還有一兩根骨頭可咬，但他想吃軟一點的東西。

「很安全，對。」他悄聲自言自語，「它不會看到我們，對吧，我的寶貝？不會的。它看不見我們，它的骯髒小劍一點用也沒有，沒錯。」

當他忽然從比爾博身旁溜走，趴噠趴噠地跑回船上，並划進黑暗中時，歹毒小腦袋裡就這麼想。比爾博以為自己不會再見到他了。但他依然等了一會兒，因為他不曉得要如何獨自找到出路。

突然間，他聽見一股尖叫聲。這使他感到毛骨悚然。咕嚕在黑暗中咒罵哀鳴，而從聲音聽起來，距離並不太遠。他在自己的島上四處摸索，徒勞無功地找了又找。

「它在哪？它在哪？」比爾博聽到他的叫聲。「它不見了，我的寶貝，不見了，不見了！我們真該死，我的寶貝不見了！」

「怎麼了？」比爾博喊道。「你搞丟了什麼？」

「它不能問我們。」咕嚕尖叫道，「跟它無關，不，咕嚕！它不見了，咕嚕，咕嚕，咕嚕。」

「好吧，我也迷路了，」比爾博叫道，「我想找到出路。我贏了遊戲，你也答應過了。所以快來！先讓我出去，你再繼續找！」儘管咕嚕聽起來相當悲慘，比爾博卻無法在心中找到憐憫，他也覺得咕嚕既然這麼想要，就不太可能是什麼好東西。「快來！」他叫道。

「不，還不行，寶貝！」咕嚕回答，「我們得找它，它不見了，咕嚕。」

「但你沒有猜中我最後的問題，你也答應過了。」比爾博說。

「沒有猜中！」咕嚕說。接著黑暗中忽然傳來一陣尖銳的嘶嘶聲。「它口袋裡有什麼？告訴我們。它得先說。」

對比爾博而言，他沒有不說的特別理由。咕嚕的腦筋猜得比他還快。這是當然，因為數世紀來，咕嚕把注意力都投注在這個東西上，也總害怕它遭到竊取。但比爾博對拖延感到心煩。畢竟他冒著可怕風險，公平地贏了遊戲。「答案是用來猜的，不能直接講出來。」他說。

「但那問題不公平。」咕嚕說，「那不是謎語，寶貝，不是。」

「噢，好吧，如果你只是想問一般問題的話，」比爾博回答，「那我已經先問了。你搞丟了什麼？告訴我答案！」

「它口袋裡有什麼？」嘶嘶聲越趨高昂尖銳，而當比爾博望向聲音來源時，就警覺地發現兩個小光點正盯著他。當咕嚕的疑心越來越重時，兩眼中就亮起了蒼白的火光。

「你搞丟了什麼？」比爾博追問道。

但咕嚕眼中的火光已化為綠焰，也迅速逼近。咕嚕再度上船，激烈地划回漆黑湖畔。他心中因損失而引燃的怒火與疑心萬分高漲，已經沒有任何劍能嚇退他了。

比爾博猜不出這個悲慘生物大發雷霆的原因，但他清楚事情已經完蛋了，咕嚕無論如何都打算要殺掉他。他及時轉身，盲目地往上坡跑回先前走過的漆黑通道，並緊靠岩壁，還用左手摸索著。

「它口袋裡有什麼？」他聽到身後傳來響亮的嘶嘶聲，還有咕嚕跳出小船時的水花噴濺聲。「我到底有什麼呀？」當他邊喘氣邊蹣跚前進時，就這麼對自己說。他把左手放進口袋中。當戒指悄悄套上他四處摸索的食指時，感覺起來相當冰冷。

嘶嘶聲緊追在後。他轉身看到咕嚕如同小綠燈的雙眼往上坡移動。這嚇得他企圖加速，但他的腳趾忽然撞到地面上的突起物，並隨之摔倒，身體還壓住小劍。

咕嚕瞬間追上他。但在比爾博來得及做出反應，喘氣並起身，或是揮舞他的劍前，咕嚕就經過他身旁，完全沒注意到他，邊跑還邊咒罵低語。

這是什麼意思？咕嚕在黑暗中看得見。即便在後頭，比爾博也能看到他眼中閃爍的蒼白光芒。他痛苦地起身，把再度發出微光的劍收回鞘中，並小心翼翼地跟上。當下似乎別無他法。回到底下的咕嚕湖泊沒有好處。如果他跟著對方，或許咕嚕會不經意地帶他找到出路。

「詛咒它！詛咒它！詛咒它！」咕嚕嘶聲說道。「詛咒袋金斯！它不見了！它口袋裡有什麼？噢，我們猜到了，我們猜到了，我的寶貝。他找到它了，他一定找到它了。我的生日禮物。」

比爾博豎耳傾聽。他終於也開始臆測了。他稍微加快腳步，盡可能大膽地跟在咕嚕身後，咕嚕依然頭也不回地迅速前進，但他時常轉頭往兩旁張望，比爾博能從牆上的微光注意到這點。

「我的生日禮物！詛咒它！我們怎麼會弄丟它，我的寶貝？對，沒錯。就是我們上次走這條路時，就是我們掐死那個尖叫的可惡小鬼時。沒錯。詛咒它！在這麼久之後，它從我們手中掉了！它不見了，咕嚕。」

咕嚕忽然坐下並開始啼哭，那種口哨般的咕噥喉音聽起來陰森駭人。比爾博停下腳步，並緊靠在隧道岩壁上。過了一陣子後，咕嚕停止哭泣，然後開口講話。他似乎在和自己爭執。

「回去找沒有用，不。我們不記得我們去過的所有地方。這也沒有用。袋金斯把它藏在口袋裡。那個討厭鬼找到它了，我們說過了。」

「我們猜過，寶貝，只有猜過。只有等我們找到那可惡的傢伙，再掐住它，才會知道答案。它不曉得，也不可能走遠。那個可惡的傢伙迷路了。它不曉得出路在哪。它是這樣說。」

「它是這樣說，對；但它很狡猾。它不把話說清楚。它不說它口袋裡有什麼。它知道。它知道進來的路，一定也知道出去的路，對。它去後門了。去後門，沒錯。」

「那哥布林就會逮到它。它沒法走那條路出去，寶貝。」

「嘶，嘶，咕嚕！哥布林！對，但如果它拿到禮物，我們寶貝的禮物，那哥布林就會拿到它，咕嚕！牠們會找到它，牠們會發現它的能力。我們再也不安全了，永遠不安全，咕嚕！其中一個哥布林會戴上它，就沒人看得見牠了。牠會變得鬼鬼祟祟又狡猾，還會逮到我們，咕嚕，咕嚕！」

「那別說話了，寶貝，趕快出發。如果袋金斯往那走，我們就得快點過去看。快走！現在不遠了。快點！」

咕嚕一躍起身，開始大步蹣跚前進。比爾博快速跟上，態度依然謹慎，但他當下最怕踩到凸起物而絆倒，摔倒時還發出聲音。希望和訝異在他腦袋中盤旋。他得到的戒指似乎是枚魔法戒指：它能讓你隱形！他當然在古老故事中聽說過這種東西，但很難相信他居然意外地找到這類戒指。但情況確實如此：在寬僅一碼的通道中，雙眼明亮的咕嚕卻視而不見地經過他身旁。

他們繼續前進，咕嚕在前頭啪噠啪噠地走，一面嘶聲咒罵；後頭的比爾博盡可能以哈比人的方式悄悄跟上。他們很快就來到一處通往四面八方的岔路，比爾博往下走時也曾來過這裡。咕嚕立刻開始數通道。

「左邊一個。對，右邊一個，對。右邊兩個，對，對。左邊兩個，對，對。」他繼續算下去。

當數目增加時，他便慢下腳步，並開始顫抖啜泣。因為他離水邊越來越遠，也感到害怕。附近或許有哥布林出沒，他還弄丟了戒指。最後他停在左側一處低矮洞口旁。

「右邊七個，對。左邊六個，對！」他悄聲說，「就是這裡。這就是通往後門的路，對。就是這條路！」

他往內窺探，然後縮回來。「但我們不敢進去，寶貝，我們不敢。裡面有哥布林。很多哥布林。我們聞到牠們了。嘶嘶！」

「我們該怎麼做？詛咒牠們，讓牠們去死吧！我們得在這等，寶貝，等一下看看。」

於是他們停滯不前。咕嚕還是帶比爾博找到出路了，但比爾博進不去！咕嚕弓起身子坐在洞口前，雙眼閃爍冷冽光芒，頭部靠在雙膝左右掃視。

比爾博比老鼠更安靜地悄悄遠離岩壁，但咕嚕立刻緊繃起來並用力嗅聞，眼睛也發出綠光。他發出輕柔但深具威脅性的嘶嘶聲。他看不見哈比人，但現在他充滿警覺性，也有在黑暗中磨練出的其他感官：聽覺與嗅覺。他似乎立刻蹲伏下來，雙手平放在地面，頭部向外伸，鼻子也幾乎觸及岩石。儘管他在自己雙眼的光芒下，只像個黑色陰影，比爾博卻看得出、或感覺得到對方如弓弦般緊繃，隨時準備一躍而出。

比爾博幾乎停止了呼吸，自己也變得緊繃。他感到絕望。他一定得趁自己還有體力，趕快逃離這股恐怖的黑暗。他得挺身奮鬥。他得刺死那骯髒的怪物，挖出對方的眼睛，再把他殺掉。他打算殺了比爾博。不，這種方式不公平。他現在隱形了。咕嚕沒有劍。咕嚕甚至沒有真的威脅要殺他，或者還沒嘗試動手。他感到悲慘又孤獨，也無路可去。比爾博的心中忽然湧出一股同理心，以及與恐懼交織的憐憫：他瞥見了不見天日的漫長歲月，無法改善一切，只剩下堅硬的岩石和冰冷的魚，以及鬼鬼祟祟的低語生活。這些思緒一瞬間飄過他腦海中。他顫抖起來。隨著另一股靈機閃動，彷彿得到全新的力量與決心輔助，使他縱身一跳。

對人類來說，這並沒有跳得多遠，但這是在黑暗中的飛躍。他直接跳過咕嚕頭頂，往前飛了七呎，在空中則躍過了三呎的高度。他不曉得的是，自己的頭差點撞上隧道的低矮拱型洞口。

咕嚕向後撲，在哈比人躍過他頭頂時伸手去抓，但為時已晚；他的手撲了空，用結實雙腳落地的比爾博，則在新隧道中往前衝。一開始他身後傳來嘶嘶聲與咒罵聲，但隨即停止。後頭立刻響起令人血液凝結的尖叫，聲音中充滿恨意與絕望。咕嚕失敗了。他不敢再往前走。他輸了：他失去獵物，也喪失了自己唯一在乎的東西——他的寶貝。這股叫聲讓比爾博的心臟差點跳進嘴裡，但他依然繼續向前。他身後傳來嗓音，儘管微弱地宛如回音，卻依然充滿威脅感：

「小偷，小偷，小偷！袋金斯！我們恨它，我們恨它，我們永遠恨它！」

隨後只剩下沉默。但沉默對比爾博而言也深具威脅。「如果哥布林近到讓他能聞到的話，」他想，「那牠們就會聽到他的尖叫和咒罵聲了。小心點，不然這條路就會帶你碰上更糟糕的東西。」

通道低矮又粗糙。對哈比人而言不太難走，但儘管他十分小心，卻依然有好幾次讓腳趾撞到地面上的尖突石塊。「對哥布林來說有點矮，至少對大的哥布林是這樣。」比爾博心想，他不曉得就連山裡的大型歐克獸人，都能在雙手幾乎觸及地面的彎腰姿態下以高速前進。

原本往下延伸的通道，很快就再度變成上坡路，過了一陣子後坡度也變得陡峭。這害比爾博慢下腳步。但斜坡最後終於來到盡頭，通道轉了彎，並再度往下傾，而抵達一小段斜坡底部後，他就看到一絲光線從另一個轉角處流瀉而出。不是火焰或提燈的紅光，而是蒼白的戶外光線。比爾博隨即跑了起來。

他盡力用雙腿疾馳，繞過最後一道轉角，並突然來到一處開闊空間。長期待在黑暗中後，這裡的光線似乎令人眩目地明亮。這確實只是從門口透入的一絲陽光，有扇石造大門則對外敞開。

比爾博眨了眨眼，接著忽然看到哥布林們：全副武裝的哥布林拿著刀劍坐在門口內，眼睛圓睜地望著大門，也看著導向大門的通道。牠們機警地維持戒備，準備好面對任何狀況。

他還沒看到哥布林時，牠們就看見他了。對，牠們看到他了。無論這是意外，或是戒指碰上新主人時耍弄的最後一個把戲，它都不在比爾博手指上。哥布林們喜悅地大叫，隨即撲向他。

比爾博感到一股恐懼與失落感襲來，就像咕嚕悲慘情緒的迴響，他甚至忘了要拔劍，只是把雙手塞進口袋裡。戒指依然在左口袋中，他的手指立刻套上戒指。哥布林們立刻停下腳步。牠們完全看不到他的蹤跡。他消失了。牠們和之前一樣大叫兩次，但這次沒這麼高興。

「它跑哪去了？」牠們叫道。

「往通道走！」有些哥布林喊道。

「走這裡！」有些哥布林喊道。「走那裡！」其他哥布林叫道。

「注意門口！」隊長吼道。

哨音四起，盔甲撞在一起，劍刃鏗鏘作響，哥布林們狠狠咒罵並四處奔跑，不只撞倒了彼此，還變得氣急敗壞。可怕的叫嚣與騷動毫不止息。

比爾博嚇得心驚膽跳，但他還足夠理智，清楚當下的情況，並躲到哥布林守衛用來裝酒的大木桶後，因此避開了哥布林，沒有被牠們撞上、踩死或摸索到。

「我得趕到門邊，我得趕到門邊！」他不斷對自己說，但還是花了好一段時間，他才敢嘗試出發。接下來的狀況就像可怕版本的瞎子摸象遊戲。哥布林到處橫衝直撞，可憐的小哈比人只能左右閃躲，有個哥布林還撞倒了他，對方完全不曉得自己撞上了什麼東西。他四肢並用地爬走，即刻從隊長的兩腿間溜開，再起身跑向門口。

大門依然微張，但有隻哥布林幾乎把門完全推上了。比爾博努力掙扎，但絲毫無法移動門板。他試圖擠過縫隙。他擠呀擠的，結果卡住了！情況非常糟糕。他的鈕扣卡在門板邊緣和門柱間。他能看到外界景象：有幾道臺階向下延伸到高聳山脈之間的狹窄山谷。太陽從雲朵後頭露臉，在門外灑落明亮光芒——但他無法出去。

忽然間，裡頭有個哥布林大叫：「門邊有影子。有東西在外面！」

比爾博嚇得心臟都要蹦出體外了。他用力擠了一下。鈕扣往四面八方彈飛出去。他擠過門縫，同時扯破了外套與背心，並像山羊般跑下臺階，而大惑不解的哥布林們則撿起他掉在門檻上的漂亮黃銅鈕扣。

牠們當然迅速往他身後追去，一面大呼小叫，並在樹林間追捕他。但牠們不喜歡太陽，它會害牠們腿軟又頭暈。牠們找不到戴著戒指的比爾博，他在樹林陰影中來回穿梭，迅速又無聲地奔跑，同時遠離太陽；於是牠們很快就回去守門，一面嘟噥咒罵。比爾博成功逃跑了。

第六章——

一波未平，一波又起

比爾博逃離了哥布林，但他不曉得自己在哪。他弄丟了兜帽、斗篷、食物、小馬，他的鈕扣和朋友。他不斷往前遊蕩，直到太陽開始西下——落到山脈後。高山的陰影落在比爾博的通道上，他則往後看。接著他往前看去，在面前只看到山脊與斜坡往低地和平原傾斜，只能偶爾在樹林間看到這些地區。

「天呀！」他驚呼道，「我似乎直接跑到迷霧山脈另一側了，正好在彼端大地的邊緣！甘道夫和矮人們跑哪去了？我只希望他們沒困在哥布林手中！」

他繼續往前遊蕩，走出了小型高谷，並跨過山谷邊緣，再往下走往另一邊的斜坡；但在此同時，他心裡升起了一股非常不適的念頭。既然他有了魔法戒指，他就思考自己是否該回到駭人的恐怖洞穴中找尋他的朋友們。他才剛下定決心，認為那是他的責任，也必須回頭時（他對此也感到非常難受），就聽到了人聲。

他停下腳步仔細聽。那聽起來不像是哥布林，所以他小心地悄悄向前。他走在一條蜿蜒向下的岩石道路上，左手邊則有座岩壁。另一側的地面往下坡延伸，走道下的河谷中長滿灌木與矮樹。有人在其中一處河谷的灌木叢底下講話。

他悄悄走近，忽然間看到有個戴著紅兜帽的頭從兩座巨石之間往外窺視：是負責站哨的巴林。他原本該開心地拍手大叫，但他沒這麼做。由於害怕碰上意料之外的不友善對象，他還戴著戒指，而他發現巴林直盯著自己，卻完全沒發現他。

「我要給他們一個驚喜。」當他爬進河谷邊緣的灌木叢中時，就這樣想。甘道夫正在與矮人們爭執。他們討論著隧道中發生的事，也正在思索與辯論現在該怎麼做。矮人們不住埋怨，甘道夫則說他們不可能拋下陷入哥布林魔爪的袋金斯先生，並在沒嘗試找出他是生是死、也沒試圖營救他的狀況下，就繼續踏上旅程。

「他畢竟是我朋友，」巫師說，「也不是個小壞蛋。我對他有責任。我真希望你們沒搞丟他。」

矮人們想知道為何要帶他來，和為何他沒有緊跟著朋友們一起過來，以及巫師為什麼沒選比較有腦袋的人。「目前為止，他帶來的麻煩比用處還多。」某人說，「如果我們現在得回去那些討厭的隧道裡找他，那我覺得就讓他去死吧。」

甘道夫生氣地回答：「是我帶他來的，我也不會帶沒用的東西過來。你們要不來幫我找他，要不我就丟下你們，讓你們自己想辦法脫離麻煩。如果我們能找到他，在整趟冒險結束前，你們就會感謝我了。你為什麼要丟下他，朵力？」

「如果哥布林突然在黑暗中從背後抓住你的腿，絆倒你再往你背上踢一腳的話，」朵力說，「你也會丟下他呀！」

「那你為什麼不再把他抓起來？」

「老天呀！你還敢問？哥布林在一片漆黑裡又打又咬，每個人都撞上又打中彼此！你差點用格蘭瑞砍掉我的頭，索林還拿獸斬劍到處亂刺。你又突然放出炫目強光，我們就看到哥布林哀鳴逃竄。你大叫說：『大家跟著我！』每個人都該跟上了。我們以為大家都照做。你也知道，直到我們衝過門衛身旁，逃出低門，再匆忙跑來這裡前，根本沒時間清點人數。現在可好了——我們沒了夜賊，管他去死！」

「夜賊駕到！」比爾博說，並走到他們之中，再摘下戒指。

天啊，他們著實嚇了一大跳！接著他們驚訝又高興地叫出聲來。甘道夫和所有人一樣震驚，但他可能比其他人更開心。他叫巴林過來，問他覺得哨兵為何讓別人在毫無預警的狀況下走進他們之中。此後，比爾博在矮人間的名聲便扶搖直上。儘管有甘道夫先前的說詞，他們依然質疑他一流夜賊的身分，但現在他們的疑慮已經煙消雲散了。巴林最為困惑，但每個人都說這招非常聰明。

比爾博確實對他們的讚美感到滿意，也只在心裡輕笑，完全沒提起戒指的事。當他們問他如何脫逃時，他就說：「喔，就偷偷摸摸地走，你們是知道的——非常小心，一點聲音都沒有。」

「嗯，這是頭一次有老鼠小心又無聲地爬過我面前，我還什麼都沒發現。」巴林說，「我得對你脫帽致敬。」他照做了。

「巴林任您差遣。」他說。

「袋金斯先生聽您使喚。」比爾博說。

接著他們想知道比爾博在大夥弄丟他之後的冒險，他則坐下並告訴他們一切——除了發現戒指的事（「現在先別提。」他想）。他們對猜謎比賽特別有興趣，也因他對咕嚕的描述而打從心裡顫抖起來。

「然後，因為他坐在我旁邊，害我想不出其他問題，」比爾博做出總結。「所以我說：『我口袋裡有什麼？』他猜了三次都猜不中。我就說：『那你的承諾呢？為我指引出路！』但他衝來殺我，我只好跑走，還摔了一跤，而他在黑暗中錯過我。接著我跟著他，因為我聽到他在自言自語。他以為我真的知道出路在哪，所以他就往那走。後來他坐在入口前，我也過不去。所以我跳過他頭頂逃跑，一路跑到大門去。」

「那守衛呢？」他們問道，「那裡沒有守衛嗎？」

「喔對！有很多，但我躲過他們。我卡在門邊，因為門只開了個小縫，我也損失了很多鈕扣。」他悲傷地說，一面看自己破爛的衣服。「但我還是擠了出去——然後我就來了。」

當他談到躲過守衛、跳過咕嚕和擠過門縫，卻表現得彷彿過程不太困難或緊張時，矮人們看他的眼神就產生了嶄新敬意。

「我是怎麼跟你們說的？」甘道夫笑道，「袋金斯先生可是深藏不露。」當他說話時，就從濃密眉毛下對比爾博拋出眼神古怪的一瞥。哈比人懷疑對方是不是猜到他故事中沒提到的部分了。

接著他自己也有問題想問，即便甘道夫已經向矮人們解釋過了，但比爾博還沒聽過。他想知道巫師如何再度出現，他們現在又得去哪？

老實說，巫師一點都不介意再度解釋自己的聰明之舉，於是他告訴比爾博：他和愛隆都很清楚，有邪惡的哥布林在山脈一帶出沒。但牠們的主門以前位在不同的山路上，那條路更容易走，所以牠們經常在大門附近逮到在夜裡趕路的人。最後人們放棄走那條路，哥布林們肯定就在矮人們走的高處山路頂端挖開了新入口；這是最近發生的事，因為至今為止，那條路都很安全。

「我得看看能不能再找個善良巨人把門堵上，」甘道夫說，「不然就無法跨越山脈了。」

甘道夫一聽到比爾博的叫聲，就明白發生了什麼事。在殺死抓住他的哥布林的閃光中，他趁裂隙關上時迅速鑽了進去。他跟在奴隸主和囚犯後頭，一路直達大廳邊緣，並坐下來，在陰影中盡全力醞釀魔法招數。

「那是很棘手的狀況。」他說，「出手後就得跑！」

但當然了，甘道夫對和火與光有關的巫術進行過特殊研究（你記得，就連哈比人都從沒遺忘老圖克的仲夏夜宴會中的魔法煙火）。我們清楚其餘細節——不過甘道夫早就知道後門的事，哥布林將之稱為下層門，比爾博就是在那弄丟了鈕扣。其實，所有熟識山脈這一帶的人都知道那道門的位置，但隧道中的巫師得保持頭腦清醒，才能指引他們前往正確方向。

「牠們在數世紀前蓋了那道門，」他說，「部分是為了逃難，以免有天需要出路；部分是作為前往遠方地區的通道，牠們依然會在天黑後到那些地方製造破壞。牠們總是嚴加看守門口，也從來沒人有辦法堵上它。此後，牠們就會更嚴謹地看門了。」他笑道。

其他人也笑了起來。畢竟他們失去了很多東西，但他們殺了大哥布林和不少妖怪，也順利全員脫逃，因此或許可以說他們目前為止幹得不錯。

但巫師要他們冷靜下來。「既然稍作休息過了，我們就必須立刻動身。」他說，「等夜色降臨，牠們就會派出數百人來抓我們，陰影現在也變長了。即便在我們路過數小時後，牠們依然能嗅出我們的腳步。我們得在黃昏前走上好幾英哩。如果天氣不錯，就會有一點月光，那還算幸運了。牠們不太在意月亮，但月亮能給我們一點探路的光線。」

「喔對！」他說，以便回答哈比人的更多問題。「你們在哥布林隧道中遺忘了時間。今天是星期四，而我們是在星期一晚上或星期二凌晨遭到綁架。我們已經走了好幾哩，也直接穿過山脈核心，現在已經到了另一頭——確實是條捷徑。但我們不在山路原本的方向上；我們太靠近北方了，前方也有些惡劣地帶。我們也還處在地勢很高的位置。走吧！」

「我好餓喔。」比爾博呻吟道，他忽然察覺自己從大前天以來就沒吃過東西。想想哈比人對此有什麼感受！既然刺激感已經結束，他的胃就感到空空如也，雙腿也搖搖晃晃。

「沒辦法，」甘道夫說，「除非你想回去，好好請哥布林歸還你的小馬和行李。」

「不用了，謝謝！」比爾博說。

「好吧，那我們只能繫緊腰帶，繼續往前跋涉——不然我們就會成為別人的晚餐了，這比我們自己吃不到晚餐糟多了。」

當他們前進時，比爾博便四處張望，想找東西吃；但黑莓還在開花期，附近自然也沒有堅果可吃，就連山楂果也沒有。他輕咬了點酸模，並從橫跨道路的山間小溪中喝水，還吃了他在岸邊找到的三顆野草莓，但都無法填飽肚子。

他們繼續向前邁進。高低不平的道路消失了。灌木叢、巨石間的長野草、百里香、鼠尾草和墨角藍，以及黃色岩薔薇都消失了，一行人則發現自己身處一座寬闊陡坡頂端，坡上滿布落石，這顯然是山坡坍方後的殘餘物。當他們開始沿此往下走時，礫石和小鵝卵石便從他們腳邊滾走。更大塊的碎裂石塊很快就嘩啦一聲滑下來，震得他們底下的其餘碎石緩緩滾動；巨岩隨即彈開，隨著巨響與煙塵往下撞。不久，他們上方和腳下的整座山坡就開始蠢動，大夥也滑了下去，所有人抱在一起，驚懼又困惑地在碎岩和石塊的騷動聲中下滑。

坡底的樹木救了他們。他們滑進山坡上往高處生長的松林，山坡則一路延伸到底部山谷中更深邃漆黑的森林。有些人抓住樹幹，把自己拉到低矮的樹枝上，有些人（像小哈比人）則躲在樹木後躲避滾落的岩石。危險很快就結束了，石塊停止滑落，而當最大塊的落石滾進下方遠處的蕨類植物和松林根部之間後，便傳來最後一絲微弱的撞擊聲。

「哎呀！那可真嚇到我們了，」甘道夫說，「就連追蹤我們的哥布林都很難安靜無聲地下來。」

「我相信，」龐伯咕噥道，「但牠們不會覺得拿石塊砸我們的頭有什麼困難。」矮人們和比爾博開心不到哪去，並揉著他們瘀青受傷的腿和腳。

「胡說八道！我們要在這裡轉彎，離開下坡路。我們得快點！看看陽光！」

太陽早已消失在山脈後頭。他們周圍的陰影逐漸變深，不過從樹林間的遠處，和谷底的漆黑樹頂上，他們依然能看到遠方平原上的餘暉。他們跛著腳，盡快走下緩坡上的松林，沿著往南延伸的傾斜道路行走。有時候他們得穿過一大片蕨類植物，高聳的複葉則高掛在哈比人頭頂；有時候他們安靜地沿著滿地的松針走。在此同時，森林中的黑暗氣氛變得更加沉重，林子裡的沉默也更趨深邃。當晚沒有風，因此樹林的枝梢甚至沒有發出海浪般的沙沙聲。

「我們得繼續往前走嗎？」比爾博問，天色暗得使他只能看到在自己身旁搖擺的索林鬍鬚，周圍也安靜到讓他只聽到巨響般的矮人呼吸聲。「我的腳趾瘀青又扭傷了，腿也很痛，我的胃也像空蕩蕩的袋子一樣搖來搖去。」

「再走遠一點。」甘道夫說。

似乎過了很久之後，他們忽然來到一處沒有樹木生長的空地。月亮已升上天空，往空地灑落月光。他們所有人不知怎地覺得這並不是個好地方，不過附近並沒有任何怪東西。

忽然間，他們聽到山丘下的遠處傳來一陣嚎叫聲，那是股令人不寒而慄的長嚎。右邊遠方離他們更近的位置傳出了另一股呼應般的嚎叫，接著左方不遠處也響起了叫聲。那是對月亮嚎叫的狼群，有野狼正在聚集！

沒有狼住在袋金斯先生家的洞穴附近，但他清楚那種聲音。他在故事中經常看過這種敘述。他有個表哥（圖克家族的成員）是名老練的旅人，也經常模仿這種聲音來嚇他。在月下的森林中聽到嚎叫聲，就讓比爾博嚇得難以招架。就連魔法戒指都對野狼無計可施——特別是碰上住在哥布林肆虐山區陰影下的邪惡狼群，牠們來自野地邊陲外的未知地區。那種狼的嗅覺比哥布林更敏銳，不需要用眼睛就能抓到你！

「我們該怎麼辦，我們該怎麼辦？」他叫道，「逃離了哥布林，卻被狼逮住！」他說，從此這句話成了諺語，不過我們現在說「一波未平，一波又起」來形容同種令人不安的狀況。

「快爬上樹！」甘道夫喊道。他們跑向空地邊緣的樹木，找尋樹枝位置較低、或是細到能供他們一窩蜂爬上去的樹。你也能猜到，他們全速找到那些樹，並盡可能在樹枝還能支撐他們體重的狀況下爬到高處。如果你看到坐在樹上的矮人們，肯定會大笑出聲（在安全距離外）；他們的鬍鬚往下垂，活像一群玩著幼稚遊戲的老紳士們。菲力和奇力待在一棵宛如高大聖誕樹的高聳落葉松頂端。朵力、諾力、歐力、歐音和葛羅音用較舒適的方式待在一棵大松樹上，樹枝如同圓輪上的輻條般隔著一定距離向外生長。畢佛、波佛、龐伯和索林躲在另一棵樹上。德瓦林和巴林攀上高大纖細的冷杉，上頭只有幾根樹枝，他們則試圖在最頂端的綠色枝梢間找到堪坐的位置。比其他人高出不少的甘道夫，剛發現一棵他們爬不上去的樹，那是棵坐落在空地邊緣的大型松樹。他在枝椏中把自己藏得很好，但當他往外窺探時，你就看得出他的眼睛在月下閃爍。

至於比爾博呢？他爬不上任何樹，在樹幹之間鑽來鑽去，像是弄丟了自家地洞的兔子，後頭還有狗追上來。

「你又把夜賊丟在後頭了！」諾力往下對朵力說。

「我不可能在隧道裡和樹上，」朵力說，「都一直背著夜賊！你把我當成什麼？搬運工嗎？」

「如果我們不出手的話，他就會被吃掉。」索林說，因為他們身邊狼嚎四起，也逐漸逼近。「朵力！」他喊道，因為朵力待在最好爬的樹上最低的位置。「快，把袋金斯先生拉上來！」

儘管滿嘴埋怨，朵力其實是個善心人。當他爬到底下的樹枝上，並盡力把手臂往下伸時，可憐的比爾博依然搆不著他的手。於是朵力直接爬下樹，讓比爾博站在他背上向上爬。

就在此時，嚎叫的狼群踏入空地。忽然間有數百顆眼睛盯著他們。朵力依然沒有辜負比爾博。他等比爾博踏著自己的肩膀攀上樹後，自己才往樹枝跳。說時遲那時快！當他往上盪時，有隻狼一口咬向他的斗篷，差點逮住他。一瞬間，整批狼群就在樹旁吠叫，並撲上樹幹，目露凶光並伸出舌頭。

但即便是野生蠻狼[1]（這是野地邊陲邪惡狼族的名稱）也無法爬樹。幸好天氣溫暖無

---

1 譯注：Warg，此字來自古英文的 wearg，古高等德語的 warg，和古挪威語中的 vargr。Vargr 經常被用為狼的代稱，而 wearg 則象徵「法外之徒」。

風。無論在何時，坐在樹上太久都不舒服；但在低溫與強風中，加上在底下伺機而動的狼群，樹梢間就十分難熬。

受到樹林環繞的這座空地顯然是狼群的聚會點。不斷有越來越多狼出現。牠們在朵力與比爾博的樹底留下守衛，接著四處嗅聞，直到牠們找出每棵上頭有人的樹。牠們也留下成員看守這些樹，而剩餘狼群（似乎有數百隻）則在空地中圍成一大圈坐下。狼圈的中央有隻大型灰狼。牠用蠻狼的駭人語言對狼群說話。甘道夫聽得懂。比爾博完全不懂，但他覺得聽起來很可怕，牠們的話語聽起來彷彿和殘忍邪惡的事情有關，事實也確實如此。圈子中的所有蠻狼三不五時會共同呼應牠們的灰毛首領，牠們恐怖的叫聲幾乎害哈比人嚇得摔下松樹。

儘管比爾博聽不懂，但我還是會把甘道夫聽到的內容告訴你。蠻狼和哥布林經常幫助彼此行惡。哥布林通常不會前往遠離山脈的地帶，除非遭到外力驅離，使牠們找尋新家，或出發參戰（我很高興地說，這種事很久沒發生了）。但在那些日子裡，牠們有時會出外掠奪，特別是為了找尋食物或為牠們工作的奴隸。牠們經常找蠻狼幫忙，也會與狼群分享戰利品。當晚似乎原本該有場大型哥布林突襲行動。蠻狼們前來和哥布林碰面，哥布林們卻遲到了。理由自然是大哥布林的死，以及矮人們、比爾博和巫師惹出的騷動，哥布林們可能還在獵捕他們。

儘管有這塊遙遠土地蘊含的危機，近來依然有大膽的人類從南方來此伐木，並在山谷中較宜人的森林和河岸邊建立了居住地。他們為數眾多，性情英勇且武裝齊全，就連蠻狼們在大量聚集或光天化日之下，都不敢攻擊他們。但有了哥布林的協助後，牠們打算在晚上襲擊最靠近山區的某些村落。如果牠們的計畫成功進行，隔天就不會剩下任何倖存者；除了哥布林不讓狼群傷害、並當作囚犯帶回洞穴裡的人以外，所有人都會遭到殺害。

這聽起來是段恐怖對話，不只是由於勇敢的樵夫們和他們的妻小，也是由於當前威脅甘道夫與他朋友們的危機。發現他們待在這個會面點，讓蠻狼們火冒三丈又大感困惑。牠們以為這些人是樵夫們的盟友，為了監視牠們而來，還會將狼群計畫的消息送到山谷裡；與其綁架囚犯並吞食從睡夢中驚醒的受害者，哥布林和狼群們反而得打上一場血戰。所以蠻狼們不打算離開並讓樹上的人們逃跑，至少在早晨前不行。牠們說，早在天亮之前，哥布林士兵們就會從山上下來；哥布林們能爬樹，或是把樹砍倒。

現在你明白了，為何在聽到牠們的吠叫後，甘道夫就變得極度恐懼，儘管他是巫師；他覺得一行人陷入非常惡劣的處境，而且還沒成功逃走。他不會讓狼群恣意行事，不過當他困在大樹頂端、周遭地面還圍繞狼群時，也無法扭轉情勢。他從樹枝上收集起大顆松果。接著他讓一顆松果燃起明亮的藍色火焰，再把它咻咻作響地往下丟進狼群中。它擊中一隻狼的背部，牠粗長雜亂的毛皮立刻著火，牠也四處奔逃，並發出淒厲的慘叫。一顆顆松果隨著落下，一顆冒著藍焰，一顆發出紅焰，另一顆則燃起綠焰。它們在狼群中央的地面爆開，並噴濺出彩色火花和煙霧。有顆特別大的松果打中蠻狼頭目的鼻子，害牠往空中跳了十呎高，接著在狼群中橫衝直撞，甚至憤怒又恐懼地追咬其他狼隻。

矮人們和比爾博歡呼大叫。狼群的怒氣看起來十分嚇人，牠們引發的騷動也響徹了整座森林。狼群總是害怕火焰，但這是種可怕又不尋常的火焰。如果有絲火花沾上牠們的毛皮，就會立刻引燃，除非牠們迅速翻滾，不然很快就會全身著火。空地中很快就擠滿在地上滾動、企圖壓熄背上火花的狼，而起火燃燒的狼則嚎叫著狂奔，讓別的狼隻也染上火焰，直到自己的朋友把牠們趕走，這些狼則哀鳴著衝下斜坡找尋水源。

「今晚森林裡怎麼這麼吵？」鷹王說。在月光下顯得漆黑的牠，坐在山脈東側邊陲一座孤寂的石柱頂端。「我聽到狼群的聲音！哥布林在樹林裡搗蛋了嗎？」

牠飛入空中，待在兩側岩石上的兩名守衛立刻躍起並跟上牠。牠們在空中繞圈，往下看到圍成圈子的蠻狼，看起來像是遠方底下的一小顆點。但巨鷹的視力敏銳，能從遠處看到微小物體。迷霧山脈的巨鷹擁有能直視太陽的眼睛，即便在月光中，也能看到在底下一哩遠的地面上移動的兔子。所以儘管牠看不到樹上的人群，卻能辨識出狼群的騷動，也能看到渺小的閃爍火光，還聽到從牠底下遠處傳來的嚎叫聲。牠也觀察到在哥布林長矛與頭盔閃爍的月光，這批邪惡種族正列隊從牠們的大門悄悄走下山坡，再蜿蜒走進森林。

巨鷹並不是溫和的鳥類。有些成員懦弱又殘忍。但北方山脈的古老族系是世上最偉大的鳥類，牠們驕傲、強壯又高尚。巨鷹不喜歡哥布林，也不害怕牠們。當巨鷹注意到牠們時（這鮮少發生，因為巨鷹不吃這種生物），就會撲向牠們，將尖叫的哥布林趕回牠們的洞穴裡，阻止牠們進行中的任何惡行。哥布林痛恨並畏懼巨鷹，卻無法觸及巨鷹們高聳的巢穴，或把牠們從山中趕走。

今晚鷹王心中充滿好奇，想知道究竟發生了什麼事，所以他召集了許多巨鷹到身邊，牠們則飛離山區，緩緩繞圈往下降，飛向狼群圍起的圈子和哥布林的會面點。

這也是件好事！有可怕的事正在底下發生。著火並逃進樹林的狼隻，讓好幾個地方起了火。當晚時值仲夏，而山脈東邊有段時間都沒下雨。枯黃的蕨葉，落地的枯枝，成堆的松針，以及遍布四處的枯樹，都立刻燃起烈焰。蠻狼所在的空地周圍火光四起。但狼隻守衛們並沒有離開樹木。氣急敗壞的牠們在樹幹邊跳躍嚎叫，用恐怖的語言咒罵矮人們，一面伸出舌頭，狼眼則如同火焰般閃爍憤怒紅光。

接著哥布林忽然叫喊著衝上來。牠們以為和樵夫們的大戰已經開始了，但牠們很快就發現真相。有些哥布林還坐了下來大笑。其他哥布林揮舞長矛，用矛柄敲打自己的盾牌。哥布林不怕火，牠們也迅速想出了一個讓牠們覺得有趣的計畫。

有些哥布林把所有狼隻聚集成一群。有些把羊齒蕨和矮灌木堆在樹幹下。其他哥布林四處奔跑，不斷踩熄和打熄火焰，直到幾乎滅掉整體火勢——但牠們沒有熄滅在上頭有矮人的樹旁燃燒的火焰。牠們用落葉、枯枝和蕨葉助長了火勢。牠們很快就在矮人周圍升起了煙霧與火焰，也不讓火勢往圓圈外擴散；但火勢緩緩逼近，直到火舌舔舐到樹下堆積的燃料。煙霧飄進比爾博的雙眼，他也能感受到火焰的熱度；而在濃煙中，他看到哥布林們圍成一圈跳起舞來，像是繞著仲夏夜篝火的人們。在手持長矛與斧頭的舞動戰士圈外，狼群則站在一段距離外，旁觀並嚴陣以待。

他聽到哥布林們唱起了一首可怕歌謠：

十五隻小鳥在五棵冷杉上，
羽毛在熱風中飄動！
但是呀，可笑的小鳥們沒有翅膀！
我們該拿這些可笑的小東西怎麼辦？
活生生烤熟牠們，或燉煮牠們；
炸熟牠們，煮熟牠們，再趁熱吃牠們？

接著牠們停下並大喊：「快飛呀，小鳥！可以的話，就飛走吧！下來吧，小鳥們，不然你們就會在鳥巢裡被烤熟了。唱吧，唱吧，小鳥們！你們幹嘛不唱歌？」

「走開！小男孩！」甘道夫大聲回應，「現在不是小鳥築巢的時候。玩火的頑皮小男孩也會受到處罰。」他說這些話來惹火牠們，並讓牠們看到自己不害怕牠們；但他當然怕了，儘管他是巫師。但牠們毫不理會，並繼續唱歌：

燒啊，燒毀樹木和蕨類！
枯萎和燒焦！變成嘶嘶作響的火炬
點亮夜空，讓我們開心，
呀嘿！

烤熟他們，炸熟他們！
直到鬍鬚起火，雙眼朦朧，
直到頭髮發臭，皮膚迸裂，
脂肪融化，骨頭焦黑
在餘燼中
倒在天空下！
矮人們該死，
點亮夜空，讓我們開心，
呀嘿！
呀哈呀嘿！
呀嘿！

隨著最後一聲呀嘿，火焰便延燒到甘道夫的樹下。它一瞬間就散播到其他樹邊。樹皮起了火，底部的樹枝也燒得劈啪作響。

甘道夫隨即爬到樹頂。魔杖忽然發出宛如閃電的強光，他則準備好從高處跳進哥布林的長矛間。他肯定會因此送命，但當他如雷電般落下時，或許能殺掉許多敵人。但他並沒有跳出去。

就在此時，鷹王從上空撲來，用巨爪抓住他，並縱身飛走。

哥布林們發出又驚又怒的尖嚎。鷹王大聲鳴叫，甘道夫則與他交談。和他同種的巨鳥們飛了回來，並宛如巨大黑影般俯衝。狼群哀鳴並咬牙切齒，哥布林則火冒三丈地尖叫跺腳，並徒勞無功地往空中投擲長矛。巨鷹飛過牠們頭頂，拍擊的羽翼在黑暗中帶來的衝擊力將哥布林擊倒在地，或將牠們驅趕到遠處。巨鷹的利爪劃破了哥布林的臉孔。其他巨鳥飛到樹頂並抓住矮人們，他們正盡力攀上高處。

可憐的小比爾博差點又被拋在後頭了！他剛好抓住朵力雙腿時，因為朵力是最後一個被載走的矮人。他們一起飛到騷動與火勢上空，比爾博則在空中擺盪，雙臂幾乎要斷了。

底下遠方的哥布林與狼群在森林中分散開來。有幾隻巨鷹還在戰場上空盤旋俯衝。樹旁的火舌忽然竄上最高的枝梢。樹枝劈啪作響地起了火。一團火花與煙霧油然而生。比爾博及時逃脫了！

下方火勢的光芒很快就變得微弱，化為漆黑地面上的一絲閃動紅光。一行人在高空中飛翔，不斷向上繞圈飛升。緊抓朵力腳踝的比爾博從未忘卻這場飛行過程。他呻吟道：「我的手臂，我的手臂呀！」但朵力則哀嗚道，「我可憐的腿，我可憐的腿啊！」

即便在最佳狀況下，高處也會讓比爾博感到頭暈目眩。當他往小懸崖邊緣外看時，就會感到不適，他也從來沒喜歡過梯子，更別提樹了（先前他從來不需要從狼群中脫逃）。所以你可以想像，當他往下看搖晃的腳趾之間，並看到底下開闊的空間時，他的腦袋有多暈眩；月光灑落在各處，照亮了山丘上的岩石或平原中的溪流。

山脈的蒼白巔峰越來越近，月光下的岩峰從黑影中突出。無論夏天與否，當時都很冷。

他閉上眼睛，想知道自己還能抓緊多久。接著他想像自己沒抓緊的後果。他感到作嘔。

就在他鬆手前，這場飛行剛好結束。他倒吸了一口氣，並放開朵力的腳踝，落到鷹巢的粗糙平面上。他一語不發地躺著，思緒混合了被救離火場的訝異，與對自己可能會從狹窄地帶落入兩旁深淵陰影中的恐懼。經歷過這三天的驚悚冒險，加上幾乎沒有吃任何東西，使他感到非常不適，還不經意地大聲說道：「我現在懂培根突然被叉子從平底鍋裡挑起來，又被放回架上時的感覺了！」

「你才不懂咧！」他聽到朵力回應道，「因為培根知道自己遲早會回到鍋裡，但我們才不希望回去。再說，巨鷹不是叉子！」

「喔不！一點都不像傻子——我是說叉子！」比爾博坐起身說，一面緊張地望向坐在附近的巨鷹。他想知道自己到底還說了什麼無稽言論，巨鷹又是否會覺得這些話很魯莽。當你的身材只有哈比人大小，還在夜間待在鷹巢中時，就不該對巨鷹出言不遜！

巨鷹只在石頭上磨尖鳥喙並梳理羽毛，完全沒搭理兩人。

另一隻巨鷹很快就飛了過來。「鷹王命令你帶囚犯到大岩棚。」牠喊道，並再度飛走。另一隻巨鷹用爪子抓住朵力，帶他飛入夜空中，讓比爾博獨自留在原處。他才剛對使者口中的「囚犯」感到疑惑，並開始覺得自己會像兔子一樣遭到生吞活剝當晚餐吃時，就要輪到他了。

飛返的巨鷹用尖爪抓住他背上的外套，再飛上天空。這次牠只飛了一小段路，巨鷹很快就將比爾博放在山側一處寬闊的岩棚上，他則害怕地顫抖。除了飛行外，沒有其他路徑能抵達岩棚；而除了跳下懸崖外，也沒有辦法離開此處。他發現其他人背對山壁坐著。鷹王也在那和甘道夫交談。

比爾博似乎不會被吃了。巫師和鷹王顯然彼此有些交情，甚至稱得上是朋友。事實上，經常進入山區的甘道夫曾一度幫助過巨鷹們，為牠們的首領治療箭傷。這樣你就懂了，「囚犯」指的是「從哥布林手中救出的囚犯」，而不是巨鷹們的俘虜。當比爾博聽甘道夫說話時，他這才明白他們終於能真正逃脫可怕的山脈了。甘道夫正和巨鷹商討計畫，讓牠們載矮人們、他自己和比爾博到遠方，並將他們放在底下的平原，以便繼續旅程。

鷹王不願意載他們到人類的居住地。「他們會用紫杉巨弓對我們射箭，」牠說，「因為他們以為我們想抓他們的羊。在別的狀況下，他們可能沒有錯。不！我們很高興能打亂哥布林的詭計，也樂於向你報恩，但我們不會為了矮人，讓自己在南方平原冒險。」

「好吧。」甘道夫說，「盡量帶我們去你們願意的地點！我們已經深深虧欠你們了。不過，我們現在飢腸轆轆。」

「我幾乎要餓死了。」比爾博用沒人聽到的虛弱低聲說。

「小事一樁。」鷹王說。

不久後，你可能會在岩棚上看到明亮火光，也能看到火光周圍的矮人身影忙著烹飪，還弄出了芬芳的烤肉香氣。巨鷹們帶來充當燃料的柴薪，也帶來了兔子和一隻小羊。矮人們做了所有準備工作，比爾博太虛弱了，幫不上忙，而且他也不擅長為兔子剝皮或切肉，因為他習慣讓屠夫把要煮的一切都準備好。由於歐音和葛羅音弄丟了他們的火絨箱，因此在幫忙生火後，甘道夫也躺了下來（矮人們還不會使用火柴）。

迷霧山脈的冒險就此結束。比爾博的胃很快就再度感到充實又舒服，也覺得自己可以心滿意足地入睡，不過比起插在樹枝上的烤肉，他更想吃麵包和奶油。他在堅硬的岩石上蜷縮入睡，睡得比在自家小地洞中的羽毛床上還安穩。但整晚他都夢到自己的小屋，並在睡夢中走進不同的房間，找尋某種他找不到、也記不得外型的東西。

第七章——古怪的居所

當比爾博隔天早上醒來時，清晨的陽光便映入眼簾。他跳起來看時間，準備拿茶壺煮水——這時才發現自己不在家。於是他坐了下來，徒勞無功地希望能洗臉刷牙。他兩者都沒能辦到，也沒有茶、吐司和培根能當早餐，只能吃冷羊肉和兔肉。之後他就得準備上路了。

這次他得到允許，能爬到巨鷹背上，並緊抓雙翼之間的部位。當十五隻巨鳥從山側出發時，矮人們便大聲道別，並允諾如果有機會，就會報答鷹王的恩情。太陽依然靠近東方天際線。早晨的氣溫涼爽，霧氣在山谷與低窪地區中瀰漫，也繚繞在山巔與丘陵尖峰之間。比爾博睜開一隻眼睛，便看到巨鳥們已經飛上高空，世界也變得遙遠無比，山脈也落到他們身後遠處。他再度緊閉雙眼，也抓得更緊。

「別捏！」他的巨鷹說，「即便你看起來像隻兔子，也不需要和兔子一樣害怕。今天的早晨晴朗，風也很小。有什麼比飛行更棒呢？」

比爾博想回答：「洗熱水澡，之後晚一點在草坪上吃午餐。」但他覺得別說話比較好，也稍微放鬆一點抓握的力道。

過了好一陣子後，即便處在高空，巨鷹們也肯定看到了牠們的目的地，因為牠們開始繞著大圈下降。牠們以這種方式飛了很久，最後哈比人又睜開眼睛。地面更近了，牠們底下則有看似橡樹與榆樹的樹林，以及寬闊的草原，和一條從中流過的河流。但地面上突出了一塊巨岩，它正好擋住河流，使水流得繞過巨岩；它幾乎是座石丘，像是遙遠山區的最後崗哨，或是某位巨人拋向幾哩外平原的巨石。

巨鷹們一個個迅速俯衝到這座岩石頂端，並放下牠們的乘客。

「再會了！」牠們喊道，「無論你們前往何處，希望你們的鷹巢在旅程結尾迎接你們！」那是巨鷹之間的禮貌說法。

「願你們羽翼下的風，送你們到太陽航行、月亮步行之地。」清楚正確回應的甘道夫回答道。

於是他們就此別離。儘管鷹王在日後成為眾鳥之王，頭頂戴著金王冠，而牠的十五名大臣則佩戴了金項圈（用矮人送牠們的黃金打造而成），比爾博卻再也沒有見到牠們——除了在五軍之戰（Battle of the Five Armies）時的遙遠高空中。但那件事發生在這篇故事的結尾，因此我們就此打住。

石丘頂端有塊平坦空間，還有條由許多臺階組成的破舊通道向下延伸到河邊，跨越扁平巨石上的淺灘，通往河流彼端的草原。臺階底部有座小洞穴（那是個舒適的洞穴，裡頭的地面滿布鵝卵石），也靠近岩石淺灘的盡頭。一行人在此集合，討論接下來的行動。

「我一直打算送你們安全地（如果可能的話）越過山脈，」巫師說，「而透過良好管理和好運，我已經大功告成了。我們確實已經到達原先計畫一同前來的目的地更東的地方，不過這不是我的冒險。或許在整件事結束前，我會再來幫忙，但在此同時，我還有其他要緊的事得處理。」

矮人們埋怨起來，看起來相當焦慮，比爾博則流下淚水。他們已經開始覺得甘道夫會一路與他們同行，也總會幫助他們脫離困難。「我不會立刻離開。」他說，「我可以再陪你們一兩天。或許我能幫你們脫離當前的困境，況且我自己也需要一點幫忙。我們沒有食物，也沒有行李，更沒有小馬能騎，你們也不曉得自己在哪。我可以把答案告訴你們。你們還在我們原本該走的路線北方幾哩，要不是我們匆忙離開山路的話，就該走那條路。很少人住在這一帶，除非自從我上次走這條路後，他們就來到此地，不過那是幾年前的事了。但我知道有某個人住在不遠處。**那個人**製作了巨岩上的臺階——我想，他叫那塊岩石卡洛克。他不太常來這裡，白天肯定不會來，等他來也不是好辦法。事實上，那樣非常危險。我們得去找他，而如果我們會面時一切順利，我想我就該走了，也會像巨鷹一樣祝你們『再會了，無論你們前往何處！』」

他們懇求他別離開大夥。他們願意給他龍窟裡的金銀財寶，但他不願改變心意。「再看看吧，再看看吧！」他說，「我想我已經賺到你們一部分龍窟黃金了——先等你們拿到再說吧。」

在那之後，他們就停止哀求。接著他們脫下衣服，到河裡洗澡；河水淺而清澈，淺灘處也滿布石塊。當他們在強烈而溫暖的陽光下晒乾自己後，便感到精神抖擻，不過身體還有些痠痛，也有點餓。他們很快就渡過淺灘（還背著哈比人），接著開始跨越漫長的草地，經過枝枒茂密的成排橡樹與聳立的榆樹。

「它為什麼叫卡洛克？」當比爾博走在巫師身旁時，就問道。

「他叫它卡洛克，因為他用卡洛克來稱呼它。他叫那種東西卡洛克，而這塊岩石是卡洛克，因為這是離他最近的卡洛克，他也對它很熟。」

「是誰取名的？誰很熟？」

「我提的**某個人**——那是個很厲害的人。當我介紹你們時，你們一定得非常禮貌。我會緩緩介紹你們，我想就一次兩人吧，你們一定要小心別惹惱他，不然天知道會發生什麼事。他生氣時相當嚇人，不過他心情好時就溫和多了。不過我還是得警告你們，他很容易生氣。」

當矮人們聽到巫師對比爾博這樣說時，就全擠了過來。「那就是你要帶我們去見的人嗎？」他們問，「你不能找脾氣好一點的人嗎？你不能把事情解釋得清楚點嗎？」——都是諸如此類的問題。

「對，沒錯！不行，我辦不到！我也解釋得很仔細了。」巫師粗魯地回答，「如果你們還要知道更多的話，他的名字是比翁。他很強壯，還是個換皮人。」

「什麼！是不把兔毛皮當松鼠皮賣的毛皮商嗎？」

「老天呀，不對，不對，不對，不對！」甘道夫說，「拜託別說蠢話，袋金斯先生，而且千萬別在離他家一百哩內的地方提到毛皮商這個字眼，也不要提地毯、披肩、暖手筒或其他糟糕的詞！他是個換皮人。他會改變自己的外皮：有時他是頭大黑熊，有時他是個黑髮高大壯漢，還有壯碩雙臂和一大把鬍鬚。我沒辦法告訴你們更多事，不過知道這些應該夠了。有些人說他的祖先是巨人到來前曾居住在山中的古老巨熊。其他人說他的祖先是史矛格或其他龍族來到世上這地帶前就出現的首批人類，也早於哥布林從北方來到山丘間的時代。我不曉得真相，不過我認為後者是事實。他不是喜歡外人提問的人。

「總之，他只受到自己的法術影響。他住在一棵橡木中，也擁有一座巨型木屋；化為人形時，他養了牛隻和馬匹，這些動物和他一樣神奇。牠們為他工作，也會和他交談。他不會吃牠們，也不捕食野生動物。他養了好幾個有凶猛巨蜂的蜂窩，也大多吃奶油和蜂蜜維生。變成熊時，他的活動範圍非常廣闊。我曾看過他晚上獨自坐在卡洛克頂端，看月亮往迷霧山脈下沉，也聽到他用熊族語言低吼：『有一天，他們將會滅亡，我就會回歸！』因此我相信他曾是山裡的居民。」

比爾博和矮人們腦中有萬千思緒，也沒有再問更多問題。他們面前還有很長一段路要走。一行人踏上山坡，走下河谷。氣溫變得非常炎熱。有時他們在樹下休憩，比爾博則餓到願意吃熟得掉到地面的橡實。

下午過了一半時，他們注意到附近開始出現大片花海，同種花朵全長在一起，彷彿有人刻意栽種它們。特別是三葉草，大批搖曳的雞冠花，還有紫色三葉草，以及廣闊的白色短株三葉草，聞起來如蜂蜜般香甜。空中有種嗡嗡聲和旋轉聲。蜜蜂四處忙碌。這還不是普通的蜜蜂！比爾博從來沒看過這種東西。

「如果有蜜蜂螫到我，」他心想，「我就會腫成兩倍大！」

牠們比胡蜂還大。工蜂比你的拇指大上好幾倍，牠們深黑色身體上的黃圈如同黃金般閃爍。

「我們越來越近了。」甘道夫說，「我們在他的養蜂場邊緣。」

過了一陣子後，他們在一排古老的高大橡樹旁停下腳步，橡樹遠方有座高聳的刺籬，無法看到刺籬彼端或爬上去。

「你們最好在這等，」巫師對矮人們說，「等我呼叫或吹口哨時，再跟上我，你們會看到我的去向。但注意，一次兩個人過來，中間間隔五分鐘。龐伯最胖，足以充當兩人，最好在最後獨自前來。來吧，袋金斯先生！這裡附近有道大門。」說完，他就帶著害怕的哈比人走向圍籬。

他們很快就來到一座木製大門旁，大門又高又寬，他們可以看到門後的花園與幾座低矮木屋，有些有茅草屋頂，並用未雕琢的木頭建成：穀倉、馬廄、棚子與一座矮而長的木屋。巨型圍籬內的南側，放有成排蜂窩，頂端擺了乾草製的鐘形頂蓋。空氣中瀰漫著巨蜂們四處飛翔和爬進爬出的聲響。

巫師與哈比人推開嘎吱作響的沉重門板，踏上通往房屋的寬闊走道。有幾匹毛皮亮麗的馬跨過草地，用充滿智慧的臉孔專注地看著他們，接著馬匹們就跑向屋舍。

「牠們去告訴他有陌生人來了。」甘道夫說。

他們迅速抵達一座庭院，裡頭有木屋和兩道修長側翼構成的三道牆。中央有根巨大的橡木樹幹，一旁有許多被砍下的枝枒。旁邊站了個留著茂密黑鬍子與黑髮的巨漢，壯碩的雙臂和雙腿赤裸而結實。他穿著長至膝蓋的束腰外衣，並靠在一柄大斧頭上。馬匹們站在他身旁，鼻子則嗅著他的肩膀。

「哼！他們來了！」他對馬匹說，「他們看起來不危險。你們可以走啦！」他發出飽滿的大笑，放下斧頭並走上前。

「你們是誰，想要幹嘛？」他粗魯地問，站在他們面前的身軀比甘道夫高得多。比爾博則能輕易穿過他雙腿間，完全不需要低頭，連男子棕色上衣的邊緣都碰不到。

「我是甘道夫。」巫師說。

「沒聽過。」男子低吼道，「這小傢伙是誰？」他低頭對哈比人皺起濃密的黑色眉毛。

「這位是袋金斯先生，是位家世良好、名聲優異的哈比人。」甘道夫說。比爾博鞠了躬。他沒帽子可摘下，也心疼地注意到自己少了許多鈕扣。「我是個巫師。」甘道夫繼續說，「即便你沒聽過我，我也聽說過你。但或許你聽過我住在幽暗密林南方邊界的表親瑞達加斯特？」

「對，我想以巫師來說，他是個不錯的人。我之前常看到他。」比翁說，「好吧，現在我知道你們是誰，或者該說知道你們自稱是誰了。你想要什麼？」

「老實說，我們搞丟了行李，也幾乎迷了路，現在非常需要幫忙，或至少需要建議。我得說，我們在山裡和哥布林遭遇了一段不愉快的時光。」

「哥布林？」巨漢說，態度稍微不那麼粗魯了，「喔呵，所以你們惹上牠們的麻煩了，是吧？你們靠近牠們幹嘛？」

「我們沒打算這樣做。牠們趁著夜色，在我們的必經路途上襲擊我們，我們從西方大地來到這一帶——這故事很長。」

「那你們最好進屋裡再跟我說，最好別花上整天。」男人說，他帶路穿過庭院中的漆黑門口，並走進屋內。

他們跟著他來到一座寬敞大廳，室內中央有座火爐。儘管時值夏天，室內卻燒著柴火，煙霧則飄上焦黑的屋椽，找尋能飄到室外的屋頂開口。他們跨越光線黯淡的大廳（光源只來自柴火和上方洞口），再穿過另一道較小的門，踏上某種以單一樹幹製成的木柱所支撐的露臺。它面對南方，氣溫依然溫暖，西沉的太陽也傾斜地照亮露臺，金色的陽光灑落在長滿花朵的花園上，鮮花也長到了臺階的高度。

他們坐在此處的木製長椅上，甘道夫則開始講述他的故事，比爾博搖晃著觸不到地的雙腿，並望向花園中的繁花，想知道花朵的名稱，因為他之前從沒看過這裡一半的花種。

「我和一兩個朋友跨過山脈……」巫師說。

「一兩個？我只看到一個，還是個小矮子。」比翁說。

「嗯，老實說，在弄清楚你是否忙碌前，我不想讓一大堆人打擾你。如果可以的話，我會叫他們一下。」

「好，快叫吧！」

於是甘道夫吹起了尖銳的口哨聲，索林和朵力立刻沿著花園通道繞過房子走來，並在他們面前深深鞠躬。

「我懂了，你是說一個或三個！」比翁說，「但這些不是哈比人，他們是矮人啊！」

「索林．橡木盾任您差遣！朵力任您差遣！」兩名矮人再度鞠躬。

「我不需要差遣你們，多謝了，」比翁說，「但我猜你們需要我的幫助。我不太喜歡矮人，但如果你真的是索林（我想是索恩之子，與索洛爾的孫子），那你的同伴就值得尊敬，你也是哥布林的敵人，不會在我的地盤上撒野——對了，你們來做什麼？」

「他們要去拜訪位在幽暗密林東方遠處的父執輩國度，」甘道夫插嘴說，「我們來到你的地盤完全是場意外。我們跨越了高山隘口，原本我們該抵達通往位於你地盤南部的道路，卻遭到邪惡的哥布林攻擊——我剛剛想告訴你這點。」

「那繼續說吧！」比翁說，他總是不太禮貌。

「那時發生了一場可怕的風暴。岩石巨人出來投擲石塊，我們則在隘口高處找了座山洞避難，哈比人和我以及我們好幾位同伴……」

「你把兩個叫做好幾位嗎？」

「這個嘛，不是。其實不只兩個人。」

「他們在哪？被殺還是被吃，還是回家了？」

「嗯，不是。當我吹口哨時，他們似乎沒有全數過來。我想是害羞吧。是這樣的，我們很害怕大批訪客會給你帶來麻煩。」

「快再吹口哨吧！我大概碰上一大夥人了，多一兩個也沒差。」比翁低吼道。

甘道夫又吹了次口哨，但他還沒吹完，諾力和歐力就出現了；如果你還記得的話，甘道夫要他們每五分鐘就派兩個人來。

「哈囉！」比翁說，「你們來得很快嘛——你們躲在哪？過來吧，神奇小子們！」

「諾力任您差遣，歐力任……」他們開口說，但比翁打斷了他們。

「謝謝你們！我需要差遣你們時，就會開口。坐下，然後趕快繼續講故事，不然晚餐時間在還沒說完前就到了！」

「我們一睡著，」甘道夫繼續說，「洞穴後頭就打開了一道裂隙。哥布林從裡頭跳了出來，抓住哈比人、矮人們和我們的小馬隊伍……」

「小馬隊伍？你們是什麼，巡迴馬戲團嗎？還是你們帶了很多貨物？或者你總把六匹馬稱作隊伍？」

「喔不！其實有六匹以上的小馬，因為我們不只六人——哎呀，又來兩個了！」巴林和德瓦林在此時出現，並深深地鞠躬，使他們的鬍鬚掃到石板地上。巨漢剛開始眉頭深鎖，但他們盡力表現得謙恭有禮，還不斷彎腰鞠躬，在膝蓋前揮舞兜帽（這是恰當的矮人禮儀），直到他停止皺眉，發出咯咯笑聲；他們看起來太好笑了。

「隊伍，說得沒錯。」他說。「真好笑。來吧，好傢伙們，你們的名字叫什麼？我現在不需要差遣你們，只要聽你們的名字就好。然後坐下，別再搖了！」

「巴林和德瓦林。」他們說，也不敢生氣，並訝異地在地板上坐下。

「繼續說吧！」比翁對巫師說。

「我說到哪了？喔對——我沒有被抓。我用閃光殺了一兩隻哥布林——」

「很好！」比翁低吼道，「當巫師還是有點好處。」

「——並在裂隙關上前溜進去。我隨後跟進正廳，裡頭擠滿了哥布林。大哥布林在裡頭和三四十個武裝守衛就在那裡。我心想：『即使他們沒有被鍊在一起，一打人要如何對抗這麼多敵人？』」

「一打！我第一次聽到有人把八個人叫做一打。還是你還藏了幾個沒出現的人？」

「這個嘛，是的，似乎還有幾個人往這裡來——我想是菲力和奇力。」甘道夫說，這兩人才剛出現，站著露出笑容並一面鞠躬。

「夠了！」比翁說，「坐下，安靜點！繼續說，甘道夫！」

於是甘道夫繼續講故事，直到他講到黑暗中的戰鬥，找到低層門，和他們發現搞丟了袋金斯先生時感到的恐懼。「我們數了人頭，就發現哈比人不見了。我們只剩下十四人！」

「十四！我頭一次聽到有人從一數到十，卻算出十四。你是說九人吧，或是你還沒告訴我所有同伴的名字。」

「這個嘛，你當然還沒見到歐音和葛羅音了。哎呀！他們正好來了。我希望你能寬恕他們過來打擾。」

「喔，讓他們全過來吧！快點！快來，你們兩個，坐下！不過，甘道夫，現在我們只算到你和十個矮人，以及失蹤的哈比人。只有十一人（加上失蹤的一人），不是十四人，除非巫師算數的方式和別人不同。但請繼續講故事。」比翁看似不動聲色，但他其實非常感興趣。其實在昔日，他曾經非常熟識甘道夫描述的山區。當他聽到哈比人再度出現、以及他們摔下石坡和林中狼群的故事時，就點頭並發出低吼。

當甘道夫說到他們爬上樹木、底下全是狼群時，他就起身四處走動，一邊咕噥道：「我真希望我在那！我會給他們瞧瞧比煙火更猛的招數！」

「這個嘛，」甘道夫說，他很高興看到自己的故事營造出這麼好的印象。「我盡我所能了。我們底下的狼群氣急敗壞，森林也四處著火，這時哥布林從山丘跑了下來，並發現我們。牠們興高采烈地大叫，還唱歌嘲諷我們。十五隻小鳥在五棵冷杉上……」

「天啊！」比翁吼道，「別假裝哥布林不會算數。牠們會。十二不是十五，牠們清楚這點。」

「我也清楚。還有畢佛和波佛。我之前還不敢介紹他們，不過他們來了。」

畢佛和波佛走了過來。「還有我！」龐伯氣喘吁吁地在後頭說。他的體型肥胖，也對於被拋到最後感到生氣。他拒絕再等五分鐘，立刻跟著另外兩人出發。

「好吧，現在你們有十五人了。既然哥布林會算數，我猜就是這些人待在樹上。或許我們可以在不受打擾的狀況下聽完故事了。」袋金斯先生這才發現甘道夫有多聰明。連續中斷確實讓比翁對故事更感興趣，故事也避免他立刻把矮人當作可疑的乞丐般趕走。如果可以的話，他從來沒邀人進過他的屋子。他只有少許朋友，他們也住在遙遠的地方。他也很少一次找很多朋友到他家。現在卻有十五個陌生人坐在他的前廊上！

等到巫師講完故事，並提到巨鷹的援救和他們如何被送到卡洛克的經歷後，太陽已經下沉到迷霧山脈的山峰後，比翁花園中的陰影也已變長了。

「這故事不錯！」他說，「是我好一陣子裡聽過最棒的故事了。如果所有乞丐都說得出這麼好的故事，我可能就會對他們親切點。你當然可能是瞎說的，但你們一樣值得吃頓晚餐。來吃點東西吧！」

「好，麻煩了！」他們異口同聲地說，「非常感謝你！」

大廳裡現在很暗。比翁拍了一下手，四匹俊美的白色小馬和好幾隻身軀修長的大灰狗就走了進來。比翁用某種類似動物叫聲的語言對牠們說了些話。牠們再度出去，很快就用嘴咬了火把回來。牠們用柴火點燃火把，再將火把插進木屋中央火爐周圍柱子上的低處托架。只要狗兒們想，就能用後腿站立，並用前腳搬運物品。牠們迅速從側牆中取出板子和支架，並將這些用具擺在柴火邊。

接著大夥聽到咩咩聲，隨即有頭炭黑色的大公羊領著幾隻雪白色的綿羊走來。有隻羊帶了張白布來，白布的邊緣繡上了動物圖像；其他羊寬闊的背上馱著盛有碗盤、刀具和木湯匙的托盤，狗兒們接過托盤，並迅速把東西擺上支架上的桌面。這些桌子非常矮，矮到甚至連比爾博都能舒適地坐在桌邊。此外，有匹小馬推了兩張矮長椅來給甘道夫和索林，上頭有寬敞的燈心草軟墊和粗短的椅腿；牠把比翁的同類型黑色大椅擺在遠處另一端（比翁坐在上頭，把長腿擺到桌底）。這些是他大廳中的所有椅子，他把它們像桌子一樣做矮的原因，可能是為了讓服侍他的神奇動物們方便行事。其他人坐在哪？沒人忘記他們。其他小馬推了鼓狀木頭進來，木塊柔順又光滑，也矮到甚至能讓比爾博坐上；他們很快就坐在比翁的桌邊，大廳裡已經很多年沒有這麼多人聚在一起了。

他們吃了頓晚餐，或者該說是晚宴，自從他們離開西方的最後庇護所，與愛隆道別後，就沒吃過這種大餐了。火把和柴火的光線在他們身邊閃動，桌上還擺了兩只用紅色蜂蠟製作的高大蠟燭。在他們用餐時，比翁用他低沉飽滿的嗓音講述山脈這一側的野地故事，特別是關於一座漆黑又危險的森林，它在遠處往南北延伸，離他們只有一天的騎馬路程，也擋住了他們前往東方的路途：那正是駭人的幽暗密林。

矮人們邊聽邊搖著他們的鬍鬚，因為他們清楚大夥很快就得冒險進入那座森林，一旦越過山脈，那裡就是他們在抵達巨龍要塞前，所將遭遇到的最惡劣危機。吃完晚餐時，他們便開始講述自己的故事，但比翁似乎變得昏昏欲睡，也不太理會他們。他們大多提到金銀珠寶，以及透過鐵匠技術打造的物品，比翁看來不在意這類東西；他的廳堂中沒有任何金銀製品，而除了刀子以外，也幾乎沒有金屬製物。

他們坐在桌邊很長一段時間，木製酒碗中則裝滿了蜂蜜酒。漆黑的夜色籠罩了外頭。大廳中央的火堆中加入了新木柴，火炬也已熄滅，而他們依舊坐在舞動的火光中，房屋的木柱聳立在他們身後，柱頂如森林中的樹木般漆黑。無論這是否是魔法，比爾博都覺得自己聽到椽子上傳來宛如樹枝間的風聲，以及貓頭鷹的鳴叫。他很快就打起盹來，人們的話語聲似乎也變得越來越遠，直到他驚醒過來。

大門嘎吱作響並用力關上。比翁不見了。矮人們翹腿坐在火堆周圍的地上，隨即開始唱歌。以下是部分歌詞，但歌曲的實際內容更長，他們也唱了好一陣子：

強風吹拂死寂的火爐，
但森林紋風不動：
陰影伏於日夜間，
無聲黑物竄入底部。

寒冷山脈吹下強風，
宛如潮汐般怒吼翻滾；
枝枒哀鳴，森林颯颯
葉片飄落黴堆上。

強風由西颼向東；
森林中萬物止息，
颯颯風聲飄過沼澤
流瀉尖銳聲響。

綠草蕭蕭，纓穗彎曲，
蘆葦沙沙——強風吹拂
颼過天空下的搖曳冷池
狂奔雲朵破裂粉碎。

它颼過無雪孤山
吹過龍穴：
頑石坐落黑暗中
裊裊濃煙瀰漫空氣。

它離開世界
飛越廣闊夜空。
明月乘著大風翱翔，

繁星隨之閃動光芒。

比爾博再度打盹。忽然間，甘道夫站了起來。

「我們該睡了。」他說，「是我們該睡，但我想還不到比翁的就寢時間。我們可以安全無虞地在這座大廳中休息，但我得警告你們所有人，不要忘了比翁離開前說的話：直到太陽升起前，你們絕對不能溜到外面，以免遭遇危險。」

比爾博發現大廳一側已經擺了好幾張床，床鋪擺在柱子與外牆之間某種豎起的平台上。他分到一張小乾草床和羊毛毯。儘管時值夏日，他還是開心地鑽進裡頭。柴火的火勢低垂，他也昏睡過去。但他在夜裡醒來，火焰現在只剩下幾塊薪火；從他們的呼吸聲判斷，矮人們和甘道夫都已入睡。地上有抹來自高處明月的白光，從屋頂的排煙孔透入。

外頭有股低吼聲，還有某種大型動物在門邊扭打的聲響。比爾博想知道那是什麼，以及那是不是比翁施法後的形體，他又會不會變成熊進來殺他們呢？他躲到毛毯下藏起頭部，儘管心懷恐懼，卻又立刻睡著。

當他甦醒時，已經是大白天了。其中一名矮人因為躺在陰影中的他而絆倒，因此從平台摔到地板上。那人是波佛，他對此滿口怨言，此時比爾博睜開了眼睛。

「起床了，懶骨頭，」他說，「不然你就沒早餐可吃了。」

比爾博立刻跳起來。「早餐！」他叫道，「早餐在哪？」

「大部分都在我們肚子裡。」其他在大廳中走動的矮人們說道，「但剩下的在陽台上。從太陽升起開始，我們就在找比翁；但到處都找不到他，不過我們一出去，就發現早餐已經準備好了。」

「甘道夫在哪？」比爾博問，一面盡快去找東西吃。

「喔！去外頭某個地方了。」他們告訴他。但直到晚上前，他都沒看到巫師的身影。就在黃昏前，甘道夫才走進大廳，哈比人和矮人們當時正在吃晚餐，比翁的神奇動物們一整天下來都服侍著他們。自從前晚以來，他們就沒看到比翁，也沒聽說他的消息，現在也感到愈來愈大惑不解。

「我們的東道主呢，而且你一整天去哪了？」他們都叫道。

「一次問一個問題——吃完晚餐後再說！我從早餐後就沒吃過東西了。」

吃完兩條麵包（上頭抹了奶油、蜂蜜和凝脂奶油）並喝了至少近一夸脫的蜂蜜酒後，最後甘道夫推開他的盤子與酒杯，再拿出菸斗。「我先回答第二個問題，」他說，「但天啊！這裡真是適合吹菸圈的地方！」確實有好一陣子，他們無法從他口中追問出任何事，他則忙著把菸圈吹到大廳中的柱子間，將它們化為各形各色的菸圈，再讓它們追逐彼此，從屋頂中的洞口往外飄。它們從外頭看起來一定很古怪，一個接一個飛入空中，有綠的，藍的，紅的，銀灰的，黃的，和白的；以及大的和小的。小菸圈穿過大菸圈，再組成八字形，並如同鳥群般飛向遠方。

「我先前在找尋熊的足跡。」最後他說道，「昨晚外頭肯定有場熊族的聚會。我很快就看出比翁不可能獨自做出那些足跡：腳印數量太多了，尺寸也各有不同。我敢說其中有小熊、大熊、普通尺寸的熊和龐大的巨熊，所有熊族從黑夜到近黎明時都在外頭跳舞。牠們幾乎來自各種方向，除了河流彼端的西方山區。只有一組腳印往那方向蔓延；沒有任何腳印來自那裡，只有從這裡延伸出去的足跡。我跟著這些足跡來到卡洛克。足跡在此消失在河中，但巨岩外的河水太深也太湍急了，使我無法渡河。你們也記得，從這側的河岸由淺灘抵達卡洛克很容易，但另一側則有座矗立在急流中的懸崖。我走了好幾哩，才找到河流夠寬也夠淺的水域，能讓我涉水游泳通過，再往回走上數英哩的路，以便再度找到足跡。當時要追上它們已經太晚了。足跡直接通往迷霧山脈東邊的松林，也就是我們前天晚上和蠻狼們發生小插曲的地區。現在，我想我連你們第一個問題都回答了。」甘道夫說完，並沉默地坐了好一陣子。

比爾博以為自己明白巫師的意思了。「如果他帶所有蠻狼和哥布林來這裡的話，」他喊道，「我們該怎麼辦？我們都會被逮到殺掉！我以為你說他不是牠們的盟友。」

「我是說過。別傻了！你最好上床去，你的腦袋不清楚了。」

哈比人感到心情低落，而由於沒有其他事可做，他就上床去了。當矮人們還在唱歌時，他就陷入睡夢中，小腦袋裡依然對比翁感到困惑不已，直到他夢見上百隻黑熊在月光下的庭院裡，沉重的身軀緩緩舞動繞圈。接著當其他人都入睡時，他就醒了過來，也聽到和之前相同的刮擦聲、打鬥聲、嗅聞與低吼聲。

隔天早上，比翁本人叫醒了他們所有人。「你們都還在呀！」他說。他抓起哈比人並笑道，「蠻狼、哥布林或壞熊還沒吃掉你們啊。」他毫無敬意地戳著袋金斯先生的背心。

「小兔子吃了麵包和蜂蜜後，又變得肥嘟嘟啦。」他輕笑道，「過來再吃點吧！」

於是他們都和他共進早餐。比翁變得興高采烈；的確，他的心情似乎很棒，也用好笑的故事逗得他們哈哈大笑。他們也沒對他的去向、或他對他們這麼好的原因感到好奇很久，因為他自己解釋了原因。他先前渡過河川，回到山裡——你能由此猜出，他化身為熊時能用高速移動。他從燒焦的狼群空地中，很快就發現他們故事中那部分的真相，但他不只查出這點：他逮到在林中遊蕩的一匹蠻狼和一隻哥布林。他從對方口中得知了消息：哥布林巡邏兵與蠻狼依然在獵殺矮人們，而由於大哥布林的死，加上狼王鼻子燒傷，而牠的許多高階僕從也因巫師的火焰而死，使牠們火冒三丈。當比翁逼迫牠們時，對方就把這一切告訴他，但他猜還有比這更歹毒的陰謀，大批哥布林軍團和蠻狼盟友可能很快就會殺進山脈陰影下的地區，或是對住在當地的人類與生物，以及可能藏匿矮人的對象進行報復。

「你們的故事很不錯，」比翁說，「但既然我已經確定了事實，就更喜歡它了。你們得諒解我沒信任你們所說的話。如果你們住在幽暗密林邊陲，除了自己的兄弟或更親的人之外，就不會相信任何對象了。有鑑於此，我就盡快趕回家來確認你們安全無虞，並盡可能提供你們幫助。之後我對矮人的評價會變得更好。居然殺了大哥布林，殺了大哥布林呀！」他興奮地笑著。

「那麼你對哥布林和蠻狼做了什麼？」比爾博忽然問道。

「來看吧！」比翁說，他們便跟著他繞過房屋。有顆哥布林的頭顱被插在門外，還有張鑾狼皮被釘在遠處的樹上。比翁是個凶狠的敵人。但既然他成了他們的朋友，甘道夫就認為該把整件事的來龍去脈與他們旅行的理由告訴他，以便盡量得到他的幫助。

比翁答應為他們做以下的事。為了讓他們前往森林，他會為每個人提供小馬，也讓甘道夫騎一匹馬。他也會為他們準備食物，如果他們謹慎食用，就能吃上好幾週；食物本身也便於攜帶，包括堅果、麵粉、裝滿乾燥水果的密封罐和用紅陶罐裝的蜂蜜，以及二次焗烤過的蛋糕。這些蛋糕能夠長期保存，只要吃一點，就能讓他們有力氣走得很遠。這些蛋糕的作法是他的祕密之一，裡頭加了蜂蜜，這點和他的大多食物一樣，吃起來風味絕佳，不過也會使人口渴。他說，他們在森林這一側不需要帶水，因為沿路有溪流和泉水。「但你們通過幽暗密林的路途黑暗危險又艱困。」他說，「裡頭不容易找到水和食物。堅果還沒長出來（不過當你們抵達另一頭時，季節可能已經過了），長在裡頭的東西中能吃的也只有堅果。森林中的野生動物又黑又怪，也生性野蠻。我會提供你們用來裝水的皮囊，還會給你們一些弓箭。但我不認為你們在幽暗密林中找到的東西適合拿來吃喝。我知道裡頭有條漆黑而強勁的溪流，流水橫跨了路徑。你們不該喝河水，或在裡頭洗澡；因為我聽說它具有法力，會帶來強烈的昏睡感，也會使人遺忘一切。在森林裡的黯淡陰影中，如果不偏離道路，我就不覺得你們能射中任何正常或異常的東西。無論為了哪種理由，你們**絕對不能**偏離道路。

「我只能給你們這些建議。過了森林邊陲後，我就無法給你們太多協助；你們得仰賴自己的運氣和勇氣，以及我給你們的食物。我必須要你們在森林入口前歸還我的馬匹和小馬。但我祝你們一路順風，而如果你們再度回來，我家都歡迎你們。」

他們自然向他致謝，也鞠躬了許多次，讓兜帽不斷掃到地上，還說了好幾次「任您差遣，雄偉木廳的主人！」但他嚴肅的話語使他們的心情變得低落，他們也覺得這場冒險比自己想像的更加危險，而即便他們度過了路上所有危機，旅程盡頭也有惡龍在等待。

那天早上，他們都忙著準備。中午後不久，他們就和比翁吃了最後一頓飯，而用餐過後，他們就騎上比翁借給他們的小馬，並在和他道別多次後，就輕快地騎馬穿過他的大門。

他們一離開比翁戒備森嚴的家園東側的高聳圍籬後，就轉向北方，再往西北方前進。他們遵循比翁的建議，不再前去他家南邊的主要森林通路。如果他們順著這條路走，就會抵達從山脈流下的小溪，溪流則與卡洛克以南數哩外的大河匯集。如果他們還有小馬，或許就能從該處的深灘渡河，對岸則有條導向森林邊界的路，還能通往舊林路的入口。但比翁警告他們，哥布林現在經常使用那條路，他也聽說森林東側的林道雜草叢生，也無人使用，還延伸進無法通過的沼澤，其中的道路早已消失了。森林的東方出口也離孤山南邊太遠，等他們抵達彼端，還得往北走上一條漫長艱困的路途。卡洛克北方的幽暗密林邊陲靠近大河，儘管迷霧山脈逼近此處，比翁卻建議他們走這條路；因為離卡洛克北邊騎馬幾天路程的位置，有條罕有人知的通道，能直接穿越幽暗密林到達孤山。

「哥布林們，」比翁曾說，「不敢跨越卡洛克北邊一百哩外的大河，也不敢接近我的房屋，這裡在晚上戒備齊全！但我會騎快點，如果牠們迅速展開掠奪的話，就會到南邊渡河，並掃蕩森林邊緣以便阻擋你們的去路，蠻狼跑得也比小馬快。但即便你們似乎往回走向靠近牠們要塞的地點，走北邊依然比較安全；因為牠們不會料到這點，也得騎上更遠的距離才能趕上你們。盡快出發吧！」

因此他們沉默地騎著馬，當光滑的地面長滿青草時，他們便往前疾馳，漆黑的山脈位在他們左側，遠方的河流輪廓與河邊的樹林則逐漸逼近。當他們出發時，太陽才剛往西沉，金光便籠罩著他們身邊的大地，直到黑夜降臨。他們很難想像有哥布林追趕在後，而當他們離開比翁家好幾哩後，就再度開始交談唱歌，也逐漸遺忘前方的漆黑森林通路。但到了傍晚，當暮色落下，山峰也在夕陽下泛出光澤時，他們便紮營並要人站崗。大多人睡得並不安穩，夢裡則浮現狩獵狼群的尖嚎，和哥布林的吼叫聲。

隔天早上的黎明依然明亮又晴朗。地面上有股宛如秋霧的白色霧氣，空氣有些冷冽，但紅日很快就從東方升起，迷霧就此消失；當影子還很長時，他們便再度啟程。他們又騎了兩天的馬，過程中他們只看到青草、花朵、飛鳥與零星的樹木，偶爾還有一小群紅鹿在正午樹蔭下吃草或閒坐。有時比爾博看到雄鹿的鹿角從長草中冒出，剛開始他還以為那是枯枝。第三天黃昏時，他們急於前進，因為比翁說他們該在第四天一早抵達森林入口，因此他們在日落後繼續往前騎馬，步入月下的夜色中。當月光變暗時，比爾博覺得自己在右方或左方遠處瞥見一頭巨熊的身影，對方也往同樣的方向潛行。但如果他膽敢對甘道夫提起這件事，巫師就只會說：「噓！別多管！」

隔天他們在黎明前出發，不過他們晚上睡得很少。等天一亮，他們就看到彷彿前來迎接或等待他們的森林，像座森嚴黑牆般出現在面前。地勢開始往上爬升，哈比人也覺得有股無聲氛圍似乎籠罩了大夥。飛鳥減少鳴叫。附近也沒有鹿群，就連兔子也看不到。到了下午，他們就抵達幽暗密林的樹蔭邊緣，休息時幾乎待在外圍樹木往外生長的粗大樹枝下。樹幹巨大而盤根錯節，枝椏扭曲，葉片則又黑又長。藤蔓生長在樹幹上，並蔓生到地面。

「好啦，這裡就是幽暗密林！」甘道夫說，「北方世界最宏大的森林。我希望你們喜歡它看起來的樣子。現在你們得把這些借來的優秀小馬送回家了。」

矮人們打算對此發出埋怨，但巫師說他們是傻子。「比翁的位置沒比你們想的遠，你們最好也信守承諾，因為他是可怕的敵人。袋金斯先生的眼睛比你們銳利多了，你們每晚天黑後都沒看見一隻大熊跟著我們，或在月下坐在遠方望著我們的營地。這不只是為了守護和指引你們，也是為了看顧小馬。比翁也許是你們的朋友，但他把他的動物們當作孩子般疼愛。你們不明白他讓矮人騎牠們快速騎到這麼遠的地方時，對你們展現了多大的善心；如果你們試圖把牠們帶進森林裡，你們也不曉得自己會發生什麼事。」

「那馬呢？」索林說，「你沒提到要把牠送回去。」

「我沒說，是因為我還沒要把牠送回去。」

「那你的承諾呢？」

「我會處理。我還沒要把馬送回去，因為我還要騎！」

此時他們才明白，甘道夫要在幽暗密林的邊緣離開他們，因此大夥陷入了絕望。但無論他們說什麼，都無法改變他的心意。

「當我們降落在卡洛克時，就已經談過這件事了。」他說，「吵也沒用。我告訴過你們，我在南邊有要緊的事，和你們同行，也已經害我遲到了。在整件事結束前，我們或許還會碰面，但也可能不會。那取決於你們的運氣，以及勇氣和理智，我還派了袋金斯先生和你們一起上路。先前我告訴你們，他有深藏不露的才能，不久你們就會明白了。開心點，比爾博，別露出一副苦瓜臉。高興點，索林一夥！這畢竟是你們的冒險。至少在明天早上前，先想想旅程盡頭的寶藏，忘了森林和巨龍！」

當隔天早晨到來時，他的說詞依然沒變。因此現在他們能做的，就只有去靠近森林入口的清澈泉水旁裝滿儲水皮囊，再打開小馬們身上的行李。他們盡量公平分配包裹，不過比爾博覺得自己的行李令人疲憊地沉重，也毫不喜歡背這麼重的東西走上好幾哩路的想法。

「別擔心！」索林說，「很快就會變輕了。我想過了不久後，等到食物開始耗盡時，我們就都會希望包裹重一點了。」

最後他們對小馬們道別，並讓牠們往家園的方向走。牠們開心地跑走，看來樂於將幽暗密林的黑影拋在腦後。當牠們離開時，比爾博敢發誓，有個像熊的東西離開樹蔭，並迅速追趕在馬群身後。

甘道夫現在也道別了。比爾博非常不開心地坐在地上，希望他能和巫師一起坐在他高大的馬匹上。吃過早餐（還是頓貧瘠的飯）後，他才剛進去森林，裡頭的白天看起來和夜晚一樣漆黑，也非常神祕；「感覺有東西在監視和等待。」他自言自語道。

「再見！」甘道夫對索林說，「你們大家再見，再會了！你們現在得直接穿越森林。

別脫離道路！如果你們亂跑，就有極大的可能永遠無法再找到路徑，也永遠無法離開幽暗密林。到時，我就不覺得我或其他人會再度看到你們。」

「我們真的得穿過去嗎？」哈比人呻吟道。

「沒錯，就是得過去！」巫師說，「如果你們想抵達另一頭，就得這麼做。你們要不穿過去，要不就放棄任務。我也不允許你現在退出，袋金斯先生。你居然會這樣想，真讓我丟臉。你得幫我照顧這些矮人呀。」他笑道。

「不是！不是！」比爾博說，「那不是我的意思。我是說，沒有辦法繞路走嗎？」

「有呀，如果你們想往北走上兩百多哩，或是往南走上兩倍距離的話。但即便如此，你們也不會找到安全路徑。世上這一帶沒有任何安全路徑。記好，你們已經越過了野地邊陲，無論上哪都會遭遇各種危險。在你們繞過幽暗密林北邊前，就會抵達灰山脈的山坡，當地有哥布林和惡獸人肆虐，甚至還有最糟糕的歐克獸人。在你繞過南方前，就會踏入死靈法師的地盤。就連你，比爾博，都不需要我告訴你關於那名黑暗妖術師的故事。我不建議你們到任何會遭受他的黑暗高塔監視的地帶去！沿著森林通道走，打起精神，並抱持希望，如果運氣非常好的話，有一天你們或許就會走出去，並看到長沼出現在底下，以及矗立在東方高處的孤山，老史矛格就住在那裡，不過我希望他沒在等你們。」

「你說的可真令人安心。」索林低吼道，「再見！如果你不跟我們走的話，就最好別再說話，趕快上路！」

「再見，這次真的是再見了！」甘道夫說，並策馬轉身往西方騎去。但他無法抗拒說最後一句話的誘惑。在他遠離眾人前，就把雙手伸到嘴邊並對他們大喊。一行人聽到他微弱的嗓音傳了過來。「再見！乖一點，照顧好自己——別離開通道！」

接著他疾馳起來，很快就消失在視野中。「再見，快滾吧！」矮人們埋怨道，他們更惱火的原因，是由於失去他而感到絕望。現在整趟旅程中最危險的部分即將展開。每個人都背起各自的沉重行李和儲水皮囊，並轉身離開外頭大地上的陽光，踏入密林之中。

第八章——

蒼蠅與蜘蛛

他們以縱隊方式前進。通道的入口類似某種拱門，導向與彼此傾靠的兩棵大樹形成的黯淡隧道；古老的大樹上長滿藤蔓與地衣，枝椏上只剩下幾片枯黑葉片。通道本身十分狹窄，並在樹幹間來回蜿蜒。入口旁的光線很快就變成後頭遠處的明亮小洞，周圍的死寂深邃無比，使他們的步伐似乎咚咚作響，而周圍的樹木也靠過來傾聽。

當他們的眼睛習慣黑暗後，就能在晦暗的綠色微光中看到兩側一小段距離內的空間。偶爾會有一束纖細陽光幸運地穿過上方遠處的枝葉空隙，更好運的是，底下糾纏混亂的枝椏沒有困住那束陽光，使纖細明亮的光線灑落在他們面前。但這鮮少發生，很快就完全消失了。

樹林裡有黑色松鼠。當比爾博銳利的好奇雙眼習慣微光後，他就看到有東西從通道上溜走，並迅速竄到樹幹後。林中也有怪異的聲響，灌木叢和森林地面上成堆的厚重落葉中傳出呼嚕聲、沙沙聲和快步移動的腳步聲；但他看不到發出聲音的東西。他們看到最噁心的東西是蜘蛛網：漆黑濃密的蜘蛛網，上頭的蛛絲格外粗厚。蛛網經常從一棵樹延展到另一棵樹上，或是糾纏在樹木兩側的低矮枝枒上。沒有任何蜘蛛網擋住通道，但他們猜不出是某種魔法讓道路保持淨空，或有其他原因。

不久他們就痛恨起森林，和他們討厭哥布林隧道的程度不相上下，森林還似乎永無止盡。他們苦求窺見太陽與天空，也渴望感受吹拂在臉龐上的微風，但他們依然得不斷前進。森林樹頂下沒有一絲空氣流動，林中也維持著永久的死寂黑暗，並且毫不通風。就連習慣挖掘隧道、有時還長期生活在缺乏陽光狀況下的矮人們，也都察覺到這點。但喜歡把地洞當房子住，而不想在夏日窩在洞裡的哈比人，則感到自己正緩緩窒息。

夜晚是最糟糕的時刻。森林變得一片漆黑——不只是一般的漆黑，而是真正的漆黑如墨；周圍黑到伸手不見五指。比爾博嘗試在鼻子前揮手，但他什麼都看不見。這個嘛，說他們什麼都看不見並不正確；他們能看見眼睛。一行人擠在一起睡覺，並輪流擔任崗哨。輪到比爾博時，他就在眾人周遭看到閃光，有時還有幾雙黃色、紅色或綠色的眼睛在一小段距離外盯著他，接著緩緩淡去並消失，再從另一個地點慢慢浮現。有時它們會從他頭頂的樹枝上泛出微光，那是最嚇人的光景。但他最不喜歡的是恐怖又蒼白的圓凸狀眼睛。「是昆蟲的眼睛，」他想道，「不是動物的眼睛，不過它們太大了。」

儘管氣溫還不到非常冷，他們在夜裡依然試圖燃起營火，但很快就放棄了。那似乎在他們周圍引來數以百計的眼睛，不過無論那些生物是什麼，都小心翼翼地不讓牠們的身體出現在火焰的些微閃光中。更糟的是，這吸引了上百隻暗灰色與黑色的飛蛾，有些幾乎和你的手一樣大，並在大夥耳邊拍打翅膀和盤旋。他們無法忍受這點，也討厭如大禮帽般漆黑的大型蝙蝠。於是他們放棄生火，並坐在夜色中，在廣大而怪誕的黑暗中打著瞌睡。

對哈比人而言，這種狀況似乎延續了好幾個世紀。他總感到飢腸轆轆，因為他們非常謹慎地管理存糧。即便如此，隨著日子一天天過去，森林也彷彿毫無變化，此時他們開始感到緊張了。食物不可能永遠用不完，其實存糧已經開始減少了。他們嘗試拿弓箭射松鼠，在終於射中一隻松鼠讓牠掉到通道上前，他們浪費了許多箭矢。但當他們烤熟松鼠時，就發現牠非常難吃，於是他們便不再射松鼠。

他們也感到口渴，因為他們沒帶太多水，而在這段期間，他們也沒看到任何泉水或溪流。情況持續如此，直到某天他們發現一條擋住通道的河流。水流湍急又強勁，但並不太寬；河水的顏色烏黑，或者這是微光下看起來的效果。幸好比翁曾警告他們，不然他們就會無視水流顏色並喝下河水，還會在河岸邊裝滿幾只空掉的儲水皮囊。既然情況如此，他們便只想到要如何在不沾溼自己的狀況下渡河。過去河上曾有座木橋，但早已腐爛坍塌，只留下岸邊的斷裂木柱。

比爾博跪在河邊，並在往前窺探時叫道：「對岸有艘小船！為什麼不是在這邊呢？」

「你覺得它有多遠？」索林問，因為現在他們已經明白比爾博在他們之中的眼睛最為銳利。

「一點也不遠。我覺得不超過十二碼。」

「十二碼！我以為至少有三十碼，但我的眼睛不像一百年前那麼好了。不過，十二碼跟一哩沒差多少。我們跳不過去，也不敢涉水或游泳。」

「你們可以丟條繩子過去嗎？」

「那有什麼用？就算我們能勾住它，小船也肯定被繫住了，但我不覺得我們能勾到船。」

「我不覺得它被繫住了。」比爾博說，「不過在這種光源下，我當然沒辦法確定。但我覺得它只是停靠在河岸旁，那裡的地勢夠低，剛好在道路延伸到水底的位置。」

「朵力最強壯，但菲力最年輕，視力也最好。」索林說，「過來，菲力，看看你能不能看到袋金斯先生說的小船。」

菲力覺得他看得見，所以當他緊盯遠處好一陣子以便釐清方向時，其他人便拿了條繩索給他。大夥帶了好幾條繩子來，也在最長的繩子一頭綁上其中一塊大鐵鉤，他們用這些鐵鉤把背包連到肩上的繫帶。菲力把繩索握在手中，再稍作平衡，接著將它拋過溪水。

它噗通一聲落入水中。「不夠遠！」注視前方的比爾博說，「再多幾呎，你就能把繩子丟到船上了。再試一次。我覺得如果你只碰到一點溼繩子，水裡的魔法也不夠強到會傷害你。」

當菲力拉回鐵鉤時，就立刻撿起它，但依然面露疑慮。這次他大力把繩索往外拋出。

「穩住！」比爾博說，「你直接把它丟進對岸的樹林裡了。把它輕輕拉回來。」菲力緩緩拉回繩索，過了一陣子後，比爾博便說：「小心！繩子靠在小船上了。希望鉤子能勾住船身。」

它確實勾住了。繩索變得緊繃，菲力則徒勞無功地拉扯。奇力過去幫忙，歐音和葛羅音隨即加入。他們不斷拉扯，忽然間大家都摔得四腳朝天。不過，負責守望的比爾博抓住繩索，並用一根樹枝擋住了從溪流對面急速漂來的小黑船。「幫幫我！」他喊道，而在小船順流漂走前，巴林及時抓住了船身。

「它的確被繫住了。」他說，一面望向依然吊掛在船上的斷裂纜索。「拉得不錯，小子們，還好我們的繩子更強韌。」

「誰要先過去？」比爾博問。

「我先走。」索林說，「你跟我來，還有菲力和巴林。小船一次只能載這麼多人。之後則是奇力、歐音、葛羅音和朵力。然後是歐力、諾力、畢佛和波佛。最後是德瓦林和龐伯。」

「我不喜歡老是殿後。」龐伯說，「今天該換別人了。」

「你不該這麼胖。既然你太胖了，就得和最輕的東西一起在最後搭船。別埋怨命令，不然壞事就會發生在你身上了。」

「船上沒有錨。你要怎麼把船推回對岸？」哈比人問。

「給我另一段繩索和另一個鉤子。」菲力說，而當他們準備好東西時，他就把繩索盡量往高處丟進前方的黑暗中。既然它沒有落下，大家就明白它肯定卡在樹枝中了。「上船吧。」菲力說，「你們之一得拉扯繩子，它卡在對岸的樹上。另一人必須抓緊我們一開始使用的鉤子，等我們安全抵達對岸後，他就可以再把它勾上去，你們就可以把船拉回去了。」

所有人很快就用這種方式安全抵達魔法溪流的對岸。當德瓦林剛帶著捲在手臂上的繩索爬出船，龐伯（嘴裡依然不斷抱怨）準備跟上時，某件壞事就此發生。黑暗中忽然冒出一頭鹿的疾馳身影。牠衝進矮人群中並撞倒他們，再準備跳躍。牠往高處一跳，用力飛躍過水面。但牠並沒有安全抵達對岸。索林是唯一站穩腳步和保持理智的人。他們一登陸，索林就彎弓搭箭，以免有任何船隻護衛出現。他快狠準地往跳躍的野獸射出一箭。當鹿抵達遠方河岸時，步伐就轉趨蹣跚。陰影迅速將牠吞沒，但一行人聽到蹄聲立刻變慢，接著毫無聲響。

不過在他們能大聲稱讚前，比爾博的一聲慘叫讓他們心中所有和鹿肉有關的念頭瞬間蒸發。「龐伯掉到水裡了！龐伯溺水了！」他叫道。這事千真萬確。龐伯才剛把一隻腳踏上陸地，雄鹿就直接撞上他，並從他身上跳過。他絆倒在地，同時把小船從岸邊推走，接著一頭栽進漆黑的水流，雙手從岸邊黏滑的樹根上鬆開，小船則慢慢漂走，消失得無影無蹤。

當他們衝到岸邊時，依然能看到他的兜帽漂在水上。他們連忙把裝有鉤子的繩索拋向他。他的手抓住繩子，大夥趕緊把他拉上岸。他自然從頭髮到靴子都溼透了，但那並非最糟的事。當他們把他擺在河岸上時，他已經陷入熟睡，一手還緊抓著繩索，害大家無法從他手中取出繩索；儘管他們想了各種辦法，他依舊呼呼大睡。

一行人站在他周圍，一面咒罵自己的厄運和龐伯的笨拙，並哀歎搞丟了小船，這使他們無法回去找雄鹿。此時他們察覺林中傳來模糊的號角聲，以及來自遠方的狗吠。他們隨即陷入沉默，而當他們坐下時，似乎能聽到道路北方飄來大型狩獵活動的聲響，不過他們什麼都沒看見。

他們在那坐了很久，壓根不敢亂動。龐伯繼續熟睡，胖臉上掛著一抹微笑，彷彿再也不在意使他們操心的所有麻煩。突然間，有幾隻白鹿出現在前方的通道上；有一頭母鹿和幾隻幼鹿，牠們的毛皮雪白，與黑色的雄鹿不同。牠們在陰影中微微閃爍。在索林來得及喊叫前，有三個矮人跳起身並持弓射箭。沒有任何一根箭矢擊中目標。鹿群轉身消失在樹林中，和出現時一樣無聲無息，矮人們則在後頭徒勞無功地射箭。

「住手！住手！」索林大叫，但為時已晚，興奮的矮人們已經用光了箭矢，而比翁給他們的弓現在已毫無用武之地。

一行人當晚情緒鬱悶，在接下來的日子裡，他們的心情更趨低落。大夥渡過了魔法溪流，但溪流對岸的通道似乎和之前一樣散亂，他們也看不出森林有什麼變化。但如果他們更了解這座森林，並思索狩獵和出現在他們通道上的白鹿背後的意義，就會明白他們終於靠近東側邊陲了；假若他們能鼓起勇氣和希望，很快就會抵達樹木較為稀疏的地帶，陽光也會再度落下。

但他們不曉得這點，同時還得背負沉重的龐伯。他們盡力搬著他，四個人一組輪流分擔這項疲勞差事，其他人則幫忙拿他們的背包。如果背包沒有在這幾天變得太輕的話，他們就永遠不可能辦得到。但用睡夢中面露微笑的龐伯交換沉重但裝滿食物的背包，完全不划算。在幾天內，食物和飲水都會耗盡。他們在森林中看不到任何可吃的植物，只有蕈類和長有淡色葉片、散發臭味的藥草。

離開魔法溪流四天後，他們來到一處長滿山毛櫸的地帶。剛開始他們樂於見到這種改變，因為那裡沒有灌木叢，陰影也不過於深邃。他們周圍泛著一股綠光，還能看到通道兩側外一小段距離的景象。但綠光只讓他們見到無止盡的筆直灰色樹幹，看起來像是某種微亮巨廳中的柱子。裡頭有氣流與風聲，但聲音有種哀戚。有幾片葉子沙沙飛落，讓他們想起外頭已經是秋天了。一行人的腳踏在無止盡的秋季枯葉堆上，葉片從森林地面上深厚的紅葉堆中飄到通道旁。

龐伯依然呼呼大睡，大夥則變得疲憊不堪。他們有時會聽到令人不安的笑聲。有時遠方也會傳來歌聲。笑聲聽起來相當怡人，並不是哥布林的粗啞聲響，歌聲也優美動聽，但聽起來有些怪異，這讓他們無法放心。因此一行人趕緊用剩餘的力氣儘快離開那些地區。

兩天後，他們發現通道往下坡延伸，不久大夥就來到一處幾乎長滿橡樹的谷地。

「這座該死的森林沒有盡頭嗎？」索林說，「得有人爬到樹上，看看能不能把頭伸到樹頂外打探情況。唯一的辦法，就是選擇路邊最高的樹。」

「有人」指的自然是比爾博。他們選他，是因為爬樹的人得把頭探出最上層的樹冠，因此這人得夠輕，才能讓最高也最細的樹枝支撐住他。可憐的袋金斯先生沒有多少爬樹經驗，但他們把他抬到通道上的一棵高大橡樹最低矮的樹枝上。袋金斯得盡力向上爬，他擠過相互糾纏的樹枝，枝枒還經常打中他的眼睛。粗大樹枝上的老樹皮害他身上沾滿汙垢。他不止一次差點滑落，又即時穩住自己。在一處看似沒有便利樹枝的麻煩位置努力掙扎後，他終於接近樹冠了。此時他想知道樹上有沒有蜘蛛，以及他該如何下去（除了摔下去以外）。

最後他把頭探到枝葉頂端上頭，在那裡發現了蜘蛛。但牠們只是一般尺寸的小蜘蛛，正在獵捕蝴蝶。光線幾乎讓比爾博睜不開眼。他能聽到矮人們在遙遠的樹下對他喊叫，但他無法回答，只能穩住身子並眨眼。太陽灑下明亮的光線，他也過了段期間才習慣亮光。當他習慣時，就發現深綠色的樹海包圍了自己，微風吹拂著樹海各處，而且到處都有數以百計的蝴蝶。我想牠們是某種「紫色帝王蝶」，這種蝴蝶熱愛橡樹頂端，但這些蝴蝶並非紫色，而是呈現黑色天鵝絨的質地，身上沒有任何花紋。

他看了這些「黑色帝王蝶」好一陣子，享受著微風吹過頭髮的觸感。但最後矮人們的叫聲讓他想起了自己真正的差事，矮人們正在底下不耐煩地跺腳。情況並不樂觀。儘管他仔細觀望，卻無法從任何方向觀察到樹林與葉海的盡頭。他的心情原本因看到太陽與感受微風而變好，現在卻跌落谷底。回去樹下也沒有食物。

其實如同我告訴你的，他們離森林邊緣並不遠。如果比爾博的判斷力夠好，就會發現自己爬上的樹儘管高大，卻矗立在一座寬闊谷地的底部，所以從樹冠看來，樹林就似乎從四面八方湧來，宛如巨碗的邊緣，他也無法看到森林蔓延得多遠。他終究看不出這點，於是他絕望地爬下樹。最後他再度抵達樹底，全身負傷累累又感到悶熱，心情也十分低落，而當他抵達樹下的陰暗環境時，又什麼都看不見了。他的報告很快就讓其他人和他同感絕望。

「四面八方都是森林！我們該怎麼辦？派哈比人上去有什麼用？」他們叫嚷道，彷彿這是他的過錯。他們毫不在乎蝴蝶，而當哈比人把舒適微風的事告訴他們時，就只讓他們感到更惱怒，因為他們太重了，無法自己到樹上去感受。

那晚他們吃完最後一丁點食物，而他們隔天早上醒來時注意到的第一件事，就是自己依然飢腸轆轆，第二件事則是下了雨，雨滴四處落在森林地面上。那只讓他們想起自己也口乾舌燥，並且毫無解決方案。光是站在大橡樹下，等待雨水滴落到舌尖上，並不能澆熄可怕的乾渴。他們唯一的微薄撫慰，是龐伯出乎意料地甦醒了。

他忽然甦醒過來，並起身抓頭。他不曉得自己在哪，也不明白自己為何這麼餓，因為他遺忘了他們在許久前的五月早晨啟程後的所有事件。他記得的最後一件事，是在哈比人家舉辦的宴會，大夥也很難讓他相信眾人在那之後經歷的諸多冒險。

當他聽說沒東西可吃時，就坐下啼哭，因為他覺得雙腿無力又痠軟。「我幹嘛醒來！」他叫道，「我做了很棒的美夢。我夢到自己走在和這裡很像的樹林裡，不過裡頭的樹上裝了點燃的火把，樹枝上也掛著吊燈，地上還燒著營火；森林裡正舉辦著一場永不止息的饗宴。宴席中有個頭戴葉片王冠的林地之王，還有愉快的歌聲，我數不清裡頭的佳餚美酒，也沒辦法描述那些美食。」

「你別試了。」索林說，「事實上，如果你沒辦法談別的事，最好就安靜點。我們已經覺得你夠煩了。如果你沒醒來的話，我們早該把你留在森林裡做白日夢。即便在糧食短缺好幾週後，搬運你也不是好玩的事。」

眾人現在無計可施，只能在空空如也的肚子上繫緊腰帶，背起空蕩的行囊與背包，並順著道路跋涉，毫無希望能在餓死倒地前抵達終點。他們走了一整天，速度緩慢，心中也疲倦不已。同時，龐伯則不停抱怨說自己的雙腿撐不住了，他想躺下來睡。

「不，你不准！」他們說，「讓你的腿出一分力，我們搬夠你了。」

他突然拒絕再往前進一步，並撲倒在地。「如果你們堅持的話，就繼續走吧。」他說，「如果我怎樣都吃不到東西，就要躺下來睡覺，在夢裡吃東西。我希望我永遠不要醒來。」

就在此時，走在前方一小段距離外的巴林喊道：「那是什麼？我好像看到森林裡有閃光。」

他們全都往遠方看，也似乎能在黑暗中看到一抹紅光；有更多道光芒從旁浮現。就連龐伯都起了身，他們則全力向前衝，絲毫不在意可能是食人妖或哥布林。光芒位在他們前方和通道左側，而當他們終於追上它時，就發現火炬與營火顯然在樹林下方燃燒，但大幅偏離了他們的路徑。

「我的夢好像成真了。」從後頭趕來的龐伯氣喘吁吁地說。他想直接衝進樹林裡追趕火光。但其他人牢記著巫師和比翁的警告。

「如果無法從中倖存的話，饗宴就沒有好處。」索林說。

「但沒有饗宴的話，我們就活不久了。」龐伯說，比爾博也全心同意他的說法。他們反覆討論了好一會，直到他們最後同意派幾個間諜偷偷去火光邊打探情報。但他們無法對派誰去產生共識。沒人想甘冒迷路和永遠無法再見到朋友們的風險。最後，儘管心懷警告，飢餓依然宰制了他們，因為龐伯不斷描述在夢中的林地饗宴中吃遍的所有美妙食物。於是他們全數離開通道，一同深入樹林。

偷偷摸摸地爬了好一陣子後，他們便躲在樹幹旁窺視，並望進一處空地，該處的樹木都遭到砍除，地面也清理平整。空地上有很多看似精靈的人，身穿綠色和棕色的衣物，並坐在被砍倒的樹木上，圍成一大圈。他們之中有座火堆，周圍有些樹上則掛了火炬。但最亮眼的是，他們正在吃喝歡笑。

烤肉的香味如此誘人，使大夥還來不及與彼此商議，就全都起身衝進圈內，大家都只想著要討些食物。帶頭的人一踏進空地，火光就彷彿受到魔法操控般同時熄滅。有人踢倒火堆，火焰則揚起閃爍的火花，隨即消失。他們陷入毫無光線的黑暗中，有好一段期間也無法找到其他人。慌張地在黑暗中跌撞行走，還被木頭絆倒，撞上樹木，並且大呼小叫，直到他們肯定吵醒了森林幾哩內的所有東西後，一群人才終於碰在一起，並透過觸摸來計算人數。此時他們自然已經完全忘了道路在哪，也毫無希望地迷路了，至少在早晨來臨前是如此。

他們無計可施，只好在原地過夜；他們甚至不敢搜索地面上剩餘的食物，以免再度與眾人分開。但他們還沒躺上太久，比爾博也才剛變得睡眼惺忪時，負責站崗的朵力就用氣音大聲說：

「那邊又出現光了，而且數量更多。」

他們全都跳了起來。不遠處的確有數道閃爍光點，他們也聽到相當清晰的話語聲和笑聲。他們排成一列，緩緩匍匐前往光源，每個人都碰著前方矮人的背部。當他們靠近時，索林就說：「這次別衝過去！直到我下令前，大家都不准動。我會派袋金斯先生先獨自去和他們談談。他們不會怕他（比爾博心想：『如果我怕他們的話呢？』），我也希望他們不會對他下毒手。」

當他們抵達光圈邊緣時，就突然從背後推了比爾博一把。他還沒來得及戴上戒指，就往前跌進營火和火炬的明亮火光中。狀況不妙。光芒再度盡數熄滅，深沉的黑暗隨即落下。

先前要聚集所有人已經夠困難了，這次更糟。他們完全找不到哈比人，他們每次清點人數，都只算出十三人。他們嚷嚷著：「比爾博．袋金斯！哈比人！該死的哈比人！嗨！哈比人，去你的，你到底在哪？」還有諸如此類的話，但沒人回答。

正當他們準備放棄希望時，朵力就幸運地發現他。朵力在黑暗中絆倒，以為自己踩到了木頭，卻發現那是蜷縮起來熟睡的哈比人。眾人搖晃了很久才叫醒他，他醒來時可一點都不高興。

「我剛做了個美夢。」他埋怨道，「還在夢裡吃一頓豐盛大餐。」

「老天爺！他變得和龐伯一樣了。」他們說，「別跟我們提夢。夢境晚餐一點好處都沒有，我們也不能分享。」

「在這種糟糕的地方，我只能吃這種東西了。」他咕噥道，並在矮人們身邊躺下，試圖繼續睡覺並回到夢中。

但那並不是森林中最後一次出現光線。之後在夜半時分，負責站崗的奇力又過來叫醒他們，並說：

「不遠處亮起火光了——肯定有魔法忽然點燃了好幾百根火炬和營火。聽聽那些歌聲和豎琴聲！」

躺著聆聽一陣子後，他們覺得自己忍不住靠近並再嘗試求救的慾望。他們又爬起身，這次的結果卻是場災難。他們這次看到的饗宴比先前更加盛大而豪華。在一長列賓客的前方坐了位林地之王，他的金髮頂端戴了頂葉片王冠，就像是龐伯描述的夢中人物。精靈們將碗傳給彼此，也遞到營火彼端，有些精靈則在彈奏豎琴，還有許多精靈在唱歌。花朵纏繞在他們閃爍光澤的頭髮上，衣領和腰帶上的綠色與白色寶石閃閃發亮。他們的臉龐與歌謠滿懷喜悅。宏亮悠揚又動聽的歌曲正在飄盪，此時索林一腳踏進了人群中。

死寂頓時落下。所有火光立刻消失。黑煙從火堆中裊裊上升。灰燼與煤渣飄進矮人們的眼裡，森林中再度充斥他們的騷動與叫嚣聲。

比爾博四處繞圈奔跑（他以為如此）並不斷呼喊：「朵力、諾力、歐力、歐音、葛羅音、菲力、奇力、龐伯、畢佛、波佛、德瓦林、巴林還有索林・橡木盾！」他無法看見或感覺到的人們，則在他周圍做相同的事（有時會聽見：「比爾博！」）。但其他人的叫聲變得越來越遠，而儘管過了一陣子後，他覺得聲音已經化為遠方的叫喊與求救聲，所有聲響最後都完全消失，他則獨自一人待在寂靜與黑暗中。

那是他經歷過最糟糕的時刻之一。但他很快就下定決心，在早晨帶來一點亮光前不該輕舉妄動，何況沒有早餐能讓他恢復體力前，到處亂跑讓自己耗光體力沒有意義。所以他背靠著一棵樹坐下，想念起他遙遠的哈比洞與裡頭的漂亮儲藏室，這也不是他最後一次想念老家。當他深陷和培根、雞蛋、烤吐司和奶油有關的思緒時，就感到有東西碰到他。某種黏性極強的絲線沾上了他的左手，而當他試圖移動時，便發覺自己的雙腿已經完全包覆在同種物質中，因此當他想起身時，就立刻摔倒。

趁他打瞌睡時忙著將他綁起來的巨型蜘蛛，隨即從他後頭襲來。他只能看到那生物的眼睛，但當牠奮力將噁心的絲線一圈圈纏在比爾博身上時，比爾博便感覺到對方毛茸茸的腿。很快他就完全無法動彈了。因此，他得背水一戰才能掙脫。他用雙手擊打那生物（牠試圖用毒液讓比爾博保持安靜，就像小蜘蛛會對蒼蠅使用的手段），直到他想起自己的劍，並把它抽了出來。蜘蛛往後一跳，讓他有時間能切斷纏住雙腿的蛛絲。之後換他攻擊了。蜘蛛顯然不習慣身上帶刺的東西，不然牠會撤退得更快。在牠逃跑前，比爾博就衝向牠，把劍直接插進牠的複眼之間。接著牠發狂般地跳動，伸長的蛛腿恐怖地抖動，直到比爾博用另一擊殺死牠。之後他跌坐在地，有好一陣子什麼都記不得。

當他恢復神智時，森林裡已經浮現白天裡的黯淡灰光了。死掉的蜘蛛倒在他身旁，他的劍刃則沾上黑色汙漬。獨自在黑暗中殺掉巨型蜘蛛，而且沒有巫師或矮人等其他人的幫忙，讓袋金斯先生產生了莫大改變。當他在草地上擦拭劍鋒，把劍收回劍鞘內時，就覺得自己蛻變成截然不同的人，儘管空著肚子，卻變得更加勇猛大膽。

「我該幫你取個名字。」他對劍說。「我要叫你刺針。」

隨後他便出發探索。森林肅穆又寂靜，但他顯然得先找他的朋友們，他們應該不太遠，除非精靈（或更糟的東西）擄走了他們。比爾博覺得叫嚷並不安全，他也站了一陣子，思索通道究竟位在哪個方向，自己又該先往哪個方位去尋找矮人們。

「喔！我們為何沒記好比翁和甘道夫的建議呢？」他哀歎道，「我們惹了大麻煩！我們！我真希望還是我們，獨自一人太可怕了。」

最後他盡力猜測夜裡傳來呼救聲的方向，而幸運的是（他天生就有好運氣），他猜的方向多少正確，你很快就會明白了。下定決心後，他盡可能細心地悄悄前進。哈比人善於保持無聲，特別是在森林中，我先前也提過這點；而且在出發前，比爾博戴上了他的戒指。因此蜘蛛完全沒看到或聽到他的到來。

他靜悄悄地走了一小段路，此時他注意到前方有個籠罩濃密黑影的地帶，就連在那座森林中都稱得上黑暗，像是從未受到清除的午夜碎片。當他靠近時，便發現那是層層疊疊的蜘蛛網。忽然間，他也看見龐大又可怕的蜘蛛坐在上頭的樹枝間，而不論有沒有戒指，他都因害怕遭到牠們發現而顫抖。他站在一棵樹後頭，花了點時間觀察一群蜘蛛，接著在森林的死寂中，他察覺到這些駭人生物正與彼此交談。牠們的嗓音像是薄弱的嘎吱聲和嘶嘶聲，但他能聽出牠們說的不少話語。牠們正在談矮人的事！

「雖然那場打鬥吃力，但很值得。」一隻蜘蛛說，「他們的皮絕對很硬，但我敢說裡頭有鮮美的肉汁。」

「對呀，把他們吊一陣子，就很好吃了。」另一隻蜘蛛說。

「別吊太久。」第三隻蜘蛛說，「他們沒那麼肥。我猜最近都沒吃東西。」

「我說呀，宰了他們吧。」第四隻蜘蛛說，「現在就宰了他們，把他們的屍體吊一陣子。」

「我敢打賭他們已經死了。」第一隻蜘蛛說。

「他們還活著。我剛看到有個傢伙在掙扎。我猜，應該是從美夢中醒來了吧。我示範給你們看。」

說完，其中一隻肥胖的蜘蛛就沿著一條蛛絲跑走，直到牠抵達十幾個掛在高處樹枝上的絲團。首次注意到這些吊在黑影中的東西後，比爾博驚恐地看到某些絲團底部伸出矮人的腳，有些地方則露出了鼻尖，或是一點鬍鬚或兜帽。

蜘蛛前往最肥大的絲團（比爾博心想：「那肯定是可憐的龐伯。」）並往伸出的鼻子用力一咬，裡頭發出悶叫，有隻腳隨即往上踢，狠狠地直接擊中蜘蛛。龐伯還活著。那頭傳來宛如踢中洩氣足球的聲響，發怒的蜘蛛就從樹枝上掉了下去，勉強及時用蛛絲接住自己。

其他蜘蛛發出大笑。「你說得沒錯。」牠們說，「鮮肉還活蹦亂跳呢！」

「我很快就會讓他歸西。」火冒三丈的蜘蛛嘶嘶說道，一面爬回樹枝上。

比爾博當下明白，自己得做些什麼。他無法爬上去攻擊那些野獸，也沒有東西能供他射擊。但當他四處張望時，就發現在一條乾涸的小水道上有許多石子。比爾博擅長投石子，不久他就找到一顆恰好符合他手型的光滑卵形石頭。孩提時代的他經常練習往東西丟石子，直到當兔子、狐狸甚至是鳥看到他俯身時，都會快如閃電地逃跑。即便在長大後，他也經常花很多時間擲圈環、射飛鏢、射靶、打草地滾球、保齡球和其他與瞄準與投擲有關的安靜遊戲。除了吹菸圈、問謎語和烹飪外，他確實還會做許多事，但我還沒來得及告訴你這些東西。現在沒時間了。當他撿石子時，蜘蛛就已經抵達龐伯身邊，而龐伯很快就要送命了。此時比爾博用力一丟。石子碰的一聲擊中蜘蛛的頭，失去意識的牠從樹上摔到地面，所有的腳都縮了起來。

下一顆石子咻咻作響地飛過一張大網，打斷了牠的蛛絲，並打中待在蛛網中央的蜘蛛。碰，牠死了。蜘蛛巢中隨即產生騷動，我可以告訴你，牠們也暫時遺忘了矮人們。牠們看不見比爾博，但牠們能猜出石子從哪飛來。牠們迅雷不及掩耳地衝向哈比人，往四面八方拋出修長的絲線，直到空中似乎瀰漫著隨風飄曳的陷阱。

不過，比爾博很快就溜到不同的位置了。他打算儘量把憤怒的蜘蛛們引到矮人遠處，讓牠們同時感到好奇興奮又生氣。當五十隻左右的蜘蛛衝去他原先站立的地點時，他就往這些蜘蛛丟更多石子，也投向留在後頭的蜘蛛。接著他在樹林間閃躲，並唱起一首歌來激怒牠們，逼牠們全都來追趕自己，同時也是為了讓矮人們聽到他的聲音。

這是他唱的歌：

老胖蜘蛛在樹上轉圈！
老胖蜘蛛看不見我！
臭蜘蛛！臭蜘蛛！
你不停一下嗎，
別轉圈了，不來找我嗎？

老蠢蛋，又肥又大，
老蠢蛋看不到我！
臭蜘蛛！臭蜘蛛！
摔下去吧！
你在樹上永遠抓不到我！

這不是多厲害的歌，但你得記好，他必須在無比棘手的時刻下自行編出歌曲。它依然幫他達成了目的。他一面唱歌，還一面扔更多石子和跺腳。當地所有蜘蛛都追了過來。有些蜘蛛落到地上，其他則沿著樹枝奔跑，在樹木間擺盪，或是往黑暗空間中拋射新的絲線。牠們用比他預料中更快的速度衝往他的聲音來源。蜘蛛們氣急敗壞。除了石子外，沒有蜘蛛喜歡被稱為臭蜘蛛，自然也沒人喜歡老蠢蛋這種稱呼。

比爾博立刻衝到新位置，但好幾隻蜘蛛已經跑到空地中的不同地點（牠們就住在空地中），忙著在樹梢間的空隙織網。哈比人很快就會困在周圍的濃密網牆內——蜘蛛們如此盤算。站在織著網的狩獵蟲子之中的比爾博，鼓起勇氣唱起了新歌：

懶蜘蛛和瘋蜘蛛
忙著編網想逮我。
我比其他肉更香甜，

但牠們還是找不到我！

我在這，頑皮的小蒼蠅，
你又胖又懶。
你試了也逮不到我，
繼續在蛛網裡窮忙吧。

一唱完歌，他就立刻轉身，發現有張蛛網已經蓋住了兩棵大樹間的最後空隙——但幸運的是，那並非完整的蛛網，只是急促來回纏繞在不同樹幹上的粗厚蜘蛛絲。他拔出小劍，把蛛網劈成碎片，並繼續唱歌。

蜘蛛們看到了劍，不過我不覺得牠們知道那是什麼。整批蜘蛛立刻沿著地面和樹枝往哈比人身後追去，毛茸茸的蛛腿前後揮舞，嘴邊的副肢開開合合，複眼往前突出，所有蜘蛛都氣得七竅生煙。牠們跟著他跑進森林，直到比爾博盡量趕到自己敢深入的距離。接著他偷偷溜了回來，腳步比老鼠更安靜。

他清楚蜘蛛不久就會放棄，並回到吊掛矮人的樹木，因此他的時間不多。在此同時，他得救出他們。這件差事最糟的部分，就是爬到掛著絲團的長樹枝上。要不是幸好有隻蜘蛛留了條下垂的蛛絲，我就不覺得他能辦到這點。儘管蛛絲黏在他手上，還害他感到疼痛，但他成功爬上樹去——卻碰上一隻緩慢又肥胖的邪惡老蜘蛛。牠留下來看守囚犯，也忙著捏他們，想看看哪個矮人吃起來最多汁。牠想趁其他蜘蛛不在時先行享用美食，但袋金斯先生非常匆忙，在蜘蛛察覺狀況前，就感受到了刺針，並滾下樹枝而死。

比爾博接下來的任務，是解放一名矮人。他該怎麼做？如果他砍斷吊掛矮人的絲線，可憐的矮人就會一路摔到遙遠的地面。他在樹枝上扭動身子（這害所有矮人們像熟透的果實般搖晃），並抵達第一具絲團。

「是菲力或奇力吧。」他看頂端露出的藍色兜帽尖端思忖著。「比較可能是菲力。」看到從彎曲絲線中透出的長鼻尖後，他就這麼想。他傾身切斷綁住對方的強力黏絲，而隨著一踢和一番掙扎後，菲力的大半身軀就冒了出來。比爾博恐怕對眼前的景象笑了出來：當菲力在纏在腋下的蜘蛛絲中扭動，一面抖動僵硬的手臂與雙腿時，看起來就像在操縱繩末端彈跳的逗趣玩偶。

經過一番折騰，菲力終於爬上樹枝，隨後就盡力幫助哈比人，不過蜘蛛毒素害他感到頭暈不適，而且他整個晚上和隔天早上都吊在樹上晃來晃去，只靠露在外頭的鼻子呼吸。他花了很久才扯掉黏在眼睛和眉毛上的蜘蛛絲，也得割掉大部分鬍鬚。他們倆開始把第一個矮人拉上來，接著再拉另一個，並切斷他們身上的蜘蛛絲。其他人的狀況沒有比菲力好到哪去，有些人的情況還更糟糕。有些矮人幾乎無法呼吸（看吧，長鼻子有時還是有用處的），有些矮人則中了更深的毒。

他們如此救出了奇力、畢佛、波佛、朵力與諾力。可憐的老龐伯精疲力竭（他是最胖的矮人，也經常被捏和撥弄），他滾離樹枝，碰的一聲摔到地上，幸好他摔到樹葉堆上，並躺在原地。但當怒氣更高漲的蜘蛛群開始回來時，還有五個矮人掛在樹梢末端。

比爾博立刻前往靠近樹幹的樹枝末端，趕走爬上來的蜘蛛。當他救出菲力時，就脫下戒指，也忘記再戴上它，因此蜘蛛們開始嘶嘶作響地咒罵：

「我們看到你了，你這骯髒的小東西！我們會吃了你，再把你的骨頭和皮掛在樹上。噁！他有根刺，是嗎？好啊，我們還是會逮到他，然後倒吊他一兩天。」

當蜘蛛們不斷咒罵時，其他矮人們正在救援剩餘俘虜，並用他們的小刀切斷蜘蛛絲。所有人很快就會重獲自由，不過沒人知道之後會發生什麼事。蜘蛛群前晚輕易地逮住他們，但那是在黑暗中出乎意料的突襲。這次看來將有一番血戰。

突然間，比爾博注意到有些蜘蛛聚集在地面上的老龐伯身邊，再度綁住他，並正在將他拖走。比爾博大喊一聲，接著劈砍面前的蜘蛛。牠們迅速後退，他則連忙爬下樹，跑到地上的蜘蛛群之中。他的小劍對牠們而言是種全新的刺。只見它勢如破竹地來回突刺！當他向蜘蛛群揮劍時，劍刃便閃出喜悅的光芒。他殺了六隻蜘蛛後，其他蜘蛛便迅速撤退，把龐伯留給比爾博處置。

「下來！下來！」他對樹枝上的矮人們喊道，「別待在上頭讓蛛網困住！」因為他看到蜘蛛群湧上周遭的樹木，沿著矮人們頭頂的樹枝爬行。

矮人們倉皇逃竄，有些跳下或掉到地上，十一個矮人全都摔成一團，大多人全身顫抖，雙腿無力支撐自己。他們終於齊聚一處了，十二人加上可憐的老龐伯，他的表親畢佛和兄弟波佛從兩側攙扶起他。比爾博正四處揮舞刺針，而數百隻的蜘蛛則從他們周遭和頂端怒氣沖沖地注視他們。情況看起來相當絕望。

戰鬥隨即展開。有些矮人手握刀子，有些則拿了樹枝，而所有人都拿得到石子，比爾博則有他的精靈匕首。蜘蛛們一再受到擊退，許多蜘蛛也遭到殺害。但這種情況無法長期持續下去。比爾博幾乎耗盡了力氣，也只有四名矮人還能站穩腳步，大夥很快就會如同疲倦的蒼蠅般潰敗。蜘蛛群已經開始在他們周圍的樹木間結網了。

最後比爾博無計可施，只好讓矮人們得知他戒指的祕密。他對此感到非常遺憾，但沒有別的辦法了。

「我等等會消失。」他說，「我會盡力引開蜘蛛，你們得一起行動，往相反方向逃。往左邊走，那裡多少靠近我們上次看到精靈營火的地點。」

暈頭轉向的他們很難理解這點，加上他們才剛大聲叫喊、用樹枝打架和投擲石頭。但最後比爾博覺得他不能再拖了——蜘蛛群正逐漸包圍他們。他忽然戴上戒指，他的消失也讓矮人們大驚失色。

「懶蜘蛛」和「臭蜘蛛」的聲音很快就從右邊遠方的樹林中響起。這讓蜘蛛群大為光火。牠們停止前進，有些蜘蛛則往聲音的方向走。「臭蜘蛛」使牠們感到氣急敗壞，也失去理智。而比其他人更快理解比爾博計畫的巴林，隨即領導了攻擊。矮人們聚在一起，用一波石雨擊退左側的蜘蛛，並衝破封鎖圈。他們身後的叫聲和歌聲此時突然停止了。

矮人們焦急地希望比爾博沒被抓住，但依然繼續前進。不過速度並不夠快。儘管眾多蜘蛛緊追在後，但感到不適又疲倦的矮人們也只能蹣跚行走。他們三不五時得轉身對抗趕上他們的怪物群，而某些蜘蛛已經趕到他們頭頂的樹梢，並撒下長長的黏絲。

情況再度變得不樂觀，這時比爾博突然再度現身，並出乎意料地衝進震驚的蜘蛛群左側。

「快走！快走！」他喊道，「我來刺牠們！」

他也辦到了。他來回衝刺，劈砍著蜘蛛絲，也斬斷牠們的腿，如果蜘蛛靠得太近，他就會刺牠們肥胖的身體。震怒的蜘蛛們火冒三丈，用駭人的嘶嘶聲發出咒罵。但牠們極度畏懼刺針，當刺針回到矮人身邊後，牠們就不敢靠近。所以儘管牠們不斷咒罵，獵物們依然緩慢而穩定地離開。情況非常可怕，也似乎耗費了好幾個小時。但到了最後，當比爾博覺得自己累到無法再揮劍時，蜘蛛群就忽然放棄，停止跟隨他們，並失望地回到漆黑的巢穴中。

矮人們隨即注意到，他們抵達了精靈營火先前所處的圈子邊緣。他們看不出那是不是他們前晚看過的火堆之一。但似乎有良好魔法留滯在這種地點，蜘蛛並不喜歡這裡。這裡的光芒更綠，樹枝也不那麼濃密和充滿威脅感，他們終於得到休息和喘息的機會了。

他們在那躺了一陣子，一面大口喘氣。但他們很快就開始發問了。大夥要求比爾博仔細解釋隱形能力的來龍去脈，尋獲戒指的過程則讓他們大感興趣，使他們暫時遺忘了自身的麻煩。巴林特別堅持要重新聽一遍咕嚕的故事，包括所有謎語，和戒指在其中扮演的角色。但過了一會兒，光線就開始變暗，眾人也提出其他問題。他們在哪，道路在哪，食物又在哪，而他們接下來該怎麼辦？他們一遍又一遍地反覆問這些問題，也似乎認為小比爾博能提供答案。你可以由此看出，他們對袋金斯先生的想法已大幅改變，也開始對他產生強烈敬意（甘道夫也說過他們會這樣）。他們確實認為他會想出某種高明計畫來幫助大家，而不只是光發牢騷而已。他們十分清楚，要不是因為哈比人的話，大家早就死了。他們也向他道謝許多次。有些矮人甚至站起身對他深深鞠躬，不過他們因此跌倒，短時間也站不太起來。得知隱形的真相後，並沒有讓他們減少對比爾博的讚許。因為他們發現除了頭腦，他還有運氣和魔法戒指——這三者都是非常有用的財產。事實上，在他們大力讚揚比爾博後，他開始覺得自己心裡可能真的有某種大膽冒險家的精神，不過如果有東西可以吃的話，他就會覺得膽子更大了。

但他們連一丁點食物也沒有，也沒人適合去找食物或搜索失落的通道。失落的通道！比爾博疲倦的腦袋無計可施。他坐下盯著前方無止盡的樹林，而過了一會後，眾人就再度陷入沉默。除了巴林以外。在其他人停止說話和闔上眼睛後，他依然繼續低聲自言自語和輕笑。

「咕嚕！我真吃驚！所以他就是這樣躲過我的，是嗎？我明白了！你只是安靜地偷偷走過來嗎，袋金斯先生？門檻上都是鈕扣！厲害的比爾博……比爾博……比爾博……博……博……博……」他隨即睡著，而森林裡有很長一段時間都鴉雀無聲。

忽然間，德瓦林睜開一隻眼睛，並環視眾人。「索林在哪？」他問。

一行人大吃一驚。他們自然只有十三個人，包括十二名矮人和一名哈比人。索林究竟身在何處？他們想知道他遭逢了哪種厄運，究竟是魔法或黑暗怪物呢？當迷路的他們躺在森林中時，便打起冷顫。當暮色化為黑夜時，他們便一個接著一個不安地入睡，腦中滿是惡夢。他們太過不適又疲倦，並沒有安排守衛或輪流站崗，而我們則得先離開他們了。

索林比他們更早就被抓住。你記得當比爾博踩進火光下的圈子後，就深深入睡時嗎？下次走上前的是索林，而當火光熄滅時，他便因魔法而像石頭般倒地昏睡。矮人們發出的聲響消失在夜色中，當蜘蛛們逮到並綁住他們時，他們的叫聲和隔天大戰的噪音，都沒有傳入他的耳中。接著木精靈們前來找他，並把他綑綁起來帶走。

設下饗宴的人們自然就是木精靈。這些精靈並非邪惡民族。要說他們有什麼錯，那就是對陌生人的不信任。儘管他們的魔法強勁，他們在那些時代中依然保持著戒備。他們和西方的高等精靈不同，更加危險，也不那麼睿智。他們大多（加上他們分散在丘陵與山脈中的族人）源自從未前往西方仙境的古老部落。光明精靈、深淵精靈與海洋精靈[1]前往該地居住多年，變得更美麗睿智，也得到更多學識，並發明出他們的魔法，和製作美妙奇異物品的精緻工藝，之後有些精靈則回到了寬闊世界[2]。寬闊世界中的木精靈滯留在我們太陽與月亮的光芒下，但他們最鍾愛的則是繁星。他們在樹木高聳的龐大森林中遊蕩，而森林的所在地現在早已不為人所知。他們大多居住在森林邊緣，有時會從那裡出發狩獵，或是在月光或星光的籠罩下，在開闊的大地上騎馬馳騁。人類到來後，他們就越來越常在薄暮與黃昏中出沒。但他們依然是精靈，也是善良的種族。

在幽暗密林東側邊緣幾哩內的一座龐大洞穴中，住著這時代他們最偉大的國王。他的龐大石門前有條河，河水從森林中的高地流下，流入森林高地底部的沼澤。這座巨型洞穴的每側岩壁上都有無數較小的洞口，洞穴本身深入地底，其中還有許多通道和寬敞的廳室。

但它比任何哥布林住所都來得更明亮舒適，也不那麼深邃而危險。其實國王的臣民們大多在開闊森林中居住和狩獵，也在地面和樹梢上蓋了建築或小屋。山毛櫸是他們最喜愛的樹木。國王的洞穴就是他的宮殿，還是他存放財寶的堡壘，和他的人民抵禦敵人用的要塞。

這裡也是犯人的地牢。於是精靈們把索林拖進洞穴中，動作不太輕柔，因為他們並不喜歡矮人，也以為他是敵人。他們在古代曾與某些矮人交戰過，並指控對方偷竊了自己的寶藏。矮人們自然有不同的說法，他們只拿了自己理應得到的報酬，因為精靈王和他們交易過，要他們鍛造黃金與白銀，之後卻拒絕支付報酬。如果說精靈王有缺點，那就是對財寶的貪念了，特別是針對白銀與白色寶石。儘管他的寶庫滿是寶藏，他卻總是渴求得到更多，因為他的財富還不及其他古代精靈王。他的人民不會挖礦或鍛造金屬與珠寶，也不太

---

1 譯注：幽暗密林的木精靈是辛達族（Sindar）中的西爾凡精靈（Silvan Elves）。光明精靈是凡雅族（Vanyar），深淵精靈為諾多族，海洋精靈則是帖勒瑞族（Teleri）。這三支族系的精靈於第一紀元從中土世界前往維拉（Valar）居住的西方仙境維林諾（Valinor）。日後為了討回魔高斯奪走的三顆精靈寶鑽，諾多族的費諾（Fëanor）率領族人大舉返回中土世界，精靈們就此與魔高斯進行了長達數百年的戰爭。

2 譯注：托爾金在此用寬闊世界（Wide World）來稱呼中土世界（Middle-earth）。

進行貿易或耕地。每個矮人都熟知這件事，不過索林的家族和我剛提的古老宿怨沒有關聯。結果，當他們解除索林身上的法術，他也恢復神智時，就對自己遭受的對待感到震怒。他也決定不會說出任何關於黃金或珠寶的事。

當索林被帶到國王面前時，國王便嚴厲地看著他，也質問他許多問題。但索林只說自己很餓。

「你和你的族人為何連續三次試圖攻擊我在狂歡的人民？」國王問。

「我們沒有攻擊他們。」索林回答，「我們是來乞討的，因為我們很餓。」

「你的朋友們在哪，他們又在幹嘛？」

「我不曉得，但我猜他們在森林裡挨餓吧。」

「你們在森林裡做什麼？」

「找食物和飲水，因為我們很餓。」

「但你們究竟為何進入森林？」國王憤怒地說。

此時索林閉上嘴巴，一句話也不說。

「很好！」國王說，「把他帶走關好，直到他想說實話，就算他等上一百年也行。」

接著精靈們綁住索林，將他關在裝有堅固木門的深處洞穴之一，並把他留在裡頭。他們給了他食物和飲料，分量很多，不過品質不太好。木精靈不是哥布林，即便是抓到他們最糟糕的敵人時，對待俘虜的態度也不失禮節。巨型蜘蛛是他們唯一不會留情的生物。

可憐的索林躺在國王的地牢中。當他對得到麵包、肉與水而覺得感激後，就開始思索自己不幸的朋友們發生了什麼事。不久他就發現了真相，但那是下一章的劇情，也是另一場冒險的開端——哈比人再度展現了他的用處。

第九章——
脫轆木桶

與蜘蛛作戰的隔天，比爾博和矮人們最後一次竭盡所能，想辦法在飢渴而死前找到出路。他們起身跌跌撞撞地前進，走向十三人中有八人認為是道路所在的方向，但他們從來沒發現自己的選擇是否正確。夜色一如往常地在森林裡落下，而他們周遭忽然間亮起了許多火炬的光芒，宛如數百顆紅色星星。拿著弓與矛的木精靈跳了出來，要矮人們停下。

他們完全沒打算反抗。就算矮人們的狀態沒有這麼差，他們也樂於被抓；他們唯一的武器是小刀，完全無法對抗能在黑暗中射中飛鳥眼睛的精靈箭矢。所以他們就此停步，並坐下等待——除了比爾博以外，他戴上戒指並迅速退到一旁。因此，當精靈將矮人們綁起來，並排成長長一列時，就從未找到或數到哈比人。

當精靈們率領囚犯走進森林時，也沒有聽見或察覺到走在火光後頭的他。每個矮人的眼睛都被蒙住，但這沒有帶來多少差別，因為就連目光銳利的比爾博，都無法看到他們的去向，而他和大夥也不曉得自己出發的位置。比爾博努力跟上火炬，因為精靈們正盡快帶著又病又累的矮人前進。國王下令要他們迅速行動。火炬突然停了下來，在一行人開始過橋前，哈比人才剛好趕上他們。這就是橫跨河流並通往國王大門的橋。漆黑湍急的河水在底下流過，遠端則有豎在巨型洞口前的大門，洞穴則延伸進入一座長滿樹木的陡坡山壁內。高大的山毛櫸林蔓延到河岸邊，樹根甚至長入水中。

精靈們把囚犯推過橋墩，但比爾博在後頭感到猶豫不決。他一點都不喜歡洞口的模樣，而在國王的大門在眾人身後碰的一聲關上前，他才剛決定不要遺棄他的朋友們，並快步跟上最後一批精靈。

火炬的紅色火光照亮了通道內部，精靈護衛們邊唱歌，邊走過蜿蜒交叉而回音繚繞的走道。這些通道與哥布林城市中的走道不同，它們更小，也不那麼深入地底，裡頭還充滿更乾淨的空氣。精靈王坐在巨廳中的木雕王位上，廳室裡則有以原石所雕成的柱子。他頭戴以野莓和紅葉組成的王冠，因為秋季已再度到來。他在春天會佩戴以林地鮮花構成的王冠。他手中握著一根以橡木雕製而成的權杖。

囚犯們被送到他面前。儘管他肅穆地望著他們，卻依然要手下鬆開他們的束縛，因為他們狼狽不堪又疲憊。「再說，他們在這裡不需要繩索。」他說，「被帶進來的人，都無法逃出我的魔法大門。」

他花了很長的時間，仔細盤問矮人關於他們的行為，以及他們的目的地和來處。但和索林相同的是，他無法從他們口中套出任何資訊。他們陰沉又生氣，甚至沒裝出有禮貌的模樣。

「我們做了什麼，國王？」剩下的人中最年長的巴林說，「在森林裡迷路，不只又餓又渴，還被蜘蛛困住，難道這是罪過嗎？難道這些蜘蛛是你的家畜或寵物，因此殺死牠們才讓你生氣嗎？」

這種問題自然讓國王更為震怒，他回答：「沒有得到允許就在我的國度中遊蕩，就是罪過。你們忘了自己待在我的王國中，還使用我的人民鋪設的道路嗎？你們沒有在森林裡吵吵鬧鬧地追趕和打擾我的人民三次嗎？在你們引發這些騷動後，我有權知道你們來此的原因，如果你們現在不告訴我的話，我就會把你們全都關在牢裡，直到你們學到智慧和禮貌！」

他隨即下令將每個矮人關在獨立牢房中，也給予他們食物和飲水，但他不允許他們離開小牢房的房門，除非至少有一人願意把他想知道的事告訴他。但他沒有把索林也是自己的階下囚一事告訴他們。發掘這點的是比爾博。

可憐的袋金斯先生——他獨自一人在那裡住了很長一段時間，總是躲躲藏藏，從來不敢脫下他的戒指，也幾乎不敢入睡，總是蜷縮在他能找到最漆黑偏遠的角落中。為了做點事，他便在精靈王的宮殿中遊蕩。魔法封住了大門，但如果他手腳夠快，有時就能出去。許多木精靈經常騎馬外出打獵，有時國王會率領眾人出發，或是去森林和東方地區辦事。

如果比爾博夠敏捷，就能跟在他們身後溜出去，不過這也是件危險的事。大門不只一次差點夾到他，因為當最後一個精靈通過時，門板就會立刻關上，但由於自己的陰影（在火光下顯得纖細又模糊），或害怕有人撞到並發現自己，使他不敢走在精靈們之間。而當他外出時（這種事不常發生），他也沒得到任何成果。他不想遺棄矮人們，少了他們的話，他確實不曉得該往哪走。當精靈打獵時，他無法一直跟上他們，所以他從未發現離開森林的出路，只能悲慘地在森林中亂走，也害怕迷路，直到有機會回到洞裡。他在外頭太過飢餓，因為他不是獵人；但在洞穴中，他還能趁附近沒人時，到儲藏室或桌上偷食物維生。

「我就像個逃不出去的夜賊，只能日復一日悲哀地在同一間房子裡偷東西。」他心想，「這是這整場令人生厭的糟糕冒險中，最無聊也最沉悶的部分了！我真希望自己已經回到哈比洞裡，坐在溫暖的火爐和明亮的油燈旁！」他也經常盼望能向巫師送出求救訊息，但自然不可能辦到這種事。他很快就明白，如果情況要發生改變，就得靠袋金斯先生在無人幫忙的方式下獨自動手了。

最後，度過一兩週這種躲躲藏藏的生活後，透過觀察和跟蹤守衛，並盡可能地冒險，他成功找出了每個矮人遭到囚禁的地點。他發現十二座牢房分別坐落於宮殿中的不同位置，而過了一陣子後，他就摸透了路線。讓他訝異的是，有天他偷聽到某些守衛的談話，這才發現這裡還關著另一名矮人，對方待在特別深的漆黑牢房裡。他自然立刻猜出這是索林，而過了一陣子後，他也發現自己猜對了。最後，在經歷諸多困難後，他趁沒人在場時成功找到該處，並和矮人領袖談了些話。

索林頹喪到再也不對自身惡運感到生氣了，甚至還開始想告訴國王關於自家寶藏和旅程的事（這顯示出他的心情有多低落），此時他聽到鑰匙孔傳來比爾博微弱的聲音。他幾乎不敢相信自己的耳朵。不過，他很快就認定自己沒有聽錯，並來到門邊，和另一側的哈比人進行了漫長的低聲對話。

於是比爾博得以悄悄地將索林的訊息傳給其他遭受囚禁的矮人，說他們的首領索林也被關在附近；所有人都不能對國王洩漏他們的任務，目前還不行，在索林下令前不准輕舉妄動。因為聽到哈比人從蜘蛛魔爪中拯救他同伴的事蹟後，索林已再度振作精神，也決心不作出與國王分享寶藏的承諾，以換取自己的自由，直到用其他方式逃跑的希望灰飛煙滅，或除非高明的隱形袋金斯先生（索林的確開始對他大為讚賞）完全想不出巧妙計策。

當其他矮人收到訊息時，全都非常同意。他們都認為，如果木精靈取得一部分的財寶，那他們能分到的寶藏（儘管有他們當前的處境以及尚未打敗的惡龍，他們依然將之視為自己的財產）就會嚴重減少，他們所有人也都信任比爾博。看吧，甘道夫說過這種事會發生了。或許那就是他離開他們的原因。

不過，比爾博並不像他們一樣充滿希望。他不喜歡讓大家仰賴自己，也希望巫師就在身旁。但那是徒勞無功的想法：整座漆黑的幽暗密林擋在他們之間。他坐下來絞盡腦汁，直到腦袋幾乎要燒壞了，但他想不出絲毫點子。隱形戒指是很有用的道具，但對十四人來說沒什麼用。但當然和你猜的一樣，他最後確實救出了朋友們，以下就是發生的過程。

有一天，當比爾博四處打探遊蕩時，就發現了一件非常有趣的事：大門並非洞穴的唯一入口。有條溪從宮殿最底層區域下方流過，從主要出口的斜坡流出，再往東方遠處匯入森林河。在這條地下河道從丘陵岩壁流出的位置有座水門。岩洞頂端非常逼近水面，有道閘門從洞頂往下降到河床，以避免任何人由此進出。但閘門經常開啟，因為有許多交通運輸得透過水門來來去去。如果有人從這條路徑進來，就會發現自己身處通往山丘深處的漆黑粗糙隧道。但在它流經洞穴底部某處的位置，頂端的岩壁被挖開了個洞，洞口則裝了大型橡木活板門。大門往上通往國王的酒窖。裡頭擺滿一個又一個的木桶，因為木精靈們（特別是他們的國王）熱愛葡萄酒，不過沒有葡萄長在那一帶。葡萄酒與其他貨物都來自遠方，要不是源自他們南邊的族人，要不就是遙遠地區人類的葡萄園。

躲在最大型木桶後的比爾博，發現了活板門與它的用途，並躲在原處偷聽國王僕人們的對話，因此得知葡萄酒和其他貨物透過河流或陸路從長湖運來。那裡似乎依然有座繁榮的人類城鎮，城鎮建造在水域中央，由橋梁連結到陸地，以作為對抗各種敵人的措施，特別是應對孤山巨龍。木桶從長湖鎮被運到森林河。它們經常如同木筏般被綁在一起，並透過撐篙或划槳的方式順流而上。有時它們會被裝在平底船上。

當木桶變空時，精靈們就將它們丟入活板門口，並打開水門，木桶便會在河上漂浮與晃動，直到水流將它們沖到下游遠處的河岸突出的地點，該處靠近幽暗密林東側邊陲。人們會在那收集它們，並把它們綁起來，讓木桶漂回長湖鎮，城鎮的位置則靠近森林河流入長河的位置。

比爾博花了半晌坐下來思考關於這道水門的事，思考是否能用它來讓朋友們逃走。最後他開始想出一項孤注一擲的計畫。

囚犯們剛收到晚餐。守衛們帶著火炬離開通道，讓一切陷入黑暗中。接著比爾博聽到國王的總管向守衛隊長道晚安。

「跟我走，」他說，「來嘗嘗剛運來的新酒。今晚我得努力清理裝滿空木桶的酒窖，所以我們先喝一杯來提振精神吧。」

「很好。」守衛隊長說，「我來跟你喝，看看這酒適不適合上桌獻給國王。今晚有場盛宴，送劣質品過去就太差勁了！」

聽到這裡，比爾博就感到躁動，因為他發現好運降臨，他立刻有機會能嘗試自己的緊急計畫了。他跟著兩名精靈走，直到他們踏進小酒窖中，並在桌邊坐下，桌上則擺了兩只大酒壺。他們很快就開始愉快地飲酒歡笑。比爾博得到了不尋常的好運。只有強烈的葡萄酒能讓木精靈昏昏欲睡，但這種酒似乎是來自多維儂大型莊園的佳釀，不適合士兵或僕人，只該在國王的盛宴上享用，也該用小碗飲用，不應使用總管的大酒壺。

守衛隊長很快就打起盹來，接著把頭靠在桌上立刻睡著。總管繼續自言自語又笑了一陣子，完全沒注意到這點，他也很快就把頭垂到桌上，在他朋友身旁入睡並打呼。哈比人隨即悄悄走進房內。守衛隊長的鑰匙很快就不見了，比爾博則盡快沿著走道前往牢房。一大串鑰匙對他的手臂來說很沉重，而儘管戴上戒指，他也經常感到心驚膽跳，因為他無法避免鑰匙三不五時發出鏗鏘巨響，那總會害他打起冷顫。

他先解鎖了巴林的門，等矮人一出來，他就小心地再度鎖門。你可以想像到，巴林最感訝異；儘管他樂於離開乏味的石砌小牢房，還是想停下腳步發問，也想知道比爾博的詳細計畫。

「現在沒時間了！」哈比人說，「跟著我就好！我們得一起行動，不要冒分開的風險。我們所有人都得逃跑，這是我們最後的機會了。如果我們被發現，天知道國王下次會把你們關到哪去，我猜還會在你們的手腳上加上鍊子。別爭辯了，好傢伙！」

他接二連三地前往不同房門，直到十二名矮人都跟著他。由於身處黑暗，加上遭到囚禁許久，使大夥毫不俐落。每當有人撞上彼此，或在黑暗中咕噥或低語時，比爾博的心每次都會嚇得怦怦作響。「臭矮人真可惡！」他自言自語道。但一切順利進行，他們也沒碰上守衛。其實當晚在森林中有場秋季盛宴，在上層的大廳中舉辦。幾乎所有國王的臣民都在慶祝。

在跌撞許久後，他們終於來到索林的地牢，地點位在遙遠的地底深處，但幸好離酒窖不遠。

「說實在的！」當比爾博低聲要他出來加入朋友們時，索林就說：「甘道夫和往常一樣絕無虛言！當時機一到，你的確變成厲害的夜賊了。無論之後發生什麼事，我確信我們所有人都欠你人情。接下來該怎麼辦？」

比爾博明白該解釋他的計畫了，但他不確定矮人們能不能接受。他的憂慮成真了，因為他們一點都不喜歡這計畫，也在無視於自己身處的危險時開始大聲埋怨。

「我們一定會被撞得稀巴爛，還會淹死！」他們咕噥道，「當你拿到鑰匙時，我們以為你有聰明點的想法。這點子太瘋狂了！」

「好吧！」比爾博鬱悶地說，同時感到相當惱怒。「回你們的牢房去吧，我會再把你們鎖起來，你們也可以舒服地坐在裡頭，好好想更好的計畫。但我不覺得我有辦法再拿到鑰匙了，就算我想試也一樣。」

這對他們而言太難承受了，因此他們冷靜了下來。最後，他們當然得照比爾博的提議行動，因為他們顯然不可能嘗試走向上層廳室，或是從被魔法封住的大門殺出一條血路。留在通道中抱怨，直到有人又抓到他們的話，當然也不妥。於是他們跟著哈比人，悄悄走下最底層的酒窖。他們經過一道門口，可以從中看到守衛隊長和總管還在快樂地打呼，臉上掛著笑容。多維儂的葡萄酒帶來深邃而愉快的夢境。即便比爾博在他們繼續走之前，偷偷進去並好心地把鑰匙掛回他的腰帶上，守衛隊長隔天臉上依然會浮現截然不同的表情。

「那會讓他免去一點麻煩。」袋金斯告訴自己，「他不是壞人，對囚犯們也很好。這會讓他們所有人摸不著頭緒。他們會以為我們有非常強力的魔法，能夠穿過上鎖的門，再憑空消失。消失！要辦到這點，我們就得快點行動！」

他們要巴林看管守衛和總管，並在他們產生動靜時發出警告。其他人前往裝有活板門的相連酒窖。沒時間浪費了。比爾博清楚不久就會有幾位精靈受命下來，幫總管把空木桶從活板門丟入溪水中。其實這些木桶已經成排立在地板中央，等著被推進水裡。其中有些是酒桶，這些桶子不太有用，因為他們最後無法在不製造大量聲響的狀況下打開木桶，也沒辦法輕易封住桶子。但裡頭還有數個用來把其他東西運到國王宮殿的木桶，裡頭有奶油與蘋果等各種物品。

他們很快就發現十三個有足夠空間塞入矮人的木桶。事實上，有幾個木桶裡的空間太大了，當矮人們爬進桶中時，就擔心起自己在裡頭會遭遇的搖晃與碰撞，不過比爾博努力找來乾草和其他東西，盡可能在短時間內把他們塞得舒適點。最後十二名矮人全都進了木桶。索林大發牢騷，在桶子裡又轉又扭，像擠在小狗窩中的大狗般不斷埋怨；最後才來的巴林，也抱怨著他的通氣孔，即便在關上蓋子前，也說自己快悶死了。比爾博盡量封住木桶旁的孔洞，再小心地關緊所有蓋子。現在他再度孤身一人，跑來跑去打理好包裝的最後步驟，焦急地希望能實現他的計畫。

事情完成的時間點剛好。裝上巴林的蓋子後才過了一兩分鐘，就傳來了話語聲和閃動的亮光。有幾個精靈談笑風生地走進地窖，一邊唱著歌。他們離開了其中一座廳室中的歡樂饗宴，也打算盡快回去。

「老蓋里昂總管在哪？」一名精靈說，「今晚我沒在餐桌邊看到他。他應該來這裡告訴我們該做什麼了。」

「如果那個老傢伙遲到，我就會發火。」另一名精靈說，「樓上還在唱歌時，我一點都不想在底下這裡浪費時間！」

「哈哈！」有人叫道，「老傢伙拿著酒杯睡著啦！他和他的隊長朋友自己在這裡開起小宴會了。」

「搖醒他！叫醒他！」其他精靈不耐煩地喊道。

蓋里昂一點都不喜歡被搖醒或叫醒，也更不喜歡受到嘲笑。「你們都遲到了。」他埋怨道，「我在樓下等了很久，你們這些傢伙卻在飲酒作樂，還忘了任務。難怪我因為疲勞而睡著！」

「少來了，」他們說，「真相就在酒杯裡！趁我們還沒累倒，先讓我們嘗嘗你的安眠藥吧！不需要叫醒旁邊的獄卒。看他的樣子，就知道他喝夠了。」

接著他們喝了一輪，並突然變得相當開心。但他們沒有完全失去理智。「救救我們，蓋里昂！」有幾個精靈叫道，「你太早開始狂歡，腦筋都不清楚了！你放在這裡的是裝滿的桶子，不是空桶子啊，看重量就知道了。」

「快動手！」總管低吼道，「懶惰醉漢根本感覺不到重量。這些就是要運出去的桶子。照我說的做！」

「好吧，好吧。」他們回答，一面把木桶推向活板門口。「如果國王自己的奶油桶和最好的美酒被推進河裡，送給湖民白白享用的話，責任就歸你扛了！」

滾——滾——滾——滾，

滾呀滾呀滾進洞！

推呀！撲通！
它們滾下洞去！

他們一面唱歌，一面將一個個木桶推入漆黑的門口，把它們推入幾呎下的冰冷河水中。有些是確實空無一物的木桶，有些則是塞了矮人的桶子。但它們接二連三地往下掉，發出不少碰撞聲，轟隆一聲撞在底下的木桶上，再碰撞隧道岩壁，並衝撞彼此，再上下晃動著順流漂走。

此時，比爾博忽然察覺他計畫中的弱點。先前你很有可能已經注意到了，老早就在嘲笑他，但我猜如果你身處他的困境，可能也不會好到哪去。他自己當然沒進木桶，就算有機會，也沒人能幫忙把他塞進桶裡！看來這次他肯定會搞丟朋友們（幾乎所有矮人都已經消失在漆黑的活板門中了），孤零零地留在後頭，也得永遠待在精靈洞窟中當永久夜賊。即便他能立刻從上層大門脫逃，也很難再找到矮人們了。他不曉得該走哪條陸路去人們收集木桶的地點。他想知道沒有了自己，矮人們究竟會發生什麼事。因為他沒時間把自己所得知的事告訴矮人們，也來不及說明自己在他們離開森林後的打算。

當這些思緒穿過他腦袋時，精靈們又開始愉快地在河門旁唱起了歌。有些精靈已經去拉扯繩索，將閘門從水門中拉起，以便盡快讓在底下載浮載沉的木桶漂出去。

漂下湍急黑流

回到你熟悉的地區吧！
　離開深邃大廳與洞窟，
　離開陡峭北方山脈，
那裡的森林寬闊陰暗
灑下陰森灰影！
漂過樹林世界
進入低吟微風，
穿越燈心草，越過蘆葦，
跨越沼地搖曳野草，
穿過夜間湖沼
白色迷霧從中升起！
跟上冰冷繁星
群星躍上天空；
黎明籠罩大地時轉彎，
跨越激流，橫跨沙地，
往南走！往南走！
找尋陽光與白日，
回到牧地，回到草原，

母牛與公牛在此覓食！
回到丘陵上的花園
白日陽光下的
野莓飽滿多汁！
往南走！往南走！
漂下湍急黑流
回到你熟悉的地區吧！

最後一個木桶滾到門邊了！在絕望與不知所措下，可憐的小比爾博抓住木桶，並和它一起被推到邊緣。他往下落入水中，撲通一聲掉進冰冷的漆黑溪水中，木桶還壓在他頭頂。

他狼狽地浮上水面，並像隻落水老鼠般緊抓木桶，但儘管他使盡全力，木桶依然不斷翻滾，並再度把他壓到水中。裡頭空無一物，像顆軟木塞般輕盈地漂浮。儘管他的耳朵進了水，卻能聽到精靈們依然在上頭唱歌。活板門忽然碰的一聲關上，他們的話語聲隨之淡去。他獨自漂浮在黑暗隧道中的冰水中，因為你沒辦法算上裝在桶子裡的朋友們。

前方的黑暗中很快就出現灰色光澤。他聽見水門升起時的嘎吱聲，並發現自己身處一堆上下搖晃的木桶之間，這些桶子擠在一起漂過拱門，進入開闊溪流中。他盡力防止自己被撞成碎片，但最後擁擠的雜物終於開始一個個分開，經過岩石拱門底下並漂走。接著他發現，即便自己能夠跨上木桶，情況也無法改善，因為木桶頂端和水門低矮的洞頂之間沒有多餘空間，連哈比人也塞不進去。

它們在樹木下垂的枝枒底下往兩側河岸漂了過去。比爾博想知道矮人們感覺如何，和有沒有大量的水滲進他們的桶中。在黑暗中，有些在他身邊搖晃的木桶看起來似乎沉得很深，他猜這些桶子裡裝了矮人。

「我希望我有把蓋子裝緊！」他想，但不久他就過於擔心自己，顧不及矮人了。他成功把頭保持在水面上，但他因低溫而顫抖，也思索自己是否會在運氣好轉前先凍死，以及自己還能抓緊桶子多久，和自己該不該放手並試圖游到岸邊。

過不了多久，運氣就逆轉了。渦流將好幾個木桶沖到靠近岸邊的位置，讓它們卡在視野外的某些樹根上。比爾博趁木桶靠穩其他桶子時爬上去。他像溺水的老鼠般往上攀爬，並在上頭伸展四肢，以便盡可能維持平衡。儘管微風冷冽，卻不比溪水冰冷，他也希望當木桶再度漂走時，自己不會又滾了下去。

稍後木桶又擺脫了束縛，並轉向溪水下游。他發現待在桶上和他想像中一樣困難，但他不知怎地成功了，儘管過程相當不舒服。幸好他的體重很輕，而木桶不只體積龐大，上頭也有不少漏洞，現在裡頭已經進了一點水。整個過程就像在沒有轡頭或馬鐙的狀況下，試圖騎乘一匹老想到草地上打滾的圓肚小馬。

透過這種方式，袋金斯先生來到兩側河岸上的樹林變得較為稀疏的地帶。他可以從樹林間看到較為蒼白的天空。漆黑的河流忽然變寬，並在此匯入從國王大門那急速流下的森林河主河道。再也沒有陰影覆蓋黯淡的水域，也能在顫動的水面上看到雲朵與繁星的破碎倒影。接著森林河的急流將所有木桶沖向北岸，河流已在那侵蝕出一塊寬闊河灣。此處的傾斜河岸下有座礫石灘，東側則有一小塊突出的堅硬岩石形成屏障。大多木桶擱淺在淺灘上，不過有幾個桶子繼續撞擊著岩石。

河岸上有人負責看守。他們迅速用長篙把所有木桶推進淺灘，並在清點完數量後，將桶子全綁在一起，並把它們留到早上。可憐的矮人們！比爾博的情況好多了。他滑下木桶，再涉水走上岸，接著偷溜到他在水邊看到的幾座小屋旁。有機會的話，他就會想也不想地偷走一頓晚餐，他已經被迫做這種事很久了，現在也非常清楚飢腸轆轆的感受，而不只是對儲藏室中的美食抱持一點禮貌的興趣。他也從樹林間瞥見一座火堆，對他而言，這景象十分宜人，畢竟淋溼又破爛的衣物，正冰冷地貼在他身上。

沒必要把他那晚的冒險告訴你，因為我們已經接近東行旅程的盡頭，也來到最後一場偉大冒險了，所以我們得加快速度。有了魔法戒指的輔助，剛開始他自然處理得很好，但他無論到哪或坐下時所留下的潮溼腳印和水滴痕跡，最後總會害他暴露行蹤。他也開始流鼻涕，而不管他想躲到哪，別人都會察覺他企圖壓抑的噴嚏巨響。河畔旁的村莊中很快就起了騷動，但比爾博帶著不屬於他的一條麵包、一瓶葡萄酒和一塊派逃進森林中。由於遠離火源，因此他得溼漉漉地過夜，但酒幫他維持了溫暖。即便這一年已邁入尾聲，空氣也變得冷冽，他依然在幾片乾葉子上打盹。

他打了個特別響亮的噴嚏，醒了過來。灰色的晨曦已經露臉了，河邊也傳來愉快的喧嚷聲。精靈們把木桶組合成木筏，負責划筏的精靈很快就會讓它往下游航向長湖鎮。比爾博又打了個噴嚏。他身上不再滴水，但他覺得全身很冷。他用僵硬的雙腿盡快跑下坡，並及時跳上木桶群，吵雜的群眾也沒有發現他。幸運的是，當時沒有會產生出微弱陰影的陽光，也幸好他有陣子都沒再打噴嚏了。

群眾用長篙用力推擠。站在淺水中的精靈們吃力地推著。木桶全都被綁在一起，在發出嘎吱聲時微微晃動。

「這批貨很重！」有些精靈埋怨道，「它們吃水太深了，有些不是空桶子。如果它們在白天沖上岸的話，我們可能就得檢查一下裡頭。」他們說。

「現在沒時間了！」船夫說，「用力推！」

於是它們終於出發，剛開始速度緩慢，直到木桶們經過上頭站有其他精靈的岩石，精靈們則用長篙推走桶群，主流隨即將桶群沖得越來越快，一路往下游的長湖漂去。

一行人不只逃出了國王的地牢，也穿越了森林，但還不清楚他們是死是活。

第十章——

熱烈歡迎

隨著木桶順流而下，天色逐漸變亮，溫度也變暖了點。過了一陣子，河流繞過左側一處陸地斜坡。在它宛如內陸山崖的坡腳下，深邃的溪水湍急地冒著氣泡。忽然間山崖往後消失。河岸變得平坦。樹林也來到盡頭。此時比爾博看到了一道光景：

他周圍的地形變得一片開闊，河道分裂成上百道蜿蜒的水流，或注入河岸兩側的沼澤與遍布島嶼的水池，但強勁的主流依然穩穩地在中間流動。而在遠方，一座漆黑巔峰從破碎的雲層中浮現，那正是孤山！東北方最靠近它的山脈和與其相連的坡地消失在視野外。它獨自聳立，俯瞰森林外的沼澤地。孤山！比爾博經歷了迢迢路程和許多冒險，才終於得見它本尊，而現在他卻一點都不喜歡這座山的樣貌。

當他聽船伕們交談，並拼湊他們提到的部分資訊後，便迅速明白就算在這麼遠的距離外，自己能看到孤山其實相當幸運。儘管他先前遭到囚禁，當前的位置也不舒服（更別提他底下可憐的矮人們了），他依然比自己猜測的更好運。對話內容都是關於水道上的貿易往來，以及河上交通狀況的成長，因為從東方往幽暗密林延伸的道路都已消失或無人使用。他們也談到湖民與木精靈對維護森林河和照料河岸上發生的爭執。自從矮人們住在孤山的時代過去後，那一帶已經歷了諸多改變，人們對當年的事只有模糊的印象。自從甘道夫聽說這些消息之後，該地甚至在近年都產生了改變。大洪水和豪雨使往東流去的河水暴漲，也發生了一兩次地震（有些人將之歸咎於巨龍，咒罵一聲並往孤山的方向陰沉地點了下頭）。河流兩側的沼澤和泥塘散播得越來越廣。許多道路都已消失，不少試圖找到失蹤路徑的騎士與流浪者也不見蹤影。矮人們聽比翁建議、通過森林時走的精靈道路，只在森林東方邊陲留下罕有人用的可疑盡頭。從北方的幽暗密林邊緣到遠方孤山陰影下的平原之間，只有河流提供了安全通路，還受到木精靈的國王守護。

因此，最後比爾博踏上了唯一安全的路徑。這件事的消息已經傳到遠處的甘道夫耳中，讓他感到相當擔憂。其實他正在解決另一件要務（本篇故事不會提到這件事），也準備好要來找索林一行人了。如果在木桶上發抖的袋金斯先生知道這件事的話，或許就會感到些許慰藉。

他只知道河流似乎永無止盡地延伸，也感到飢餓，鼻子還感到一陣冰冷，更不喜歡當孤山越來越近時，外型彷彿正對他皺眉並發出威脅。不過，過了一陣子後，河流就往南繞，孤山則再度後退。而在那天稍晚，河岸上終於出現礫石灘，河流中的水勢則匯集成深邃激流，大夥因此以全速前進。

當森林河向東急轉並湧進長湖時，太陽已經西沉了。寬闊的河口兩側有懸崖般的石門，底部堆著礫石。長湖！比爾博從來沒想像過海洋以外的水域會如此龐大。寬闊的湖面讓對岸顯得渺小而遙遠，而湖身也很長，因此完全看不見對準孤山的湖泊北端。透過地圖，比爾博才得知在上游的狂奔河從河谷城流進湖中，與森林河共同用大量河水填滿又大又深的岩谷，馬車座[1]則在頭頂的天空中閃爍。兩條河匯集後的水流從湖泊南端湧出，形成高聳的瀑布，波濤洶湧地往未知地帶落下。在沉靜的夜裡，瀑布的巨響聽起來宛如遠方的怒吼。

他在國王酒窖中聽到精靈提起的奇異城鎮，則坐落於森林河河口不遠處。儘管岸上有幾座小屋和建築，但並非蓋在岸上，而是位在湖面之上，形成平靜湖灣的岩岬則保護城鎮不受洪流侵襲。有座巨型木橋通往繁忙的木造城鎮，城鎮本身則建構在以林木製成的龐大木樁上。這座小鎮不屬於精靈，而屬於人類，他們依然大膽地住在遠方龍山的陰影之下。人們依然靠貿易維生，貨品從南方沿著大河運來，再由馬車運過瀑布，抵達他們的城鎮。

---

1 譯注：Wain，人類與哈比人對北斗七星的稱呼。精靈將它稱為維拉基爾卡（Valacirca），意為「維拉之鐮」（Sickle of the Valar）。原本是主神瓦爾妲（Varda）懸掛在天空的七顆明星，用於象徵魔高斯的敗亡。

但在古代，當北方的河谷城依然富裕繁榮時，鎮民們便曾過得有錢有勢。湖上曾有船隊航行，有些船裡裝滿黃金，有些則載運身穿甲冑的戰士，當時的戰爭和壯舉現在只是傳奇故事。當湖水因乾旱而消退時，就能在岸邊看到更大型城鎮的腐朽遺跡。

但人們不太記得那些事，不過有些人依然會唱起古老歌謠，內容講述孤山中的矮人君王，都靈一族中的索洛爾與索藍，以及巨龍的來襲，和河谷城貴族們的敗亡。有些人也在歌曲中敘述，索洛爾與索藍有一天將會歸來，黃金也會再度從山門流入河中，當地也會響起全新歌謠與歡笑聲。但這樁好聽的傳說對他們的日常生活沒有帶來太大的影響。

當桶筏出現在視野中時，就有小船從木樁城鎮中划出，向桶筏船員發出叫聲。他們拋出繩子並拉起船槳，桶筏很快就脫離森林河的水流，繞著高聳岩石，被拉入長湖鎮的小湖灣中。它停泊在離大橋靠岸側不遠處的位置。很快就會有人從南邊過來拿走酒桶，再把他們帶來的貨物裝進其他桶子，以便運回上游到木精靈的家園。在此同時，木桶繼續漂在水面上，划筏的精靈們與船伕則去長湖鎮大吃一頓。

如果他們看到當自己離開後、在夜下湖岸發生的狀況，就會大吃一驚。比爾博先把一只木桶上的繩索切斷，再把桶子推到岸邊打開。裡頭傳來呻吟，隨即爬出一個極度不悅的矮人。他溼答答的鬍鬚上插著溼草。他全身痠痛又僵硬，還滿布瘀青與撞傷，使他幾乎無法站立，也得跌撞地涉水渡過淺灘，並倒在岸邊呻吟。他看起來飢餓又凶狠，像是條被鍊住後遭人遺忘的狗，還困在狗窩裡長達一週。這就是索林，但你只能從他的金鍊，和他航髒破爛的天藍色兜帽，與上頭褪色的銀色流蘇看出這點。過了一段時間，他才願意用客氣點的態度和哈比人交談。

「好啦，你到底是活人還是死人？」比爾博相當粗魯地問道。或許他忘了，自己至少比矮人們多吃了一頓飯，還能使用他的手腳，更別提能自由呼吸更多空氣了。「你還在牢裡，還是自由了？如果你想要食物，還想繼續這場荒唐冒險的話（畢竟這是你們的冒險，不是我的），就最好拍拍你的手臂，再揉幾下腿，然後趁有機會時來幫我把其他人弄出來！」

索林自然明白這道理，所以又呻吟了幾聲後，他就起身盡力幫助哈比人。黑暗下的他們在冷水中折騰，費盡心力地尋找正確的木桶。他們敲打桶子外層並發出呼喊，也只發現六個能回話的矮人。他們放出這些矮人，並把對方扶到岸上，矮人們或坐或躺，一面咕噥和呻吟。他們全身溼透又滿身瘀青，也蜷縮了很長一段期間，使他們難以明白自己重獲自由，也還無法對此產生感激。

德瓦林和巴林倆最不開心，沒辦法要他們幫忙。畢佛和波佛比較沒遭受碰撞，身體也比較乾，但他們躺了下去，什麼也不做。不過，年輕的菲力和奇力（對矮人而言）被塞進較小的木桶時，身旁還有不少乾草，因此當他們出來時，臉上多少還掛著笑容。他們身上只有一兩處瘀青，身上的僵硬感也迅速消散。

「我希望我永遠不要再聞到蘋果的味道了！」菲力說，「我的桶子裝滿了蘋果。當你幾乎無法動彈，還又冷又餓時，一直聞到蘋果就會把人逼瘋。現在我可以花好幾小時吃世上任何東西——但絕對不吃蘋果！」

有了樂意幫忙的菲力和奇力，索林和比爾博終於發現了其餘夥伴，並救出他們。可憐的胖龐伯不是睡著，就是昏了過去。朵力、諾力、歐力、歐音和葛羅音泡在水裡，看起來半死不活。得將他們一個個背出來，再讓他們無助地躺在岸上。

「好啦！我們全員到齊了。」索林說，「我想我們該感謝繁星和袋金斯先生。我相信他理應得到謝意，不過我希望他該安排舒適一點的旅程。不過，我們再度欠你人情了，袋金斯先生。等我們吃飽喝足，肯定就會更感激你了。同時，下一步該怎麼做呢？」

「我提議去長湖鎮。」比爾博說，「還能去哪呢？」

自然沒人有別的意見。因此索林、菲力、奇力和哈比人離開其他人，沿著湖岸往大橋走。橋頭有守衛駐守，但他們並沒有小心站崗，因為已經很久沒有必要認真了。除了偶爾對過河費的爭吵外，他們和木精靈們都是朋友。其他人住得很遠。鎮上有少數年輕人公開質疑有巨龍住在山裡，也嘲笑宣稱年輕時曾看過巨龍在天空飛行的老人家們。因此，守衛們在小屋中的火堆旁飲酒歡笑，完全沒聽到矮人們出桶的聲響或四名斥候的腳步聲，就不太令人訝異了。當索林．橡木盾踏進門口時，他們大驚失色。

「你們是誰，想要做什麼？」他們叫道，一面跳起身並摸索武器。

「我是索洛爾之孫，索藍之子索林，山下國王！」矮人嗓音宏亮地說，儘管他的破爛衣著與溼漉漉的兜帽，面貌卻顯得氣宇不凡。他脖子和手腕上的金飾閃閃發光，雙眼則漆黑而深邃。「我歸來了。我要見你們的鎮長！」

這馬上引發了軒然大波。有些較愚蠢的人跑出小屋，彷彿以為孤山會在夜裡發出金光，湖裡的水也立刻變成金黃色。守衛隊長則走向前來。

「那這些人是誰？」他問道，一面指向菲力、奇力和比爾博。

「他們是我的外甥。」索林回答，「都靈家族的菲力與奇力，這位是來自西方、和我們同行的袋金斯先生。」

「如果你們和平到來，就放下武器！」隊長說。

「我們沒有武器。」索林說，這點千真萬確。木精靈拿走了他們的小刀，也取走了長劍獸斬劍。比爾博一如往常地藏著他的短劍，但他什麼也沒說。「我們終於照古老預言回到故鄉，並不需要武器。我們也沒辦法對抗這麼多人。帶我們去見你們的鎮長！」

「他正在宴席上。」隊長說。

「那就更該帶我們去找他。」菲力插嘴道，他對這些鄭重對話越來越不耐煩，「我們在漫長路途後又累又餓，還有生病的同伴。快點行動，別再空談，不然你的鎮長可能就會教訓你了。」

「那跟我來吧。」隊長說，他帶上六個手下，領著索林一行人過橋穿越大門，走進鎮上的市集。眼前是寬闊的寧靜水面，周圍環繞著高聳木樁，高大的房屋則蓋在木樁上。有許多臺階與梯子沿著修長的木造碼頭往下通往湖面。有座大屋燈火通明，裡頭也傳來不少交談聲。他們穿過門口，並站在光芒下眨著眼，望向滿是人群的長桌。

「我是索洛爾之孫，索藍之子索林，山下國王！我歸來了！」在隊長開口前，索林就在門口嗓音響亮地喊道。
所有人都嚇得跳了起來。鎮長立刻從大椅上起身。但沒人比坐在大廳末端的精靈船夫們更訝異。他們走到鎮長桌邊，並叫道：
「這些是從我們國王手中脫逃的犯人，全是無法說明自己來意的流浪矮人，他們鬼鬼祟祟地穿越森林，還騷擾我們的人民！」
「這是真的嗎？」鎮長問。事實上，他認為這比山下國王歸來還可信，根本沒人曉得這種人是否確實存在過。
「當我們返回故里時，的確遭到精靈王阻攔，也受到毫無理由的囚禁。」索林回答，「但沒有任何門鎖能阻擋古老寓言中的返鄉旅程。這座城鎮也不在木精靈的國度裡。我在對湖民的鎮長講話，而不是國王的船夫。」
鎮長感到猶豫，並來回打量眾人。精靈王在這一帶的勢力非常強大，鎮長不想和對方為敵，也不太在意古老歌謠，只在乎貿易與過路費，還有貨物與黃金，這種習慣使他爬到當前的地位。不過其他人則有不同想法，這件事也迅速在沒有他參與的狀況下塵埃落定。消息如同火舌般從大廳門口竄進鎮上。人們在大屋內外叫喊。碼頭上響起急促的腳步聲。有些人唱起了古老歌謠的片段，內容和山下國王的歸來有關。他們一點都不在乎歸來的是索洛爾的孫子，而不是索洛爾本人。其他人接著唱起了歌，歌聲則在湖面高處大聲迴盪。

山脈下的王者，

石雕之王，
銀色噴泉之主
將再度歸來！

他將維護王冠，
重繫豎琴，
他的廳室將大放金光
遠方再度響起歌謠。

山上將長滿林木
青草在太陽下生長，
他的財富將從山中湧出
河流泛出金光。

溪流歡快地流動，
湖泊閃耀光芒，
山王重臨，
悲苦不再！

他們這樣唱著，歌詞大致如此，不過其實內容還有更多，呼喊聲也此起彼落，與樹林和小提琴的樂聲混在一起。就連鎮上年歲最大的老人家，都沒有在回憶中見過這種興奮之情。木精靈們開始大感吃驚，甚至還覺得害怕。他們自然不曉得索林如何脫逃，也逐漸覺得他們的國王或許犯下了嚴重錯誤。鎮長則發現當下別無他法，目前只能遵從眾人的激情，並假裝相信索林自稱的身分。於是他將自己的大椅讓給對方，也讓奇力和菲力坐在索林身旁的榮譽座位。就連比爾博都在高桌旁得到座位，忙碌的眾人也沒有要求他解釋自己的身分（沒有任何歌曲以晦澀方式提過他）。

不久後，其他矮人便迅速來到鎮上，面對鎮民令人訝異的熱烈情緒。他們全都以最令人愉快且滿意的方式得到治療，也吃得酒足飯飽，備受款待。索林和他的夥伴們得到一間大房子。他們能自由使用船隻與槳手。群眾們坐在外頭成天唱歌，哪怕只是有矮人露出了鼻子，他們都會大聲歡呼。

有些歌謠是老歌，但不少都是全新曲調，也充滿信心地提到惡龍之死，和順流而下抵達長湖鎮的昂貴禮物。這些歌謠大多出自鎮長的主意，矮人們對此不特別感到高興，但同時他們感到心滿意足，很快就再度變得又胖又壯。確實在一週之內，他們的體力就完全恢復，穿起了色彩鮮豔的高級衣物，還梳整了鬍鬚，步伐也充滿自傲。從索林的外表與走路方式看來，他彷佛已收復了王國，也已將史矛格碎屍萬段。

之後如他所說，矮人們對小哈比人的好感與日俱增。他們不再呻吟或埋怨了。他們向他敬酒，也總會親暱地拍他的背，還把他捧上天了。這也剛好，因為他並沒有感到特別開心。他沒有忘掉孤山的樣貌，也沒忘記巨龍，加上他還得了重感冒。三天來，他不斷打噴嚏與咳嗽，也無法出門，甚至在之後，他在宴席間也只能說：「匪常感歇你。」

在此同時，木精靈們已帶著貨物順著森林河往上游航行，國王的宮殿裡則掀起了大騷動。我從未聽說守衛隊長和總管的下場。當矮人們待在長湖鎮時，自然沒人提過鑰匙或木桶的事，比爾博也很小心，從來不使用隱形能力。不過，我敢說大多人只能瞎猜，不過袋金斯先生肯定是個謎團。無論如何，國王現在已經得知了矮人的任務，或是自以為他明白了。他對自己說：

「很好！我們等著瞧！沒經過我的同意，沒有寶藏能通過幽暗密林。但我想他們不會有好下場，活該！」他完全不相信矮人能對抗和殺死史矛格這種巨龍，也強烈認為對方會採取偷竊等招數——這顯示出他是個睿智的精靈，比長湖鎮民睿智得多，不過他猜得也不太正確，我們到最後就會知道了。他派間諜盡量前往湖畔以及靠近孤山的北方遠處，並耐心等待。

兩週後，索林開始思考離開的事。得趁鎮上的熱情還沒結束時，趕緊尋求幫助。拖到激情冷卻的話，就不妙了。所以他去和鎮長與對方的顧問們談，並說他和伙伴們很快就得繼續前往孤山了。

這是鎮長頭一次感到驚訝，也有些害怕，他想知道索林是否真的是古老君王的後裔。他從未想過矮人們居然膽敢接近史矛格，以為他們是遲早會被識破的騙子，也會因此被趕走。他錯了，索林的確是山下國王的孫子，也沒人清楚矮人會為了復仇或奪回屬於自己的東西，而做出哪種大膽行徑。

但讓他們離開的話，鎮長可一點都不覺得可惜。招待他們的費用高昂，而他們的到來也使鎮上放起了長假，生意因此停滯不前。「讓他們去打擾史矛格，再看看他會如何迎接他們吧！」他心想。「當然了，索洛爾之孫，索藍之子索林！」他這麼說，「你得奪回家園。古老預言中的時刻已經到了。我們會盡力幫忙，也相信當你重整王國後，會表示感激之意。」

於是有一天，儘管時值深秋，不只寒風刺骨，樹葉也迅速落下，三艘大船就此離開長湖鎮，船上載滿槳手、矮人、袋金斯先生和許多物資。馬匹與小馬繞路前往指定好的著陸點和他們碰面。鎮長與顧問們在市政廳通往湖面的巨大臺階上向他們道別。人們在碼頭上唱歌，或從窗口探頭吟唱。白槳探入水中，並潑濺出水花，他們出發往湖泊北方前進，踏上漫長旅程中的最後階段。唯一提不起勁的人，就是比爾博。

第十一章——門階上

划了兩天的船後，他們航入長湖上游，並進入狂奔河，現在則能看到孤山肅穆的輪廓矗立在他們面前。河流相當湍急，航速也變得緩慢。在第三天結束時，當他們往河川上游航行了幾哩後，駛近了左側或西岸，並在此處下船。他們在這裡與背負其他補給品與必要物資的馬匹，和供他們騎乘的小馬會合。他們把物資盡量擺到小馬身上，再將其他物品儲存在帳棚下，但在這麼靠近孤山的位置，沒有鎮民願意和他們待下來過夜。

「在歌謠成真前辦不到！」他們說。在這些野地裡，比起信任索林，還比較容易相信巨龍的存在。他們的物資確實不需要任何守衛，因為這一帶杳無人煙。所以護送人員們就此離開他們，儘管夜色已深，也依然迅速順著下游與河畔道路離開。

他們度過了寒冷寂寥的一晚，士氣也大幅降低。隔天他們再度出發。巴林和比爾博在後頭騎馬，分別在身旁領著另一頭滿載行囊的小馬。其他人位在前方一小段距離外緩緩找路，因為周圍沒有任何路徑。他們往西北方走，斜斜地離開狂奔河，並逐漸靠近孤山往南面向他們的一座高大山嘴。

這是場疲憊的旅程，同時安靜而鬼鬼祟祟。大夥沒有發出笑聲和歌聲，甚至連豎琴的聲響都沒有，而他們在湖邊唱起古老歌謠時，心中曾一度燃起的自傲與希望，現在已化為單調的陰沉情緒。他們清楚自己正逼近旅程的終點，下場也可能不堪入目。他們周圍的地區變得荒涼貧瘠，索林則告訴他們，這裡曾經綠意盎然。附近沒有多少青草，不久後也看不到灌木叢和樹木了，只有斷裂、焦黑的殘株彰顯出早已消失的植物。他們在歲末年終之際，抵達了巨龍荒原。

他們抵達孤山邊陲，途中沒有碰上任何危險，而除了巨龍在巢穴周圍製造出的荒地外，他們完全沒看到牠的蹤跡。他們面前的孤山漆黑寂靜，高聳地矗立著。他們在南方山嘴的西側設下第一座營地，山嘴的盡頭是一處名為渡鴉丘的高地。這裡曾有處舊瞭望台，但他們還不敢攀爬上去，因為它的位置太暴露了。

出發去孤山西側山嘴尋找祕門前，索林派出一支調查隊去偵查前門所在的南邊地帶。他挑選了巴林、菲力和奇力進行這項任務，比爾博也與他們同行。他們走在沉默的灰崖下，抵達渡鴉丘的山嘴。當河流在河谷城的谷地外繞了一大圈後，就離開山脈並流向長湖，水勢洶湧沸然。流水上方的陡峭河岸荒蕪且滿布岩石。河岸上的他們，望向沖走許多巨石的滔滔河水外遠處，並在孤山支脈陰影下的寬闊谷地中，看到充滿古老房屋、高塔與牆壁的灰暗遺跡。

「那就是河谷城僅剩的部分。」巴林說，「當鎮上響起警鐘時，孤山的山側依然翠綠蔥鬱，山影下的谷地也富饒宜人。」當他說出這段話時，神情顯得悲傷而陰沉；在惡龍來襲的那天，他曾是索林的同伴之一。

他們不敢沿著河流繼續逼近前門，但他們繼續走到南方山嘴的盡頭，直到一夥人躲在一塊岩石後頭時，才敢往外觀察，並在孤山支脈間的高大崖壁上，看到洞窟般的漆黑門口。門口湧出狂奔河的河水，也飄出蒸氣和黑煙。除了蒸氣和流水外，荒原中沒有其他動靜，三不五時也會有隻不祥的烏鴉飛過。唯一的聲響是沖動礫石的水流聲，以及偶然響起的刺耳鳥鳴。巴林打起冷顫。

「我們回去吧！」他說，「我們在這裡做不了什麼事！我也不喜歡那些黑鳥，牠們看起來像是邪惡的間諜。」

「巨龍還活著，也住在孤山底下的廳堂——煙霧讓我這麼想。」哈比人說。

「煙霧不能證明什麼，」巴林說，「不過我覺得你說得對。但牠可能離開了一陣子，不然牠就應該躲在山腰上保持戒備，但我料到大門會飄出煙霧和蒸氣了——裡頭的廳堂一定瀰漫著牠的惡臭。」

他們疲倦地回到營地，心中滿是鬱悶的想法，頭頂上還有嘎嘎怪叫的烏鴉盤旋不去。

六月時，他們才在愛隆美輪美奐的房舍中作客，而儘管秋天現在才逐漸化為冬季，那段愉快的時間感覺起來已經是多年前的事了。他們獨自在危機四伏的荒野中，毫無取得救兵的希望。他們來到了旅程終點，但任務似乎還沒有結束。他們都沒剩下多少士氣了。

奇怪的是，袋金斯先生的士氣卻比其他人高得多。他經常借走索林的地圖並盯著瞧，仔細看著符文與愛隆讀過的月文訊息。就是他要矮人們開始在西坡上展開對祕門的危險搜索。他們隨後把營地遷移到一處長谷中，這裡比南邊的大河谷還狹窄，流出河水的大門便矗立在大河谷中，孤山較為低矮的山嘴則圍住河谷。有兩座山嘴由此從主要山體往西延伸，漫長陡峭的山脊往下向平原延展。西側上更難見到巨龍掠奪的跡象，也沒有足夠的青草讓他們的小馬食用。白天時，西方營地處在懸崖與山壁的陰影下，直到太陽逐漸向森林西沉；每天他們都從營地派出隊伍，辛苦地在山腰上找尋通道。如果地圖屬實，祕門一定就在山谷尖端的懸崖上頭某處。日子一天天過去，他們卻都兩手空空地回到營地。

但最後他們出乎意料地找到了目標。菲力、奇力與哈比人某天走下山谷，並在南側角落的碎石中蹣跚前行。大約中午時，比爾博悄悄走到一塊宛如柱子般獨自矗立的巨石後，發現了一列往上延伸的粗糙臺階。他和矮人們興奮地沿著臺階走，並找到一條狹窄通路的蹤跡。通路有時會消失，有時又再度出現，不斷延伸到南方山脊頂端，最後讓他們來到一處更狹窄的岩架，隨即往北繞過孤山的岩壁。當他們往下看時，就發現自己位於山谷尖端處的懸崖頂端，俯瞰著底下的營地。他們沉默地緊靠右側岩壁，以單一縱隊方式順著岩架行走，直到岩壁出現開口，他們則轉入一處牆面陡峭的凹陷空間，地上長滿了青草，寧謐無聲。他們發現，山崖向外伸出，在上頭無法看到這裡的入口，也無法從遠處觀看，因為它小到看起來只像是道漆黑裂縫。它不是洞穴，也對頭頂的天空敞開。但內部盡頭有座平順山壁，靠近地面的底部如同石匠作品般光滑筆直，看不到任何接合處或縫隙。該處沒有任何門柱、門楣或門檻，也沒有門閂、栓子或鑰匙孔。但他們毫不質疑自己終於找到了祕門。

他們敲打它，用力推擠它，懇求它移動，還念出不完整的開門咒語，但什麼動靜都沒有。最後，疲憊不堪的他們坐在岩壁底部的草地上，在傍晚展開漫長的下山路途。

那晚營地裡的氣氛熱烈。他們在早上準備好再度動身。只有波佛和龐伯留在後頭，看守小馬和他們從河邊帶來的物資。其他人走下山谷，再由新發現的通道往上走，就此抵達狹窄岩架。他們無法帶著行囊或包裹走這條路，因為它狹窄得令人喘不過氣。他們身旁有一百五十呎深的懸崖，底下還有銳利的岩石。但每個人都把一大捲繩索纏在腰上，於是最後他們平安無事地抵達長滿青草的小凹陷處。

他們在此搭建了第三個營地，再用繩索把他們所需的東西從底下拉上來。他們經常用同種方式讓某個活躍的矮人降下去，像是奇力，以便傳達最新消息，或是和底下的守衛換哨，而波佛則被拉上高處營地。龐伯不願意使用繩索或山路上山。

「我太肥了，沒辦法走那種小路。」他說，「我會頭暈然後踩到自己的鬍鬚，這樣你們又會變成十三人了。而且打結的繩索太細了，沒辦法支撐我的體重。」幸好這並非事實，你之後就知道了。

在此同時，有些人探索了開口外的岩架，發現一條通往山上更高處的路徑。但他們不敢往那條路走遠，它也沒有多大用處。外頭只有一片死寂，除了石縫中的風聲外，沒有任何鳥鳴劃破那抹寂靜。他們低聲交談，從未叫喊或唱歌，因為每顆岩石中都潛伏著危機。其他忙著解開門口祕密的人一籌莫展。他們太急了，沒時間管符文或月文，反而毫不止息地試圖在光滑的岩面上找出門口的藏匿處。他們從長湖鎮帶來鶴嘴鋤和各種工具，起初他們也嘗試使用這些工具。但當他們敲擊岩石時，握把就應聲斷裂，害得手臂感到劇烈疼痛，鋼製尖端也斷裂或如鉛塊般扭曲。顯而易見的是，挖礦工法對封住這道門的魔法毫無用武之地，他們也對迴盪起來的噪音感到畏懼。

比爾博覺得坐在門階上令人感到孤單又疲倦——那裡自然沒有真的門階，但他們習慣把岩壁和開口之間的小草地開玩笑似地稱為「門階」，因為他們想起比爾博在許久前出乎意料的宴會中，在他的哈比洞裡講過的話。當時他說他們可以坐在門階上，直到想出辦法。他們確實坐下思考，或是漫無目的地四處遊蕩，也變得越來越鬱鬱寡歡。

當他們發現通道時，士氣曾上升過一點點，但現在他們再度垂頭喪氣；但他們不願就此放棄並離開。哈比人不再比矮人開朗了。他什麼也不做，只是背對岩壁坐著，透過開口注視西方遠處，目光越過懸崖，飄過寬闊大地，直達幽暗密林的黑色樹牆，以及更遠的彼端。他有時以為自己能瞥見遙遠而渺小的迷霧山脈。如果矮人們問他在做什麼，他就回答：

「你們說我的工作是坐在門階上思考，加上進去裡頭，所以我正坐著思考。」但他想的恐怕不是工作，而是藍色遠方外的事物：平靜的西境與小丘，和他位在小丘下的哈比洞。

有顆灰色大石坐落在草地中央，他則陰鬱地盯著石頭，或是望向碩大的蝸牛。蝸牛們似乎很喜歡受到涼爽岩牆包圍的凹陷小空間，也有許多體型龐大的蝸牛緩慢又黏膩地在岩壁上爬。

「秋天最後一週在明天就會開始。」有天索林說。

「秋天過後，冬天就來了。」畢佛說。

「年復一年。」德瓦林說，「而我們的鬍鬚會變得越來越長，在這裡發生任何變化前，它們就會從懸崖垂下山谷了。我們的夜賊做了什麼？既然他有枚隱形戒指，現在也應該是個絕佳高手了，我開始覺得他該走前門去調查一下！」

比爾博聽到這句話，因為矮人們位在他坐著的空間頂端的岩石上。「老天爺！」他心想，「所以他們開始這樣想了，是嗎？可憐的我老是得救他們脫離苦海，至少自從巫師離開後是這樣。我該怎麼辦？我早該知道最後會有不好的事發生在自己身上。我不認為我敢再看到不幸的河谷城谷地，還有那道冒煙的大門！」

那晚他的情緒非常低落，也幾乎沒睡。隔天矮人們全都往不同方向走去。有些矮人在山下遛小馬，有些矮人則在山側閒晃。比爾博整天都鬱鬱寡歡地坐在小草地上盯著石頭看，或是穿過狹窄的開口並往西走。他有種古怪的感覺，認為自己在等待某種事情。「或許巫師今天會突然回來。」他想。

如果他抬起頭，就會瞥見遙遠的森林。當太陽轉向西方時，有一道黃光便灑在遠處的樹冠，彷彿陽光照拂了最後一片淡葉。很快地，他看到太陽這顆橘球沉落到他眼前。他走向開口處，蒼白朦朧的新月正懸浮在大地邊緣。

就在此時，他聽到身後傳來尖銳的破裂聲。草地上的灰石頂端有隻龐大的畫眉鳥，全身近乎烏黑，淡黃色的胸口上零星散落著黑點。喀啦！畫眉鳥抓到一隻蝸牛，並在石頭上敲牠。喀啦！喀啦！

比爾博忽然間恍然大悟。他忘卻了所有危機，並站到岩架上呼喚矮人們，一面叫喊揮手。位置最近的矮人們跌撞地跑過岩石，再盡快跨越岩架來找他，心中納悶究竟發生了什麼事。其他矮人則喊著要他們用繩子把自己拉上去（龐伯自然除外，他睡著了）。

比爾博迅速解釋了緣由。他們全都陷入沉默；哈比人站在灰石旁，鬍鬚搖曳的矮人們則不耐煩地觀看。太陽下沉得更低，他們的希望也隨之萎縮。它落入紅色雲彩中，並就此消失。矮人們埋怨起來，但比爾博依然一動也不動地站著。渺小的月亮落到地平線上。夜色逐漸降臨。當他們的希望近乎泯滅時，有道紅色陽光如同手指般從雲朵間的裂縫探出。一束光線直接從開口照入凹陷處，灑落在光滑的岩壁上。老畫眉鳥用珠子般的眼球在高處觀看，把頭歪到一側，突然發出一聲啼叫。響亮的破裂聲隨著出現，有片岩石從岩壁上裂開落下，忽然有個洞出現在離地面三呎高的位置。

害怕會錯失良機的矮人們，迅速衝向岩石並用力推擠，但徒勞無功。

「鑰匙！鑰匙！」比爾博叫道，「索林在哪？」

索林趕了過來。

「鑰匙！」比爾博喊道，「和地圖一組的鑰匙！趁還有時間，趕快試試看！」

接著索林走上前，把鑰匙從他頸子上的鍊子取下。他把鑰匙插進洞中。鑰匙剛好吻合，也轉動起來。喀！光芒熄滅，太陽西沉，新月消失，夜色躍上空中。他們全部人一起推，部分的岩牆緩緩移動。修長的筆直裂縫出現、變寬。牆上浮現出五呎高、三呎寬的大門輪廓，門板安靜無聲地緩緩往內開。黑暗宛如蒸氣般從山壁上的洞口飄散而出，他們眼前則浮現了伸手不見五指的烏黑深淵，宛如血盆大口般通往山中深處。

第十二章——內部情報

有好一陣子，矮人們站在門口前的黑暗中不斷爭辯，直到索林最後開口說道：

「我們傑出的袋金斯先生已經證明自己是漫長路途中的良好同伴，也是位胸懷勇氣與才幹的哈比人，遠遠超出他的身高，我也敢說他的好運異於常人。現在他該履行加入我們團隊的目的了，現在就是他為自己爭取獎勵的時刻。」

你很熟悉索林在重要場合的風格了，所以我就不多做贅述，不過他說了比上述更長的話。這自然是重要時刻，但比爾博感到不耐煩了。現在他也相當熟悉索林，也清楚對方的意思。

「如果你的意思，是指我該先進去祕密通道的話，索恩之孫、索藍之子索林．橡木盾，就願你的鬍鬚日益增長，」他粗魯地說，「趕快把話說清楚就好了！我可能會拒絕。我已經救你們脫離兩次麻煩了，原本的協議中根本沒這種要求，所以我想我早該得到一點獎賞了。但我爸以前常說：『無三不成禮』，我也不覺得我會拒絕。或許我比以前更信任自己的運氣了。」他指的是自己離家前的去年春天，但那似乎已經是好幾世紀前的事了。「但我想我會去打探一下，把事情辦完。有誰要跟我來？」

他不認為會有許多自願者，所以他沒有感到失望。菲力和奇力看起來不太自在，但其他人連裝模作樣都省了——負責站崗的老巴林除外，因為他很喜歡哈比人。他說他願意至少走進門口，或許也能走上一小段路，準備在有必要時呼救。

矮人們的情況大抵如此：他們打算為比爾博的工作支付豐厚報酬。矮人們帶他來，就是為了讓他幫他們做苦差事，也不介意讓可憐的小傢伙獨自進行工作。但如果他碰上問題，他們也會盡全力救他脫困，就像在冒險啟程時遇到食人妖的狀況，當時他們還沒有任何感激他的理由。事實就是如此：矮人不是英雄好漢，而是充滿心機、極度在乎金錢價值的民族。有些矮人狡詐而心懷不軌，是群壞心眼的傢伙；有些矮人並非如此，而是像索林一夥一樣的好心人，但別對他們抱持過高的期望。

當哈比人悄悄穿越魔法祕門並踏進孤山時，他身後轉黑的暗淡天空裡繁星正開始躍上。裡頭的路比他料想中還好走。這不是哥布林巢穴的入口，也不是粗糙的木精靈洞窟。這是矮人在財富與技術的高峰期打造出的通道：它如尺般筆直，地板與牆面都光滑無比，地面連坡度都從未改變，一路通往底下黑暗深淵中的遙遠盡頭。

過了一陣子後，巴林向比爾博說：「祝你好運！」並停在他還能看到門口模糊輪廓的位置，也還能透過隧道的回聲聽到門外其他人的低聲談話。哈比人隨後戴上他的戒指，回聲也讓他產生警戒，便更小心地不發出聲音。他無聲地向黑暗中往下潛行。他全身因恐懼而顫抖，但他的小臉則流露出堅毅肅穆的神情。和許久前沒帶手帕就跑出袋底洞的那名哈比人相比，他已經脫胎換骨了。他很久都沒有手帕可用。他鬆開劍鞘中的匕首，並繫緊皮帶，再繼續前進。

「你終於來到終點了，比爾博．袋金斯。」他對自己說，「宴會那晚你一腳踏進這趟旅程，現在得抽身並付出代價了！天啊，我真是個笨蛋！」他體內圖克血統最淡的部分說道。「巨龍看守的寶藏對我一點用都沒有，那些金銀財寶可以永遠留在這裡。如果我能醒過來，發現這條臭隧道其實是我的自家前廳的話，那該有多好！」

他當然沒有醒來，只是持續往前走，直到身後門口的跡象完全消失。他徹底孑然一身。他很快就覺得周圍正在變暖。「我是不是看到前方底下有某種亮光？」他心想。

確實如此。當他往前走時，亮光便逐漸增強，直到光線的存在令他不容置疑。那是種正穩穩變強的紅光。隧道裡現在也變得炎熱。幾絲蒸氣往上飄過他身邊，他也流下汗來。有種聲音在他耳邊響起，那是某種如同火爐上的大鍋沸騰時發出的氣泡聲，混合了大貓呼嚕作響般的轟隆聲。這種聲音變成某種龐大動物在他面前的紅光中沉睡時發出的鼾聲。

此時比爾博停下腳步，從這裡繼續出發，是他做過最勇敢的事。之後發生的大事根本無法與之相比。在他看到潛伏等待的巨大危機前，就已獨自在隧道中進行真正的戰鬥。總之，在稍作停滯後，他再度前進。你可以想像他來到隧道盡頭，那裡的入口和山上祕門的大小與形狀都相仿。哈比人把小腦袋探過入口。他面前有座屬於古代矮人的巨大地底寶庫或大型地牢，位置就在孤山深處。裡頭近乎漆黑，因此他只能模糊猜測寶庫的規模，但崎嶇地板的正面浮現出一股強光。那正是史矛格的光芒！

這條紅金色巨龍好整以暇地躺著，並深深入睡。牠的嘴巴和鼻孔飄出嗡嗡聲與幾縷煙霧，但牠的火焰在睡眠中並不旺盛。在牠的四肢與盤起來的龐大尾巴底下，以及牠周圍視線範圍外的地面上，都擺滿了數不清的寶物，有加工過的黃金，也有未經鍛造的純金，還有寶石與珠寶，以及在紅光下染上紅色光澤的白銀。

史矛格躺在原地，如同巨大無比的蝙蝠般將翅膀摺疊起來，身體稍微側躺，哈比人因此能看到牠的下半身與修長蒼白的腹部，由於牠長期躺在這張價值連城的床上，因此肚子上卡滿了寶石與黃金碎片。在牠身後最近的牆面掛了鎖子甲、頭盔與斧頭，以及劍與矛。一旁還有成排的大甕與容器，裡頭裝滿超越想像的財寶。

說比爾博暫時忘了呼吸，都還無法妥善描述事實。沒有話語能表達他的訝異，因為人類改變了他們從精靈那學到的語言，當時全世界依然壯麗完美。比爾博先前聽說過關於龍族寶庫的故事與歌謠，但他從未徹底明白這種財富的輝煌榮光，與隨之而來的慾望。他的心彷彿著了魔，也充滿了矮人的慾望。他一動也不動地注視著無可計數的黃金，幾乎忘卻了駭人的守護者。

他彷彿看了一整個世紀，最後才幾乎違抗自我意志般地離開，從門口的陰影處悄悄出發，並跨越地板，走到財寶堆最近的邊緣。沉睡的巨龍躺在他頭頂處，即便在睡夢中，也依然是懾人的威脅。他抓起一只兩側都有握把的巨杯，重量已達他能承受的極限，此時他害怕地往上看了一眼。史矛格有隻翅膀稍作顫動，轟隆作響的鼾聲也改變了節奏。

比爾博隨即逃之夭夭。但巨龍並沒有甦醒——還沒有。牠只是飄入了其他充滿貪婪與暴力的夢境，繼續躺在牠偷來的廳堂中；小哈比人則努力沿著漫長的隧道走回去。他的心跳得飛快，雙腿也比走下去時抖得更厲害，但他依然緊抓杯子，心中主要的念頭則是：「還敢說我像雜貨店老闆，不像夜賊？哼，我們不會再聽到這種話了。」

的確沒有。再度看到哈比人的巴林雀躍無比，也大感訝異。他背起比爾博，帶他走到戶外。當時是午夜，雲朵也遮蔽了繁星，但比爾博閉眼躺下，一面喘氣，一面享受再度嗅到新鮮空氣的感覺，也沒注意到矮人們的興奮之情，也不太在意他們讚美並拍拍他的背，還宣示自己和後代家人都受他差遣。

當矮人們還在傳遞杯子，並愉快地談論奪回寶藏一事時，腳下的山就忽然傳出轟隆巨響，彷彿它是座終於決定再度爆發的古老火山。他們身後的門差點關上，只因為被一顆石頭擋住，才沒有完全閉合。傳自地下深淵的怒吼與踱步聲，使他們腳下的地面顫動，恐怖回音則從漫長的隧道往上飄出。

矮人們隨即遺忘了他們前一刻的喜悅與自信豪語，驚懼地蹲低身子。史矛格依然不可小覷。如果你住在活生生的巨龍附近，就不該把牠排除在算計外。財富對龍族來說或許沒什麼用，但牠們連一毛錢的存在都記得清清楚楚，特別是在坐擁巨富多年後，史矛格也不例外。牠才剛從一股不安的夢境（夢中有個體型矮小、佩戴利劍的英勇戰士，讓牠感到相當不悅）進入瞌睡狀態，再從瞌睡中甦醒。牠的洞穴裡有股奇異的空氣。是那個小洞飄來的氣流嗎？牠從來都不喜歡那個洞，不過它太小了；牠充滿疑心地盯著洞口瞧，並思忖自己為何從來沒堵上洞口。最近牠似乎覺得自己聽到一股敲擊聲的模糊回音，從上頭往下傳進牠的巢穴。牠動了起來，並伸長頸子一聞。接著牠發現杯子不見了！

小偷！火災！殺人啦！自從牠來到孤山後，這種事就沒發生過了！難以描述他的怒氣——當富可敵國的有錢人忽然失去某種擁有許久、卻從來沒使用或想要過的東西時，才會如此暴跳如雷。牠往前吐出烈焰，廳堂中冒出濃煙，牠使孤山深處大為震盪。牠徒勞無功地把頭伸向小洞，接著把身體彎曲起來，在地下發出如雷貫耳的怒吼。牠從大門衝出地底深處的巢穴，跑進孤山宮殿的雄偉通道，再往上衝向前門。

牠唯一的念頭，就是繞遍整座山，直到牠逮到小偷並把對方撕裂踩爛。牠衝出前門，河水隨即冒起咻咻作響的濃烈蒸氣；牠撲上天空，停駐在山頂，再吐出紅綠交織的烈焰。矮人們聽到牠飛行時發出的可怕聲響，也蹲在巨石下小草地邊的岩壁旁，希望能躲過狩獵巨龍的恐怖目光。

要不是又多虧了比爾博，他們早就被殺了。「快點！快點！」他上氣不接下氣地說道，「祕門！去隧道！別待在這裡。」

聽了這些話後，當他們正準備偷偷鑽進隧道時，畢佛驚叫道：「我的表親們！龐伯和波佛——我們忘了他們，他們還在底下的山谷啊！」

「他們會被殺掉，我們的小馬們也是，物資也會通通泡湯。」其他人哀歎道，「我們束手無策了。」

「胡說八道！」重拾威嚴的索林說，「我們不能拋下他們。袋金斯先生和巴林快進去，還有菲力和奇力你們倆——巨龍不會逮到我們所有人。其他人聽好了，繩子在哪？快點！」

那可能是他們經歷過最糟糕的時刻。震怒的史矛格所發出的恐怖巨響，在遙遠上方的石谷中迴盪。牠隨時都可能會向下俯衝，或繞圈飛來，並發現他們在危險的懸崖邊緣焦急地拉扯繩索。波佛爬了上來，所有人也依然安然無恙。龐伯也氣喘吁吁地爬上頂端，繩索則嘎吱作響，而大夥仍然沒事。他們拉起了一些工具和幾袋物資，接著危機便撲向他們。

大家聽見了迴旋聲。有股紅光灑落在立石的頂點上。巨龍來了。

當史矛格從北方襲來，用火舌橫掃山壁，還一面鼓動巨大雙翼，發出狂風般的巨響時，拖著行囊的他們差點來不及趕回隧道。牠吐出的熱氣讓門前的青草變得乾枯，再捲入他們剛離開的裂隙，並讓躲起來的矮人們感到灼熱不堪。閃爍的火光往上竄起，漆黑的岩石陰影隨之舞動。當牠再度飛走時，黑暗便落了下來。小馬們畏懼地嘶鳴，衝斷繩索並往外狂野疾馳。巨龍俯衝並轉身追趕牠們，瞬間不見蹤影。

「我們可憐的小馬完蛋了！」索林說，「當史矛格看到目標，就沒什麼能躲過牠了。我們已經來到目的地，也得待下來，除非有人想在史矛格的監視下，走空曠的漫漫長路回到河邊！」

這並不是讓人開心的念頭！他們再往隧道底下走了一點路，儘管裡頭悶熱，他們依然躺著發抖，直到黎明的蒼白光線透入門口的縫隙。他們在夜裡時常聽到飛龍的吼聲逼近，接著當牠環繞山壁狩獵時，吼聲便再度淡去。

牠從小馬和自己發現的營地蹤跡做出猜測，認為有人從長湖和河流逆游而上，並從小馬停駐的谷地爬上山壁。但祕門躲過了牠敏銳的雙眼，而受到高聳岩壁圍繞的小凹陷處也逃過了牠最炙熱的火焰。牠白費時間地狩獵許久，直到黎明冷卻了牠的怒火，於是牠回到金床上睡覺，以便恢復力氣。就算數千年的時光將牠化為冒煙岩石，牠也不會遺忘或原諒偷竊行為，但牠可以等。牠緩慢無聲地爬回巢穴，並半閉雙眼。

當早晨來臨時，矮人們的驚懼感便稍微平復。他們明白，面對這種守衛者時，遲早會碰上這類危險，而放棄任務也沒有幫助。如索林所說，他們現在無法脫身。他們的小馬失蹤或被殺，也得等些時間，讓史矛格放鬆戒備，他們才敢步行踏上長路。幸運的是，他們還有足夠的物資能維生一段期間。

他們對下一步爭論許久，但想不出要如何解決史矛格；比爾博指出，這一直是他們計畫中的弱點。矮人們開始埋怨哈比人，用一開始讓大家開心的理由來責怪他：因為他偷走了巨杯，因而迅速激起史矛格的怒火；這是驚慌失措的人慣有的習性。

「你們以為夜賊該做什麼？」比爾博怒氣沖沖地問，「我的責任不是屠龍，那是戰士的工作，我負責的是偷寶藏。我盡力起頭了。你們以為我會背著索洛爾整座寶庫裡的寶藏回來嗎？如果有人要埋怨，我想我應該能罵上幾句。你們該找來五百個夜賊，而不是帶區區一個人來。我確定這反映出你祖父的雄厚財力，但你們別想假裝曾把他的確切財產規模告訴我。就算我比現在大上五十倍，史矛格也溫馴得像隻兔子，我也需要好幾百年才能把所有東西搬上來。」

之後矮人自然懇求他的原諒。「那你認為我們該怎麼做呢，袋金斯先生？」索林禮貌周到地問。

「如果你指的是移走寶藏的話，目前我不曉得要怎麼辦。那當然取決於運氣，和是否能解決史矛格了。屠龍完全不是我的專業，但我會盡力想看看。個人而言，我根本不抱希望，只想安全地待在家裡。」

「先別想那些！我們今天該怎麼辦？」

「好吧，如果你們真的要我的建議，我覺得我們什麼都不該做，待在原地就好。白天我們肯定能安全地偷跑出去，呼吸點空氣。或許不久後，就能派一兩個人去拿河邊的物資，並補充我們的糧食。但在此同時，每個人在天黑後都該待在隧道裡。

「容我給你們一項提議。今天中午，我會帶我的戒指偷偷到底下去，如果史矛格剛好在小睡的話，我就可以看看他在幹嘛。或許可以得到一些成果。我爸經常說：『每隻龍都有弱點』，不過我確定那不是他的個人經驗。」

矮人們自然急切地接受了這項提議。他們已經尊敬起小比爾博了。現在他成了眾人在冒險中的真正領袖。他開始想出自己的點子與計畫。中午時，他準備好踏上深入孤山的另一場旅程。他當然不喜歡這點，但當他多少清楚面前有什麼東西後，情況就不那麼糟了。如果他知道更多關於龍族與牠們狡猾習性的事，可能就會感到更加害怕，也不會對巨龍睡著一事抱持太多希望。

當他啟程時，太陽已經大放光明，但隧道中依然如黑夜般陰暗。當他往下走時，來自幾乎關上的門口的光芒很快就消失了。他的腳步安靜無聲，連微風中的煙霧都無法與之匹敵，而當他靠近底下門口時，也有些對自己感到驕傲。他只能看見非常微弱的光芒。

「老史矛格累了，正在睡覺。」他心想，「牠看不到我，也不會聽到我的動靜。開心點，比爾博！」他忘了，或從沒聽過過龍族的嗅覺能力。而令人吃驚的是，如果牠們起了疑心的話，就能在睡覺時讓眼睛維持半張，以便監視外界。

當比爾博再度從入口窺探時，史矛格看起來肯定像在熟睡，漆黑的身形幾乎一動也不動，除了一縷無形的蒸氣外，牠也沒發出任何鼾聲。正當比爾博準備踏上地板時，便忽然注意到一道纖細刺眼的紅光，從史矛格下垂的左眼眼瞼下竄出。牠只是在裝睡！牠正在監視隧道入口！比爾博連忙後退，慶幸自己戴著戒指。接著史矛格開口了。

「好啦，小偷！我聞到你了，也感覺到你的味道。我聽到你的呼吸聲了。過來吧！想拿就再拿點，這裡有很多東西夠你拿！」

但比爾博並沒有這麼不熟悉與龍族有關的知識，如果史矛格想輕易騙他靠近的話，將會大失所望。「不了，謝謝你，雄偉的史矛格。」他回答，「我並不是來拿禮物的。我只想看你一眼，看看你是不是和故事中一樣偉大。先前我並不相信故事。」

「你現在相信了嗎？」巨龍有些自滿地說，即便牠根本不相信對方的話。

「歌謠與故事的確完全無法表述現實，最崇高的災星之首史矛格。」比爾博回答。

「以小偷和騙子來看，你挺有禮貌的。」巨龍說，「你似乎很熟悉我的名字，但我不記得聞過你的味道。我可以問問你是誰，又打哪來嗎？」

「當然可以！我來自山丘底下，我的旅途鑽過山丘，也越過山丘。還飛過空中。我是無形行者。」

「我相信這點，」史矛格說，「但那不太可能是你日常使用的名字。」

「我是解謎人，割網者，也是帶刺的蒼蠅。我是因為幸運數字而被選上的人。」

「真是可愛的頭銜！」巨龍冷笑道，「但幸運數字的效力不會持久。」

「我活埋朋友，淹死他們，再把活生生的他們從水裡拉出來。我來自布袋底部，但沒有袋子套住我。」

「這些名稱聽起來不太厲害。」史矛格嘲諷道。

「我是熊族之友與鷹族賓客。我贏得戒指，也持有好運；我也是木桶騎士。」比爾博繼續說，開始對自己的謎語感到得意。

「聽起來好多了！」史矛格說，「但別被你的想像力沖昏頭了！」

如果你不想透露自己的真名（睿智之舉），也不想用正面拒絕來惹火牠們的話（這也非常明智），這就是和龍族交談的正確方式，沒有龍族能抗拒拐彎抹角的說話方式帶來的刺激感，也無法抗拒浪費時間去弄懂內容（不過我認為你都懂了，因為你知道比爾博口中的一切冒險過程），但牠認為自己夠明白了，也在歹毒的內心中輕笑起來。

「我昨晚就想到了。」牠對自己竊笑，「是湖民，一定是那些低賤的賣桶湖民搞的鬼，不然我就是隻蜥蜴。我好幾世紀沒去那頭了，但我很快就會改變這點！」

「好吧，木桶騎士！」牠大聲說道，「或許木桶是你小馬的名字，也可能不是，不過牠夠肥。你或許是無形行者，但你並沒有一路走來這裡。讓我告訴你，我昨晚吃了六匹小馬，不久也會抓到並吃掉其他匹馬。為了回報這頓大餐，我會給你一項建議：別和矮人攪和！」

「矮人！」比爾博佯裝訝異地說。

「別裝了！」史矛格說，「我清楚矮人的氣味（和嚐起來的味道），沒人比我更熟了。別說我會吃不出矮人騎過的小馬味道！如果你和這種朋友鬼混，下場可是會很淒慘的，木桶騎士小偷。我不介意你回去告訴他們這些話。」但牠沒有告訴比爾博說，裡頭有股牠分辨不出的味道，也就是哈比人的味道；這超出了牠的經驗，也使牠大感困惑。

「我猜你昨晚拿那只杯子賣了好價錢吧？」牠繼續說，「說吧，有沒有？什麼都沒有呀！唉呀，這就是他們的作風。我想他們還龜縮在外頭，而你得做所有危險差事，趁我不注意時盡量偷拿東西——就為了他們嗎？你還會得到豐厚的分紅？別相信這種事！如果你能活著脫身，就算幸運了。」

比爾博開始感到非常不安。史矛格四處打探的眼睛在陰影中找尋他，當目光掃過他時，他就會打起冷顫，心中也有股難以解釋的渴望，想衝出去現身並把所有真相告訴史矛格。其實他正暴露在遭到龍咒控制的危險下。但他鼓起勇氣並再度開口。

「你不曉得所有事，偉大的史矛格。」他說，「我們前來的目的不只是黃金。」

「哈！哈！你承認是『我們』了。」史矛格笑道，「何不說『我們十四人』就好呢，幸運數字先生？我很高興聽到除了來拿我的黃金以外，你來這一帶還有其他差事。這樣的話，或許你就不會全然浪費時間了。

「我不曉得你有沒有想到，就算你能一點一點把黃金偷走，大概要花上一百年左右吧，你也無法把黃金運到遠處吧？黃金在山壁上沒用吧？在森林也沒用吧？老天啊！你沒想過風險嗎？我猜你能分到十四分之一之類的寶藏，那就是條件，對吧？但運送方式呢？運輸費用呢？武裝守衛和過路費呢？」史矛格大笑出聲。牠有顆邪惡狡猾的心，也清楚自己的猜測離事實不遠，不過牠認為湖民是幕後黑手，而大多贓物也會停在岸邊的鎮上；在牠的年輕歲月裡，那裡的名稱是伊斯加洛斯。

你或許難以相信這點，但可憐的比爾博確實慌了手腳。目前他的思緒和心力都專注在抵達孤山和找到入口上。他從沒想過要如何搬出寶藏，當然也從沒想到要如何將自己那分寶藏一路送回小丘下的袋底洞。

他心中開始升起一股可怕的疑心：矮人們是也遺忘了這件重要的事，還是他們一直都在偷笑他呢？這就是龍語對缺乏經驗的對象帶來的效果。比爾博自然該更謹慎，但史矛格的性格非常有影響力。

「我告訴你，」他說，努力想維持對朋友們的忠誠，並堅持立場。「黃金只是我們的額外目標。我們越過山丘，再潛入山丘底下，乘著波濤與強風前來的原因，就是**復仇**。富可敵國的史矛格，你一定明白你的成功為自己樹立了死敵吧？」

接著史矛格真心大笑出聲。這股震耳欲聾的巨響讓比爾博摔到地上，隧道遠處上方的矮人們也緊靠彼此，想像哈比人遭遇了突如其來的悲慘下場。

「復仇！」牠哼了一聲，眼中緋紅閃電般的光芒照亮了廳堂從地面到天花板的每處角落。「復仇！山下國王已經死了，他膽敢報仇的族人跑哪去了？河谷城之王吉瑞昂已經死了，他的後裔有誰敢靠近我？我想殺就殺，沒人敢反抗。我殲滅了古代戰士，當今的世界中再也沒有這種人了。當時我年輕又柔弱。現在我老邁而強大，強大，強大啊，陰影中的小偷！」牠嘲弄道，「我的甲冑宛如十層盾牌，牙如劍刃，爪如長矛，尾如閃電，雙翼宛如颶風，呼吸還能致人於死！」

「我一直都以為，」比爾博害怕地尖聲說道，「龍族的身體底部比較柔軟，特別是在——呃——胸口。但戒備這麼森嚴的你，一定已經設想到這點了。」

巨龍突然停止狂言。「你的情報過時了。」牠罵道，「我全身上下都裝有鐵鱗和堅硬的鑽石。沒有刀刃能刺傷我。」

「我早該猜到了。」比爾博說，「堅不可摧的史矛格大人確實無與倫比。能擁有精緻的鑽石背心，是多麼享盡尊榮的事啊！」

「沒錯，這確實罕見又華美。」史矛格傻傻地感到自滿。牠不曉得哈比人上次到來時，已經瞥見過牠底部的特定裝甲，現在則為了私人的理由想靠近看。巨龍翻過身子。「看吧！」牠說，「你覺得如何？」

「太炫目了！完美！毫無缺點！讓我大開眼界！」比爾博大聲驚呼，但他心裡想的是：「老笨蛋！牠左胸上的凹陷處裡有一大塊空隙，和無殼的蝸牛一樣脆弱！」

看完後，袋金斯先生只想逃跑。「好吧，我不該再拖延閣下的時間了，」他說，「或是讓你無法好好休息。我相信繞了一大圈後，抓起小馬並不容易。抓夜賊也一樣。」當他往回衝上隧道時，就補充了這句話。

這是句不幸的回馬槍，因為巨龍往他身後吐出驚人烈焰，而儘管他迅速跑上斜坡，在史矛格的駭人頭顱穿過後頭門口前，他依然跑得不夠遠。幸好牠整顆頭和下顎無法擠進去，但牠的鼻孔噴出火焰與蒸氣來追趕他，他則差點失足，在莫大痛苦和恐懼之下盲目地蹣跚前進。他原本對自己和史矛格的機伶對話感到自滿，但最後犯下的錯誤讓他嚇得謹慎起來。「永遠不要嘲笑活生生的巨龍，比爾博你這蠢蛋！」他對自己說，之後這也成為他最喜歡的口頭禪，還讓它變成俗語。「你還沒完成這次冒險呢。」他補充道，這話也沒說錯。

當他再度離開時，已從下午來到傍晚了，他跌撞地走出門口，並昏倒在「門階」上。矮人們救醒了他，並盡力治療他的灼傷，但過了很久一段期間後，他後腦杓和腳後跟上的毛髮才再度正常生長。這些毛髮連根部都全燒捲了。在此同時，他的朋友們盡量鼓舞他，也急於聽他的故事，特別是想知道為何巨龍發出那麼可怕的聲響，也想得知比爾博如何脫逃。

但哈比人感到擔心又不安，他們也很難讓他吐露任何消息。經過深思熟慮後，他對自己向巨龍說的有些話感到後悔，也不想重述內容。老畫眉鳥坐在附近的岩石上，把頭歪向一邊，傾聽他所說的話。這突顯出比爾博的脾氣有多糟：他撿起一塊石頭，把它丟向畫眉，畫眉鳥卻只是跳到一旁，接著回到原處。

「該死的鳥！」比爾博粗魯地說，「我覺得牠在偷聽，也不喜歡牠的長相。」

「別理牠！」索林說，「畫眉是善良友好的鳥類。這的確是隻很老的鳥，或許還是曾住在這裡的古老品種中碩果僅存的一員了，我父親和祖父曾親手馴養牠們。牠們是長壽的神奇種族，這隻鳥可能也是活在幾百年前的其中一隻鳥。河谷城民曾經理解牠們的語言，也用牠們擔任連絡湖民和別處居民的信差。」

「好吧，如果牠想的話，就有消息可以送到長湖鎮了，」比爾博說，「不過我不認為那裡有人會講畫眉鳥語了。」

「到底發生了什麼事？」矮人們喊道，「趕快把事情講清楚！」

於是比爾博把他記得的事全告訴他們，也承認他有種不好的感覺，認為除了營地和小馬外，巨龍從他的謎語中猜到了太多真相。「我確定牠知道我們來自長湖鎮，也從那裡得到援助。我有種壞預感，覺得牠下一步會往那去。我真希望自己沒有提到木桶騎士；就連這一帶的瞎兔子都能猜到湖民。」

「好啦，好啦！現在木已成舟，我也聽說過，和巨龍交談時很難不洩漏口風。」急於安撫他的巴林說。「如果你問我的話，我認為你做得很好。你找出了一件非常有用的事，還活著回來，大多和史矛格這類生物交談過的人都辦不到這點。得知這條老龍的鑽石背心上的破洞，至少是件好事。」

話題隨之改變，他們開始討論起歷史、傳言和神話中的屠龍方式，還有各種刺擊、突刺和下盤攻擊，以及前人使用過的不同技術、手段與策略。大家認為碰上巨龍打瞌睡的時機並沒有那麼容易，企圖在睡夢中刺殺巨龍，也比大膽的正面攻擊更容易以災難收尾。當他們談話時，畫眉鳥都在一旁聆聽，直到最後繁星開始閃爍時，牠才振翅飛走。而當大夥繼續交談，地上的陰影也變長時，比爾博就變得越來越陰沉，內心的不祥預感也與之倍增。

最後他打斷了他們。「我確定我們待在這裡非常不安全，」他說，「我也看不出坐在這裡有什麼好處。巨龍燒毀了所有宜人綠地，而且已經天黑了，氣溫也很冷。但我骨子裡覺得這裡會再度遭到攻擊。史矛格現在知道我如何進入牠的廳堂了，你們也最好相信牠會猜出隧道另一端在哪。有必要的話，牠會把孤山這一側打成碎片，以便堵住我們的入口；如果能一併打爛我們和入口的話，牠就更開心了。」

「你很悲觀，袋金斯先生！」索林說，「如果史矛格急於隔絕我們，牠為何不堵住底下那一頭？牠還沒動手，不然我們就會聽到了。」

「我不知道，我不知道——我想，因為剛開始牠又想嘗試引誘我，或許由於牠要等到今晚狩獵後，或是因為牠盡量不想破壞自己的臥房。但我希望你們別跟我爭辯。史矛格隨時會冒出來，我們唯一的希望則是躲進隧道並關上門。」

他的態度相當認真，使矮人們最後終於照他說的做，不過他們拖延關門這件事。這似乎是個絕望的計畫，因為沒人知道他們能不能從裡頭再度開門，也沒人想困在這裡，因為唯一的出口會通過巨龍的巢穴。而且隧道裡外的一切都似乎非常安靜。因此有很長一段陣子，他們都坐在離半開的門口不遠的位置，並繼續交談。

話題轉向巨龍關於矮人的惡毒言論。比爾博希望自己從來沒聽過那些話，或是當矮人們聲稱他們從來沒想過贏得寶藏後該怎麼做時，至少他能肯定對方絕對誠實。「我們都清楚這是孤注一擲的冒險，」索林說，「我們依然明白這點。我還是認為，當我們取回寶藏後，會有足夠時間來想處理方式。至於你的分紅，袋金斯先生，我向你保證，我們對你感激無比，等我們一有財寶能分，你就能選擇屬於自己的十四分之一。很抱歉讓你擔心運送問題，我也承認問題確實很大；世界並沒有因為時間過去，而變得較為安全，反而恰好相反。但我們會盡量助你一臂之力，等時機到來時，也會和你分攤運輸成本。信不信我就隨你了！」

話題接著轉到巨型寶庫本身，以及索林和巴林記得的東西上。他們想知道那些物品是否還毫髮無傷地掉在底下的大廳中：為偉大的布拉多爾辛王（早已逝世多年）的軍隊製作的長矛，每根矛都有三次鍛造的尖頭，長柄上鑲有精巧的金飾，但這些長矛從未出貨，也沒人支付過它們的費用。也有為多年前死亡的戰士製作的盾牌。索洛爾得用雙手握持的黃金巨杯，上頭雕製了飛鳥與花朵的圖案，眼睛和花瓣則由珠寶製成。還有鑲上白銀、堅不可摧的閃爍鎖子甲。河谷城之王吉瑞昂的項鍊，由五百顆如青草般碧綠的翡翠所製，他將這條項鍊用於交換一套給他長子的矮人鎖子甲，那套鎖子甲的外型前所未見，因為它由純銀打造而成，有三層鋼鐵的硬度與力量。但最美麗的寶藏是顆大型白色寶石，矮人們從孤山深處找到它，這就是山之心，也正是索藍的家傳寶鑽。

「家傳寶鑽！家傳寶鑽！」索林在黑暗中低語道，將下巴靠在膝蓋上做著白日夢。「它就像顆有上千道刻面的球體，在火光下如同白銀般閃爍，在太陽下彷彿水光，在繁星下有如白雪，也像是落在月亮上的雨水！」

但比爾博已經擺脫了寶庫帶來的著魔慾望。在大夥的談話中，他只是漫不經心地聽著。他坐在最靠近門的位置，用一隻耳朵傾聽外頭傳來的任何聲響，另一隻耳朵則警覺地聽矮人低語聲外的回音，和任何彰顯出遙遠下方動靜的微小聲音。

黑暗變得更深，他也變得更不安。「把門關上！」他懇求他們，「我打從骨子裡害怕巨龍。比起昨晚的喧囂，我更不喜歡這種寂靜。在一切太遲前先關門！」

他嗓音中的某種感覺，讓矮人們有種不舒適的感覺。索林緩緩甩掉自己的幻想，站起身踢開卡住門板的石頭。接著他們用力推門，石門則鏗的一聲關上。裡頭沒有任何鑰匙孔的跡象。他們被關在山裡了！

說時遲那時快。他們還來不及在隧道中走遠，山側就遭到撞擊，彷彿有巨人拿用森林橡木製成的破城槌撞了上來。岩石發出轟然巨響，山壁隨之破裂，石頭也從隧道頂端砸到他們頭上。如果當時門還敞開的話，我就不敢想像會發生什麼事。他們逃到隧道更深處，慶幸自己還活著，同時聽到身後的外頭傳來盛怒之下的史矛格發出的怒吼與轟隆聲。牠把岩石打得粉碎，再用龐大的尾巴擊毀山壁和懸崖，直到矮人們位於高處的小營地、燒焦的青草、畫眉鳥先前停駐的石頭、爬滿蝸牛的岩牆和狹窄的岩架，都消失在大量碎屑中，大量破裂石塊也從山崖崩落到底下的谷地。

史矛格靜悄無聲地離開牠的巢穴，沉靜地飛上空中，如同巨型烏鴉般沉重緩慢地漂浮在黑暗裡，打算逮到某些放鬆戒心的東西，並偵查小偷使用的通道出口。即便牠猜到出口的位置，但當牠沒找到任何人、還什麼都沒看到後，依然勃然大怒。

當牠用這種方式發洩完怒火後，就感到舒暢了點，也打從內心覺得不會再有人從那裡打擾牠了。同時，牠還有別的仇要報。「木桶騎士！」牠哼道，「你從水濱前來，也肯定曾沿著河流航行。我不認得你的氣味，但就算你不是湖民之一，他們也幫助過你。他們將看到我，並好好記得誰才是真正的山下國王！」

牠從烈焰中飛起，往南飛向狂奔河。

第十三章——

不在家

在此同時，矮人們坐在黑暗中，身邊籠罩著一片死寂。他們只吃了一點點東西，也沒說幾句話。他們無法計算過了多少時間，也不太敢移動，因為他們低聲交談的聲響不斷在隧道中迴響顫動。如果他們打了瞌睡，醒來時也依然待在無止盡的黑暗與寂靜中。最後在彷彿等待了數天後，當他們因渴求空氣而感到近乎窒息而暈眩時，就再也忍不下去了。他們幾乎期待著底下傳來巨龍歸來的聲響。死寂中的他們害怕牠做出某種狡猾招數，但他們無法永遠坐在那裡。

索林說：「讓我們開門試試看！」他說，「我得趕快感受風吹在臉上，不然就要憋死了。我寧可讓史矛格在空曠處把我砸爛，也不想窒息在這裡頭！」所以有好幾個矮人起身，摸索著走回門口的位置。但他們發現碎石已擊碎並堵住了隧道的上層盡頭。曾一度適用的鑰匙和魔法，都無法再打開那道門了。

「我們被困住了！」他們哀鳴道，「這就是結局了。我們會死在這裡。」

但正當矮人們心灰意冷時，比爾博卻不知怎地感到心裡有股奇異的輕鬆感，彷彿從背心上卸下了重擔。

「好啦，好啦！」他說，「我爸常說『只要活著，就有希望！』和『無三不成禮』。我要再走下隧道，當我知道另一頭有條巨龍時，就去過兩次了，所以當我不確定巨龍是否還在時，願意再冒第三次險。總之，唯一的出路就是往下走。我想這次你們最好都跟我一起來。」

他們絕望地答應了，索林則是頭一個走到哈比人身旁的人。

「小心點！」哈比人悄聲說道，「也盡量安靜點！底下可能沒有史矛格，但牠也有可能還在。別讓我們冒不必要的風險！」

他們逐漸往下走。矮人們偷偷摸摸的程度自然無法和哈比人相比，還發出不少喘息和沙沙聲，回音則響亮得令人憂心，但儘管比爾博經常畏懼地停下腳步並豎耳傾聽，底下卻沒有半點動靜。當他認為大夥應該已靠近底部時，比爾博就套上他的戒指，再往前走去。但他並不需要戒指：黑暗中伸手不見五指，無論有沒有戒指，他們都已經隱形了。事實上，隧道中過於漆黑，使哈比人在出乎意料地狀況下抵達出口，他的手撲到空中，使他蹣跚地跌向前，並一頭滾進大廳中！

他面朝下趴在地上，也不敢起身，甚至連大氣都不敢喘一口。但沒有任何東西移動。

甚至連一絲光芒都沒有。但當他緩緩抬頭時，就似乎看見一道蒼白閃光出現在他頭頂與黑暗中的遠處。但那肯定不是巨龍烈焰散發出的火花，不過四周瀰漫著巨龍腥臭，他也能在舌頭上嘗到蒸氣的滋味。

最後袋金斯先生忍不下去了。「去死吧，史矛格，你這臭蟲！」他扯開嗓門大叫。「別再玩捉迷藏了！給我一點亮光，如果你抓得到我的話，就來吃我呀！」

微弱的回音在黑暗的廳堂中迴響，但沒有任何回答。

比爾博爬起身，發現自己不曉得該轉向哪裡。

「我真想知道史矛格到底想搞什麼鬼。」他說，「我相信牠今天不在家（或是今晚，隨便啦）。如果歐音和葛羅音沒弄丟火絨盒的話，或許我們就能弄出一點光，在運氣逆轉前先看看周遭。」

「光！」他叫道，「有人能弄點光來嗎？」

當比爾博往前摔進大廳時，矮人們當然嚇了一跳，他們則擠在一起，坐在他掉入的隧道盡頭旁。

「噓！噓！」當他們聽到他的聲音時，就發出氣音回應。儘管哈比人因此得知他們的方位，他卻花了點時間才得以逼他們開口。但到了最後，當比爾博開始跺腳並尖聲高喊「光！」時，索林才終於讓步，派歐音和葛羅音回去找擺在隧道高處的行囊。

過了一陣子後，他們帶了股閃爍微光回來，歐音手中拿著一小根松木火把，葛羅音則把其他樹枝夾在腋下。比爾博立刻走到門邊並接下火把，但他還無法說服矮人們點燃其他火把，或是出來加入他。索林仔細解釋道，袋金斯先生依然是他們的專業夜賊和調查員。如果他想冒險點火，那也是他的問題。他們會待在隧道裡等他回報。於是他們便坐在門邊旁觀。

他們看到哈比人的漆黑小身影在出發時把小火炬拿高。當他還夠近時，如果他三不五時踩到某種黃金製品，他們便會瞥見閃光與叮咚聲。當他越來越深入巨廳深處時，火光就變得更小；接著它開始往上升入空中。比爾博正在攀爬龐大的寶山。他很快就站到頂端，並繼續前進。接著他們看到他停下腳步，再俯下身子，但他們不曉得原因。

原因是家傳寶鑽，也就是山之心。比爾博根據索林的描述而做出猜測，但即便在如此富麗堂皇的寶庫中，甚或是全世界，也不可能找到兩顆同樣的寶石。當他向上爬時，同樣的白色光澤就已在他面前閃爍，逐漸吸引他走往亮光。它緩緩成為一顆散發蒼白光芒的小球。當他走近時，球體表面便染上色彩繽紛的閃光，反射並分解了來自他火把的光線。他雙腳前的大寶石從內部發光。多年前的矮人們將它從孤山深處挖出，並對其精雕細琢，使它吸收所有落在上頭的光線，將之轉化為上萬道白色光輝，其中閃動著彩虹色澤。

忽然間，比爾博宛如著魔般向它伸出手臂。他的小手無法完整握住它，因為那是顆巨大沉重的寶石。但他拾起寶石，閉上眼睛，並把它放入最深的口袋。

「現在我確實是夜賊了！」他心想，「但我覺得我得找時間把這件事告訴矮人們。他們說過我可以挑選自己的分紅，如果他們拿走其他寶藏的話，我想我選這顆寶石就好！」

但他依然有種不安感，認為這顆珍貴寶石並不是選項之一，麻煩也會隨之而生。

他再度前進。他爬上高聳寶山的另一側，而火把的亮光也消失在矮人的視野中。但他們很快就再度看見亮光出現在遠處。比爾博正在跨越大廳。

他繼續行走，直到他抵達另一側的大門，那裡的氣流讓他為之一振，卻也幾乎吹熄了他的火光。他膽怯地往門內窺視，並瞥見雄偉的通道，以及往上延伸至黑暗中的寬闊階梯起點。附近依然毫無史矛格的蹤影或動靜。正當他準備轉身往回走時，有個黑色形體撲向他，還掃過他的臉孔。他放聲尖叫並嚇了一跳，往後摔了一跤。他的火把一頭掉了下去，並立刻熄滅！

「我希望那只是蝙蝠！」他煩悶地說。「但我現在該怎麼辦？東南西北究竟在哪？」

「索林！巴林！歐音！葛羅音！菲力！奇力！」他盡量大聲呼喊。在寬廣的黑暗中，那似乎只是微弱的聲響。「火熄了！快來人找我，幫幫我啊！」當下他的勇氣徹底灰飛煙滅。

矮人們聽到他微弱的叫聲，不過他們聽到的只有：「幫幫我！」

「到底發生了什麼事？」索林說，「肯定不是因為巨龍，不然他就不會大呼小叫了。」

他們又等了幾分鐘，外頭依然沒有巨龍發出的聲音；事實上，除了比爾博遙遠的呼喊外，周圍毫無動靜。「來人呀，拿一兩根火把來！」索林命令道，「我們似乎得去幫夜賊了。」

「也該換我們幫忙了。」巴林說，「我也很樂意。總之，我覺得此刻很安全。」

葛羅音點亮了好幾根火把，接著他們一個接一個悄悄出發，盡快沿著牆壁前進。不久他們就碰到走向他們的比爾博。當他看到矮人們的閃爍火光時，就立刻恢復理智。

「只是碰上蝙蝠，害我的火把掉了，沒什麼！」他這麼回答他們的問題。儘管他們放下心中大石，卻對無緣無故受到驚嚇發出埋怨。但如果當下他就把家傳寶鑽的事告訴他們，我就不曉得他們會說出什麼話了。光是在行走時匆匆瞥見寶藏，就重新燃起了矮人心中的火焰。即便是神態最莊嚴的矮人，當黃金財寶喚醒他心中的烈火時，都會瞬間變得膽大包天，也可能會逞凶鬥狠。

矮人們確實不需要別人催促。大家都趁還有機會時，急切地探索大廳，也願意相信此時史矛格並不在家。每個人都抓著一根燃燒的火炬，而當他們往兩側來回觀看時，就遺忘了恐懼，甚至拋下了謹慎。他們大聲交談，對彼此叫喊，還從寶山或牆上拾起古老寶物，並將它們拿到光線下，細細把玩這些物品。

菲力和奇力幾乎可以說是興高采烈，並發現有許多裝上銀弦的金製豎琴，於是他們彈起了這幾把樂器。由於上頭附有魔力（巨龍也從來沒碰它們，因為牠對音樂毫無興趣），使豎琴依然沒有走調。長期寂靜無聲的黑暗廳堂中，飄起了一股旋律。但大部分矮人較為實際：他們把寶石收集起來，並放進自己的口袋裡，也讓他們無法拾起的寶物從手指間落下，並嘆了口氣。索林的慾望並不亞於他們，但他總是四處找尋自己遍尋不著的目標。他要找的就是家傳寶鑽，但他還沒有向任何人提起這件事。

矮人們從牆上取下鎖子甲和武器，並套上全副武裝。索林看來確實充滿皇家風範，他身穿鍍金鎖子甲，鑲滿紅寶石的腰帶上繫著擁有銀製把柄的斧頭。

「袋金斯先生！」他叫道，「這是你的第一分獎勵！丟掉你的舊外套，穿上這個！」

說完，他就把一小件鎖子甲套到比爾博身上，那是多年前為某個年輕的精靈王子所打造的。它由銀鋼製成，精靈將這種金屬稱為祕銀；上頭還配有一條鑲了珍珠與水晶的繫帶。哈比人的頭上戴了頂以華麗皮革製成的輕盔，皮革下則有強化用的鋼圈，邊緣還嵌有白色寶石。

「我覺得很棒，」他心想，「但我覺得自己看起來很蠢。小丘的老鄉們肯定會笑我！我真希望附近有穿衣鏡！」

比起矮人們，袋金斯先生依然較不受寶庫誘惑。早在矮人們厭倦檢視寶物前，他就已經感到疲勞，並坐在地上。他開始緊張地思索這一切的後果。「我願意拿這一大堆貴重高腳杯，」他想，「去交換比翁木碗裡的好飲料！」

「索林！」他大喊，「接下來呢？我們武裝齊全了，但之前有哪種盔甲能抵擋恐怖的史矛格？我們還沒有奪回寶藏。我們還不該找黃金，而是該找脫逃路線；我們仰賴運氣太久了！」

「你說得沒錯！」恢復理智的索林回答，「我們走吧！我來帶路。就算過了一千年，我也不會忘掉這座宮殿裡的路線。」接著他叫上其他人，他們便聚集起來，把火把舉到頭頂，並穿過敞開的門口，同時又經常往回投以渴望的目光。

他們用舊斗篷再度蓋住閃爍的鎖子甲，再拿破爛的兜帽罩住明亮的頭盔，並一個接一個走在索林身後，在黑暗中形成一條泛出微光的隊伍；大夥經常停下腳步，畏懼地傾聽任何暗示巨龍來襲的動靜。

儘管所有老舊裝飾都早已腐朽毀壞，一切也都因巨獸出入而飽受摧殘，索林依然熟知每條通道和每處轉角。他們爬上漫長的階梯，並轉向往下踏上回音繚繞的寬闊走道，並再度轉彎，爬上更多臺階，前方還有更多數不盡的階梯。這些雄偉精緻的石砌臺階質地光滑。矮人們一路向上移動，也沒碰上任何生物的跡象，而當他們的火炬靠近時，只有鬼鬼祟祟的陰影急忙從空中飛走。

這些臺階不是為了哈比人的腿而打造，正當比爾博覺得自己一步也走不下去時，洞頂忽然往上攀升到火光觸及不到的高處。他們能看到一道白光從遠方高處的開口灑落，空氣聞起來也清甜了點。他們面前的大門間透出微光，燒焦的門扉則扭曲地掛在絞鍊上。

「這是索洛爾的大廳。」索林說，「是用於舉辦宴席與會議的廳堂。前門就在不遠處。」

他們穿過形同廢墟的大廳，裡頭的桌子皆已腐朽，焦黑腐爛的椅子和長椅傾倒在地。地面滿是頭骨與遺骸，散落在酒壺碗盤和破損的號角杯與塵埃之間。當他們穿過另一頭更多門口後，耳中便傳來流水聲，灰色光芒也忽然變得更強烈。

「那就是狂奔河的源頭。」索林說，「河流從這裡急速流向大門。我們順著它走吧！」

岩壁上的一道黑暗裂口湧出汩汩流水，而古代矮人用巧手打造出一條筆直深邃的溝渠，湍急的水勢則流入這條狹窄河道。河水旁有座以石板鋪設的道路，寬度足以讓許多人並肩而行。他們沿著這條路快步奔跑，而在繞過一處寬敞彎道時——看呀！炫目的陽光出現在他們面前。前頭矗立著一座雄偉拱門，上頭依稀還有古老雕飾，不過都已焦黑碎裂。霧氣中的太陽在孤山支脈間放出微弱光線，金光則落在門檻前的走道上。

一群因他們冒煙的火炬驚醒的蝙蝠，撲著翅膀飛過他們頭頂。當他們向前跑時，腳下磨得光滑、還因巨龍經過而沾上爛泥的石塊，害得他們滑倒。他們前方的河水隆隆作響地往外流，一路流向谷地。他們把黯淡的火炬扔到地上，用睜不太開的眼睛望向外頭。他們抵達了前門，放眼望去則能看到河谷城。

「哎呀！」比爾博說，「我從來沒料到會從這扇門往外看。我也沒想過再度看到太陽，和感受到臉上的風時，會覺得這麼開心。但唉唷！這股風好冷！」

確實如此。刺骨的東風暗示著即將到來的嚴冬。它颼過孤山支脈，並吹入谷地，在岩石間颯颯作響。長時間待在巨龍盤踞的洞穴悶熱深處後，他們便在太陽下打起哆嗦。

忽然間，比爾博明白自己不只疲勞，還非常飢餓。「現在似乎是早晨稍晚了，」他說，「我想應該差不多是早餐時間了——如果這裡有早餐的話。但我不覺得史矛格的前門口是最安全的用餐地點。我們去別的地方坐下來吃點東西吧！」

「說得沒錯！」巴林說，「我想我知道我們該往哪走：我們該去孤山西南角的舊瞭望台。」

「那裡有多遠？」哈比人問。

「我猜要五小時的路程。這條路不好走。從前門展開、沿著溪流左側延伸的道路似乎已經全毀了。但看看底下！河流忽然在城鎮廢墟前繞過河谷城東方。那裡曾經有座橋，通往導向右側河岸的陡峭階梯，再接上前往渡鴉丘的道路。那裡有（或曾有）條路徑離開主幹道，往上延伸到瞭望台。就算舊階梯還在原處，攀爬過程也很艱困。」

「天啊！」哈比人埋怨道，「還要走更多路，爬更多山，而且沒早餐吃！我真想知道，我們在那個看不出時間的臭洞裡，到底錯過了多少頓早餐和其他頓飯？」

在巨龍砸爛魔法祕門後，其實過了兩夜一天（大夥也並非毫無進食），但比爾博已經完全忘了；對他而言可能是一晚，也可能是一週。

「好啦，好啦！」索林笑道。他的士氣再度上揚，他也搖了搖口袋中的寶石。「別說我的宮殿是臭洞！等清理過和重新裝修過後，你就等著瞧瞧它的模樣！」

「除非史矛格死了，不然不可能成真。」比爾博陰鬱地說，「而且，牠究竟在哪？我寧可用一頓好早餐來換取答案。我希望牠沒有躲在山頂，往下看我們！」

那想法讓矮人們感到惴惴不安，他們也迅速同意比爾博和巴林的想法。

「我們得離開這裡。」朵力說，「我彷彿覺得牠正盯著我後腦杓看。」

「這是個寒冷又荒涼的地方。」龐伯說，「或許有東西喝，但我沒看到任何食物。巨龍在這種地方總會肚子餓。」

「來吧！來吧！」其他矮人喊道，「讓我們沿著巴林的路徑走！」

右側岩牆底下沒有通道，於是他們在河流左側的石堆中蹣跚前進，而空蕩感與荒廢的環境很快就澆熄了大夥的熱情，就連索林也無法避免。他們發現巴林提到的橋早已崩塌，構成橋墩的大多石塊，現在都已成為潺潺淺溪中的巨石。但他們沒花多少工夫就涉水過溪，也找到了老舊臺階，並爬上高聳河岸。走了一小段路後，他們找到了舊路徑，不久就抵達巨岩間的一處深谷。他們在那裡休息了一會，也盡量吃了頓早餐，內容主要是克拉姆餅和水（如果你想知道克拉姆餅是什麼的話，我只能說我不曉得製作方式；但它很像小甜餅，能無限期保持新鮮，也能供應精力，但肯定不好吃，因為它的味道非常平淡，只能當作咀嚼練習。湖民為了長途旅行而製作這種食物）。

之後他們再度動身。道路往西轉並遠離河流，南方山嘴的雄偉山肩也逐漸變近。最後他們抵達了山丘上的通道。它急劇地往上蜿蜒，他們則一個個步履蹣跚地行走，直到接近傍晚時，他們終於抵達山脊頂端，並目睹冬陽西下。

他們在此找到一處三面無牆的平坦空間，只在北方有道岩壁，上頭則有道如門般的開口。可以從這道門口遠望東方、南方和西方。

「以前，」巴林說，「我們會在這裡安插哨兵，後頭那道門則通往一座從岩石中挖鑿出的房間，那正是守衛室。孤山周圍有好幾處這樣的地點。但在當時的繁榮年代裡，我們似乎沒必要謹慎看守外頭，守衛或許也過得太舒適了。不然的話，我們或許早就會得知巨龍來襲，後果也可能變得截然不同。不過，我們現在可以躲在這裡一陣子，也能在隱匿狀態下監看外界。」

「如果牠看到我們過來這裡的話，就沒什麼用了。」朵力說，他總是抬頭望向山巔，彷彿預期看到史矛格盤踞在上，如同尖塔頂端的飛鳥。

「我們得冒這種險。」索林說，「我們今天沒法再前進了。」

「沒錯，沒錯！」比爾博叫道，並立刻躺到地上。

岩室中有能容納上百人的空間，更深處還有座小房間，更能隔絕外頭的低溫。它已徹底荒廢，在史矛格的統治下，就連野生動物似乎都沒有踏進此地半步。他們把行李放在這裡，有些人倒地就睡，其他人則坐在靠近外門的位置，並討論起他們的計畫。交談不斷回到同一項主題：史矛格在哪？他們望向空蕩的西方，東方也毫無動靜，南方也沒有巨龍的蹤跡，但有大批飛鳥聚集起來。他們盯著鳥群，並感到好奇，但當第一批冰冷星辰出現時，他們也沒搞懂原因。

第十四章——火與水

如果你和矮人一樣想得知史矛格的消息，就得再度回到兩天前，當時牠砸爛門口並怒氣沖沖地飛走。

長湖鎮伊斯加洛斯的人民大多待在室內，因為從漆黑的東方吹來的微風冷冽刺骨，但有幾個人走在碼頭上，當群星在天空中亮起時，他們便望著平滑湖面上的繁星倒影；他們很喜歡這樣做。從他們的城鎮上看來，湖泊遠端的低矮丘陵遮蔽了大部分孤山，狂奔河則從北方透過丘陵中的隘口流下。他們只有在晴天才能看到高峰，但他們鮮少望向孤山，因為即便在早晨的陽光下，它也顯得陰森而荒涼。現在它則在黑暗中消失得無影無蹤。

忽然間，它出現在視野中；有道光芒觸及山巔，並旋即消失。

「看呀！」某人說，「又是那道光！守夜人昨晚就看到那道光從午夜閃到黎明。山上出事了。」

「或許山下國王正在鑄造黃金。」另一人說，「他往北去已經有很長一段期間了。歌謠也該開始成真了。」

「哪個國王？」另一個嗓音陰沉的人說，「那有可能是巨龍的烈火，牠是我們所知唯一的山下國王。」

「你老是說不吉利的事！」其他人說，「從洪水到被下毒的魚都有。想些開心的事吧！」

一股強光忽然出現在丘陵低處，湖泊北端則化為金色。「是山下國王！」他們喊道，「他的財富如烈日般耀眼，他的白銀宛如噴泉，他的河流泛出金光！山上的黃金流進河裡了！」他們喊道，鎮上每扇窗戶都應聲開啟，也響起了奔跑的腳步聲。

眾人再度變得興高采烈。但那名嗓音陰沉的人急忙跑向鎮長。「來的是巨龍，不然我就是傻子！」他喊道，「砍斷橋梁！拿起武器！拿起武器！」

此時警報聲忽然響起，在沿岸邊不住迴盪。歡呼頓時止息，眾人的歡快情緒也轉為恐懼。因此巨龍並沒有逮到毫無戒備的鎮民。

由於牠的高速，人們不久就看到牠像火球般衝向他們，還變得更大更亮，就連鎮上最笨的人都察覺預言出了錯。他們還有點時間。鎮上每只器皿都裝滿了水，每個戰士都武裝齊全，每支箭矢都蓄勢待發，連接陸地的橋已遭到砍斷，而史矛格來襲時的驚天怒吼隨後逐漸變得響亮，而在牠駭人雙翼的拍擊下，湖水則泛起火紅漣漪。

在人群的尖叫哀鳴聲中，巨龍飛越他們頭頂，牠撲向橋墩，計畫卻失敗了！橋梁已經消失，牠的敵人們則待在位於深水中央的島嶼；湖水對牠而言太深太黑，也過於冰冷。如果牠衝進水中，就會散發出大股蒸氣，足以將周圍地區籠罩在迷霧中好幾天。但湖泊的力量比牠更強，在牠穿越湖水前，體內的炙焰便會先行熄滅。

怒吼的牠飛回鎮上。一波黑色箭矢往上飛，在撞上牠的鱗片與珠寶時鏗鏘作響，因牠的吐息而起火的箭桿，則發出絲絲聲並落入湖中。你想像過的煙火，都無法與當晚的光景比擬。一聽到拉弓聲與尖銳的喇叭聲，巨龍的怒火就升到高點，滔天怒火則掩蓋了牠的理智。好幾世紀都沒人敢與牠宣戰。要不是那名嗓音陰沉的人（他的名字是巴德），他四處衝刺，鼓勵弓箭手並要求鎮長下令他們戰鬥到用光箭矢。

巨龍口吐烈火。牠在人們頭頂高空中盤旋了一陣子，照亮了整座湖泊。岸邊的樹林染上了宛如紅銅與鮮血的光澤，濃密的黑影則在樹木根部舞動。牠向下俯衝，帶著輕率的狂怒衝過箭雨，毫不在意該用鱗片面對敵人，一心只想將他們的城鎮徹底燒毀。

儘管在牠來襲前，鎮民們已用水沾溼了一切，但當牠俯衝而下並再度繞過時，火舌便在茅草屋頂與木樁上延燒。只要有火花出現，就會有上百隻手潑水。牠的尾巴一揮，市鎮廳的屋頂便應聲倒塌。止不住的火勢躍入夜空中。巨龍一再俯衝，一棟接一棟的房屋便起火塌陷。但依然沒有箭矢擋下史矛格，弓箭如同沼澤中的蒼蠅般無法傷牠分毫。

人們已經從四面八方跳入水中。女人和小孩們擠進市集水池中擁擠的船隻。人們拋下武器。哀嗚與哭聲四起，而不久前，人們還吟唱著關於矮人的愉快古老歌謠。人們咒罵起他們的名號。鎮長本人登上他華麗的大船，希望在騷動中划船離開，以求自保。整座城鎮很快就會受到遺棄，並燒毀在湖面上。

巨龍便希望如此。牠不在意人們都爬上船隻。這樣牠就能好好獵捕他們，他們也可以停下來直到餓死。讓他們嘗試逃到陸地上，牠會好整以暇地等待他們。牠很快就會讓岸邊的樹林陷入火海，焚毀每座原野與草地。現在他正享受著誘捕鎮民的樂趣，牠已經很多年沒這樣玩樂了。

但還有一批弓箭手堅守在起火房屋之間的崗位。他們的隊長是嗓音陰沉、表情嚴肅的巴德，他的朋友們指責他做出關於洪水與中毒魚群的預言，不過他們明白他的價值與勇氣。他是河谷城之王吉瑞昂的直系子孫，吉瑞昂的妻子與小孩多年前順著狂奔河逃離了城鎮廢墟。他用一張紫杉木大弓射擊，直到他只剩下最後一支箭。火勢非常靠近他。他的同伴也拋下他了。這是他最後一次彎弓。

忽然間，有東西從黑暗中飛到他肩膀上。他嚇了一跳，但那只是隻老畫眉。畫眉鳥毫不畏懼地停駐在他耳邊，並為他帶來消息。他訝異地發現自己聽得懂畫眉鳥的語言，因為他是河谷城的遺族。

「等一下！等一下！」畫眉鳥對他說，「月亮要升起了。當牠飛到你頭頂轉彎時，就瞄準左胸上的凹洞！」當巴德好奇地暫停動作時，牠便把山裡發生的事和自己聽說的一切告訴他。

接著巴德把弓弦拉到耳邊。巨龍正在繞回來的路上，也飛得很低，而當牠飛來時，月亮便升到東岸上空，將銀色月光照在牠的龐大翅膀上。

「箭啊！」弓箭手說，「黑箭啊！我把你留到最後。你從未讓我失望，我也總會把你拾回來。我從我父親手上接下你，他也從祖先手上得到你。如果你確實來自真正山下國王的熔爐，就順風出擊吧！」

巨龍再次俯衝，比先前飛得更低，而當牠轉身向下撲時，牠的腹部在月光下閃爍著寶石的白光——但只有一處沒有閃光。大弓發出咻的一聲。黑箭直接從弦上射出，筆直地飛向巨龍前腿外張後露出的左胸。它擊中目標，由於它的力道猛烈，就連箭頭、箭桿和羽毛都消失在裡頭。隨著一聲害人們幾乎耳聾、還震倒樹木並劈碎岩石的慘叫，史矛格竄入空中，再轉身從高處墜落。

牠直接落到鎮上。牠臨死前的痛苦掙扎使城鎮爆裂成火海。湖水轟然湧來。一股龐大的蒸氣扶搖直上，在月光下突如其來的黑暗中顯得潔白。湖上發出一股嘶嘶聲，水流也變得洶湧，死寂則隨即落下。這就是史矛格與伊斯加洛斯的末日，但不是巴德的殞命之日。

盈月升得更高，強風則呼呼作響，也變得更冷冽。它將白霧化為扭曲雲柱和高速飄動的雲朵，再將之吹向西方，讓碎雲飄到幽暗密林前的沼澤上空。能看到湖上有許多船，如黑點般飄在湖面上，伊斯加洛斯的人民的話音順風傳來，他們哀悼著遭到化為烏有的城鎮和貨物，以及遭到摧毀的房屋。但如果他們好好思考，就會發現自己得心懷感激，不過當時他們不太可能這麼做。至少有四分之三的鎮民成功脫逃，他們的樹林、田野、牧地、牲畜與大多船隻都沒有損傷，而巨龍也死了。他們尚未了解這背後的意義。

悲傷的群眾聚集在西岸上，在冷風中顫抖，而他們率先將怨言與怒火發洩在鎮長身上，他老早就離開城鎮，而當時還有人願意留下來捍衛家園。

「他可能有些生意頭腦，特別是為了他自己的生意。」有些人咕噥道，「但有正經事發生時，他一點用都沒有！」他們也稱讚巴德的勇氣和他最後神乎其技的一箭。「如果他沒被殺就好了，」所有人都這麼說，「我們會推舉他稱王。來自吉瑞昂家族的屠龍射手巴德！可惜他喪命了！」

眾人談話到一半，就有個高大人影從陰影中走出。他全身溼透，潮溼的黑髮貼在臉孔與肩膀上，眼中流露出凶狠的眼神。

「巴德沒有喪命！」他喊道，「大敵死後，他就潛水逃離伊斯加洛斯。我是吉瑞昂家族的巴德。我就是屠龍者！」

「巴德王！巴德王！」他們叫道，但鎮長則露出咬牙切齒的神色。

「吉瑞昂是河谷城之王，不是伊斯加洛斯的國王。」他說，「在長湖鎮，我們總是從年高德劭的對象中選出鎮長，也從沒受過區區戰士的統治。讓『巴德王』返回他自己的王國——河谷城已因他的壯舉而得到解放，也沒什麼能阻止他重返故土。如果比起翠綠湖畔，有人更喜歡孤山陰影下的冰冷石頭，那任何想去的人都可以跟他走。智者會留在這裡，希望能重建我們的城鎮，遲早也能再度享受它的寧靜與富饒。」

「我們要巴德王！」附近的人民大吼著回答，「我們受夠老頭和守財奴了！」遠處的人們接續喊道：「弓箭手上臺，闊佬下臺！」湖畔旁迴盪著騷動聲。

「我是最後一個低估弓箭手巴德的人。」鎮長謹慎地說（因為巴德正站在他身旁）。「今晚他躋身於我們鎮上的英豪之中，也理應受到不朽歌謠的傳頌。但各位呀，為什麼？」鎮長此時站起身，用響亮而清晰的嗓音說：「為什麼我得承擔你們所有責罵？我該為了什麼錯誤而下臺？容我請問，是誰驚醒了巨龍？是誰從我們手上取得豐厚的禮物與充足幫助，還讓我們相信古老歌謠會成真？他們讓哪種黃金順流而下來獎勵我們？只有龍焰與破壞！我們該為了損失向誰求償，又該為我們的寡婦與孤兒向誰求救？」

如你所見，鎮長並非平白無故坐上高位。當他發言完後，人們完全忘了新國王的事，並將怒氣投向索林一行人。人群中怨言四起，先前有些曾大聲吟唱古老歌謠的人，現在則大聲疾呼，說矮人故意吵醒巨龍來對付他們！

「蠢材！」巴德說，「為什麼要對於那些不幸的人浪費口舌與大動肝火？在史矛格來找我們前，他們肯定就先葬身火窟了。」即便當他說話時，他心中也立刻想起孤山傳說中的寶藏，寶物當前沒有守護者，也沒有主人，他則忽然陷入沉默。他思忖著鎮長的話，也想到重建後的河谷城，金鐘在城裡叮噹作響；如果他能找到人手就好了。

最後他再度開口：「沒有必要說氣話，鎮長，或是考量帶來改變的重大計畫。現在還有事情得做。我依然受你差遣——但過一陣子後，我可能會再思考你說的話，並和願意跟隨我的人前往北方。」

接著他走去幫忙安置營地，並照顧傷患。但鎮長在後頭怒目瞪視他，並繼續坐在地上。他內心不斷盤算，但鮮少發言，只頤指氣使地要別人帶火和食物來給他。

無論巴德去哪，都發現和龐大財寶有關的話題，正在人群中如野火般蔓延。人們說那些寶藏很快就能彌補他們的損失，也能用這筆財富從南方購買高價物品；這使困境中的人們振作了士氣。這樣也好，因為當晚艱困而悲苦。只有少數人有棲身之所（鎮長就有一個），食物也不多（就連鎮長也短缺食糧）。許多從毀滅的城鎮中毫髮無傷地逃走的人，卻因當晚的溼冷天氣與悲傷情緒而生病，並隨後死去。在接下來的日子裡，人民廣受疾病與飢餓所糾纏。

在此同時，巴德接下領導權，並照自己的想法下達命令，不過他總是以鎮長的名義行事，他在統治人民與規劃如何保護和收容他們時，也煞費苦心。一旦缺少幫助，許多人可能就會在緊接在秋天後到來的冬季中死去。但救援迅速到來，因為巴德立刻派信差沿著河流航向森林，尋求森林中的精靈王幫助，這些信差則發現精靈軍團早已出動，儘管當時僅僅是史矛格死後第三天。

精靈王透過自己的信差和他族人的飛鳥得到消息，也已經知道了事情的來龍去脈。在居住於惡龍荒原邊陲的一切有翼生物間，確實產生了龐大騷動。空中有繞著圈的大批鳥群，而牠們飛翔速度極快的信差們，則跨越空中飛向各處。森林邊陲上空傳來啁啾鳥鳴。「史矛格死了！」樹葉沙沙作響，動物們訝異地豎起耳朵。早在精靈王出發前，消息就已往西傳到迷霧山脈的松林中，比翁在他的木屋中聽說這件事，哥布林們則在洞穴中開會。

「恐怕這就是我們最後一次聽聞索林．橡木盾的消息。」精靈王說，「他如果留下來當我的客人，下場可能就會好多了。儘管局勢動盪，」他補充道，「卻依然有人能漁翁得利。」因為他也沒有忘記索洛爾財寶的傳說。所以當巴德的信差碰上他時，才會發現他正帶著諸多長矛兵與弓箭手前進。他頭頂的天空聚集了茂密的烏鴉群，因為牠們以為戰火再度興起，而這一帶已經很久沒有發生過這種事了。

聽到巴德的懇求時，精靈王便動了惻隱之心，因為他是一批善良民族的領袖。於是，他調轉了原本要直接前往孤山的大軍，並加速沿著河流前往長湖。他沒有船隻或木筏能供他的大軍使用，於是他們被迫步行跨越較慢的路線；但他先將大量物資從水路送去。精靈們的腳步輕盈，而儘管他們在那個時代並不習慣行軍，也不熟悉森林與湖泊之間的危險地帶，他們的速度依然很快。巨龍死後過了五天，他們就來到湖畔並望向城鎮的遺跡。他們如預料中的大受歡迎，鎮民與他們的鎮長也準備好在未來進行任何交易，以換取精靈王的援助。

他們很快就制定好計畫。老弱婦孺與鎮長都留了下來，加上幾位工匠與許多技藝純熟的精靈。他們忙著砍樹，並收集從森林送來的木材。接著他們在湖畔建造了許多小屋，以便抵禦即將到來的冬天。在鎮長的指示下，他們開始建構新城鎮，設計上比之前更加華美龐大，但不在同一個地點。他們遷移到湖畔更北邊的地點，因為此後他們對巨龍長眠的水域感到畏懼。牠永遠無法回到自己的金床，冰冷如石的遺骸則扭曲地倒在水底。數世紀後，在晴朗的天氣中，都可以在舊城鎮的遺跡中看到牠巨大的骨頭。但很少人敢跨越這塊受詛咒的地點，也沒人敢潛入冰冷的水中，或取回從牠腐爛的屍首上落下的寶石。

但所有還能作戰的戰士們，以及精靈王大部分的士兵，都準備好北行前往孤山。因此在城鎮遭毀的十一天後，他們的大軍穿過了湖泊盡頭的石門，並踏入荒原。

第十五章——
烏雲集結

現在我們把焦點轉回比爾博和矮人們身上。他們其中一人站崗了整晚，但當早晨到來時，他們都沒聽到或看到任何危險的跡象。但集結的鳥群越來越濃密。牠們的同伴從南方飛來，而住在孤山周邊的烏鴉群，則毫不停歇地在上空繞圈鳴叫。

「有怪事發生了。」索林說，「秋季的遷徙期已經過了，而這些鳥總是住在同一個地區。其中有椋鳥和大批胡錦鳥。遠方還有很多食腐鳥類，彷彿有戰爭正要開打！」

比爾博忽然指向外頭說：「又是那隻老畫眉鳥！」他喊道，「當史矛格砸爛山壁時，牠似乎逃走了，但我猜蝸牛沒這麼幸運！」

老畫眉鳥果然在那，而當比爾博指向牠時，畫眉就飛向他們，並停在附近的石頭上。接著牠拍起翅膀並發出鳥鳴。牠把頭歪到一側，彷彿作勢傾聽。牠又叫了一陣，並再度傾聽。

「我猜牠想把某種事告訴我們。」巴林說，「但我聽不懂這種鳥的語言，它太快又太難了。你聽得懂嗎，袋金斯？」

「不太行。」比爾博說（實際上，他完全聽不懂），「但這老傢伙似乎很興奮。」

「我真希望牠是渡鴉！」巴林說。

「我以為你不喜歡牠們！先前當我們過來時，你似乎想躲開牠們。」

「那些是烏鴉！牠們是形跡可疑的生物，還很粗魯。你一定聽過牠們用來罵我們的難聽字眼。但渡鴉完全不同。牠們和索洛爾的人民之間曾有過深厚的友誼。牠們也經常為我們捎來祕密消息，我們也會用牠們喜歡的明亮物品來獎勵對方，渡鴉則會把那些東西藏在窩裡。

「牠們的壽命很長，記得很久以前的事，也會將智慧傳給下一代。當我還是年輕矮人時，就認識過許多住在岩石間的渡鴉。這座山丘原本叫渡鴉丘，因為曾有一對睿智而知名的渡鴉夫婦住在守衛室頂端，也就是老卡克和牠的妻子。但我不覺得還有那種古老鳥類住在這裡了。」

他一說完，老畫眉鳥就發出一聲響亮的鳴叫，並旋即飛走。

「我們或許聽不懂牠的意思，但我確定那隻老鳥明白我們說的話。」巴林說，「注意點，等著看看會發生什麼事！」

不久就出現翅膀拍擊聲，畫眉鳥也飛了回來，還有隻老態龍鍾的鳥與牠同行。牠幾乎無法視物，飛行也很困難，頭頂還禿得近乎無毛。牠是隻體型龐大的老渡鴉。牠僵硬地降落在他們面前的地上，緩緩拍打牠的雙翼，並跳向索林。

「索藍之子索林，與方丁之子巴林。」牠嘶啞地說（比爾博聽得懂牠說的話，因為牠使用正常語言，而不是鳥語），「我是卡克之子羅克。卡克已經死了，但你們曾經熟識牠。自從我從蛋裡出生後，已經過了一百五十三年，但我沒有遺忘我父親告訴我的事。現在我是孤山大渡鴉群的酋長。我們數量不多，但我們依然記得昔日的王者。我大多人民都去了外地，因為南方傳來大消息——有些對你們而言是好消息，但你們不會喜歡其他消息。

「聽好了！來自南方、東方與西方的鳥群正再度向孤山與河谷城聚集，因為據說史矛格已經死了！」

「死了！死了？」矮人們喊道，「死了！那我們根本不需要害怕，財寶也是我們的了！」他們全跳起身，並開心地手舞足蹈。

「沒錯，牠死了。」羅克說，「畫眉鳥目睹史矛格死去，我們也能相信牠的話，願牠的羽毛永不凋零。在今天月亮升起的三晚前，牠看到巨龍在與伊斯加洛斯的居民作戰時死去。」

過了好一陣子，索林才讓矮人們安靜下來，聽完渡鴉的消息。當牠終於描述完整場戰鬥後，就繼續說道：

「這就是好消息，索林．橡木盾。你可以安全地回到廳堂中，所有的財寶也全屬於你——目前是如此。但除了飛鳥外，有許多人也正聚集來此。寶庫守衛死亡的消息已經傳遍了世界，多年來也沒人忘記和索洛爾財富有關的傳說。已經有批精靈大軍在路上了，食腐鳥類也跟著他們，希望能碰上戰爭與屠殺。湖畔旁的人們認為，是矮人為他們帶來悲劇；因為他們無家可歸，許多人也喪失了生命，史矛格還摧毀了他們的城鎮。無論你們死活與否，他們都想從你的寶物中尋求補償。

「你得憑自己的智慧下決定，但和曾一度居住在這的都靈家族相比，十三人只不過是一小撮遺族，其他人則散居各地。如果你願意聽我的建議，就別相信湖民的鎮長，而該相信用弓射下巨龍的人。他是來自河谷城血脈的巴德，他是個陰沉但真誠的人。分崩離析多年後，我們想看到矮人、精靈與人類之間再度迎來和平，但這可能會使你用黃金付出代價。我言盡於此。」

接著索林火冒三丈地開口：「我們很感謝你，卡克之子羅克。我們不會忘記你和你的人民。但只要我們還活著，就不可能盜取或用暴力搶走我們的黃金。如果你們願意帶來任何逼近對象的消息，我們就會更感謝你們。我也懇求你，如果你們之中還有羽翼健壯的年輕成員，就派他們當信差，去找我們住在此處東西向的北方山脈中的族人，並把我們的困境告訴他們。但得特別去找我在鐵丘陵的堂弟丹恩（Dain），因為他有許多武裝齊全的人民，住處也離這裡最近。要他趕緊過來！」

「我不曉得這是不是好想法，」羅克嘶啞地說，「但我會盡力而為。」接著牠緩緩飛走。

「回山裡去！」索林喊道，「我們沒多少時間可浪費了！」

「也沒多少食物了！」比爾博叫道，他總是對這種事抱持實際態度。總而言之，他覺得當巨龍一死，冒險就結束了（他大錯特錯），他也寧可拿自己的分紅來讓這些事件和平落幕。

「回山裡去！」矮人們喊道，彷彿沒聽到他說話，於是他只好和他們一起動身。

既然你已經聽說部分事件了，就知道矮人們還有幾天的時間。他們再次探索洞窟，也如預料中地發現只有前門維持開啟。史矛格多年前就破壞並堵住了其他門口（小祕門自然除外），它們也一點蹤跡都不剩。所以現在他們開始努力強化主要入口，並打造從前門展開的新道路。他們找到昔日的礦工、採石工和建築工留下的大量工具，而矮人們依然非常擅長這類工事。

當他們忙碌工作時，渡鴉們持續捎來消息。透過這種方式，他們得知精靈王轉往長湖，因此他們還有段喘息空間。更棒的是，他們聽說有三匹小馬逃出生天，慌張地跑到狂奔河的下游河岸遠處，離他們留下其餘物資的地點不遠。所以當其他人繼續埋頭苦幹時，菲力和奇力便被派去找小馬，並把牠們牽回來，還有隻渡鴉指引他們去路。

他們度過了四天。此時他們得知湖民與精靈的聯軍正快步趕來孤山。但現在他們的希望高漲了點，因為他們幾週來小心管理食物（當然了，主要是克拉姆餅，他們也吃得很膩；但克拉姆餅至少聊勝於無），也已經用方形石塊築成的圍牆堵住大門，又厚又高的石牆完整擋住了入口。他們可以從牆上的洞口往外看（或射擊），但周圍沒有入口。他們用梯子爬上爬下，並用繩索拉起物品。為了排出溪水，他們在新牆底下蓋了座低矮的小拱門。他們改建了入口附近的狹窄河床，製造出從山壁延伸到瀑布頂端的寬敞水池，溪水再由瀑布流向河谷城。如果不游泳的話，只有透過懸崖上的狹隘岩架才能接近大門，岩架則位於牆外右側。他們只把小馬牽到舊橋上頭的臺階底部，並在那裡卸下行囊，再讓小馬們回到主人身邊，讓無人騎乘的牠們回到南方。

某夜，他們面前的河谷城南方忽然冒出許多來自火堆與火炬的光芒。

「他們來了！」巴林叫道，「他們的營地規模很大。他們一定是在黃昏的掩護下，沿著兩側河岸進入山谷的。」

當晚矮人們睡得很少。當早晨的天色依然蒼白時，他們就看到一隊人馬靠近。他們從城牆後方看對方走到山谷頂點，並緩緩向上爬。不久他們就看到全副武裝的湖民們，其中還有精靈弓箭手。最後這些人馬的前鋒爬上崩塌的岩石，出現在瀑布頂端。當他們看到眼前的水池和以新砌石牆圍住的大門時，顯然都吃了一驚。

當他們指向石牆並與彼此交談時，索林就向他們喊話：「你們是誰？」他用宏亮的嗓音說道：「你們彷彿以開戰之姿來到索藍之子索林，山下國王的大門前，有什麼意圖？」

但他們沒有回應。有些人迅速轉身，其他人看了一會大門與防禦工事後，也迅速跟上其他人。營地那天移到河流東側，正好處於孤山支脈之間。岩石間隨後迴響起話語聲與歌聲，這裡已經很久沒發生這種事了。外頭還飄來精靈豎琴的聲響與甜美的音樂。當聲音往上迴盪時，冷冽的空氣似乎暖了起來，他們也依稀嗅到林地鮮花在春季盛開時散發的芬芳香氣。

比爾博想逃離漆黑的要塞，去底下的火堆旁加入眾人的歡慶饗宴。有些較年輕的矮人也動了心，咕噥說他們希望事情有不同的發展，不然他們就能以朋友身分歡迎這些人，但索林拉下了臉。

之後矮人們拿出從寶庫裡找回的豎琴和樂器，並演奏出讓他的心情放鬆的音樂。但他們的歌謠並不是精靈歌曲，非常類似許久前他們在比爾博的小哈比洞中吟唱的歌。

在漆黑高山下
國王已凱旋回府！
他的惡龍仇敵已死，
其餘敵人也將殞落。

寶劍銳利，利矛修長，
箭矢飛速，大門堅固，
望金之心膽大無雙；
矮人再也不會受人侮辱。

昔日矮人編織強烈魔咒
鐵鎚如響鈴般落下
落入深邃地底，黑暗生物沉睡於此
在深崖下的空蕩廳堂中。

他們串起白銀項鍊

王冠懸掛燦亮星辰
蜿蜒金線納入龍焰
豎琴譜出美妙樂章

高山王座再度自由！
噢！迷失的浪人，仔細聽令！
快來！快來！穿越荒野！
親友之王亟需援助。

我們呼喚冷山彼端，
「返回古老洞窟！」
國王於大門久候，
雙手滿溢金銀財寶。

國王已凱旋回府
在漆黑高山下。
惡龍已死
仇敵將滅！

這首歌似乎讓索林感到滿意，他再度露出微笑，心情也變得愉悅。他開始計算鐵丘陵到此地的距離，以及當丹恩收到訊息後，得花多少時間才會抵達孤山。但歌曲與談話的內容讓比爾博的心頭一沉：這一切聽起來都太好戰了。

隔天一早，有人看到一群長矛兵渡過河流，並走入山谷。他們攜帶了精靈王的綠色旗幟和長湖的藍色旗幟，並一路走到大門旁的石牆前。

索林再度用宏亮的嗓音向他們呼喊：「你們是誰，居然全副武裝來索蘭之子索林，山下國王的大門前？」這次他得到了答覆。

有個蓄著黑髮、表情嚴肅的高大男子走向前，並喊道：「索林你好！你為何要把自己像山寨中的土匪一樣圍起來？我們還不是敵人，也樂於看到你們出乎意料地活著。我們以為這裡無人生還，但既然我們見面了，就該進行談判和開會了。」

「你是誰，要談什麼？」

「我是巴德，就是我殺死巨龍，並解放了你的寶藏。這件事難道和你無關嗎？此外，我也是河谷城之王吉瑞昂的直系傳人，你的寶庫中，混有史矛格昔日從他的宮殿與城鎮偷走的大量財寶。我們難道不該談談這件事嗎？而且，在他的最後一戰中，史矛格摧毀了伊斯加洛斯鎮民的家園，我則仍然是他們鎮長的僕從。我代表他發言，想詢問你是否沒考量過他人民所經歷的悲傷與苦難。當你困頓潦倒時，他們協助過你，但目前你唯一給他們的回報，卻只有害他們大難臨頭，不過這絕非你的本意。」

儘管巴德的語氣驕傲而肅穆，但這番話的確公正實在。比爾博認為，索林會立刻承認對方口中的道理。當然了，他不覺得有人會記得，是他獨自發現巨龍的弱點；他想的沒錯，確實沒人想起這件事。但他也沒料想到黃金長年吸引巨龍的影響力，以及矮人心中的慾念。昔日索林曾花了很多時間待在寶庫裡，對寶物抱持的慾望也為他帶來深遠影響。儘管他的主要目標是家傳寶鑽，但他也渴望其他散落在寶庫中的精緻物品，這一切與古老回憶息息相關，種族的辛勞和悲痛則繚繞其中。

「你最後才提起你們最糟的目的，這也是重點。」索林回答，「沒人能瓜分我族人的寶藏，因為從我們手中偷走寶藏的史矛格，也奪走了那些人的生命或家園。寶藏並不屬於牠，因此不該用分紅來彌補牠的惡行。我們會選恰當時間，來妥善回報湖民給予我們的貨物與援助。但在武力脅迫下，我們連一毛錢都不會給。只要有大軍駐紮在我們的家門前，我們就會將你們視為敵人與竊賊。」

「我想問，如果你們發現寶庫無人守護，也發現我們全數遭到屠殺的話，會把多少遺產分給我們的族人呢？」

「這是個好問題。」巴德回答，「但你們沒有死，我們也不是強盜。再說，富人該好好報答曾向貧困的自己伸出援手的可憐人。而且你也還沒回應我的其他主張。」

「我說過了，只要我家門前還有士兵，我就不會談判。我絕對不會與精靈王的人民談判，我可記得他們是如何對待我們的。他們無權參與這場爭論。在我們放箭前快滾！如果你想再和我談，就先把精靈軍隊送回森林老家，之後在靠近城門前先放下武器，再回來找我。」

「精靈王是我的朋友，儘管湖民們與他之間僅有區區友誼，他依然幫助了有難的湖民。」巴德回答。「我們會給你時間悔改自己的言論。在我們回來前，好好運用你的智慧吧！」他就此離開，並返回營地。

還沒過幾個小時，掌旗手們就回來了，吹號手則大步向前吹奏：

「以伊斯加洛斯與森林之名，」一人叫道，「我們對自稱山下國王的索藍之子索林．橡木盾發出宣告，要他好好考量我方的主張，或成為我們的敵人。他至少該將十二分之一的寶藏交給身為吉瑞昂傳人的屠龍者巴德。巴德會用這分寶物幫助伊斯加洛斯。但如果索林想和先祖一樣得到周遭人民的友誼與尊敬，就該自行做出捐贈，以撫慰長湖人民。」

索林隨即抓起一把角弓，往發言者射出一箭。箭矢擊中對方的盾牌，在上頭微微顫動。

「既然這就是你的回應，」他大喊著回答，「我宣布孤山就此受到包圍。你們將無法離開，直到你們自行求和談判。我們不會用武器攻擊你們，只會留你們與黃金為伍。如果你們想的話，就吃黃金吧！」

說完，使者便迅速離開，讓矮人們考量下一步。索林變得非常嚴肅，就算其他人想，也不敢揪他的毛病。但大多人的想法似乎都和他相同，可能只有胖龐伯、菲力和奇力例外。比爾博自然不同意整件事。他現在已經受夠這座山了，也一點都不喜歡在山裡遭到包圍。

「這整個地方還有巨龍的臭味。」他低聲咕噥著，「這讓我覺得噁心。克拉姆餅也開始卡在我喉嚨裡了。」

第十六章——

夜下盜賊

日子過得緩慢而疲勞。許多矮人把時間花在堆積和整理寶藏上，索林則提到索藍的家傳寶鑽，並要他們在每處角落積極尋找。

「我父親的家傳寶鑽，」他說，「價值遠超滿溢黃金的河流，對我而言更是無價珍寶。在所有寶物中，那顆寶石只屬於我，我也會對任何把它占為己有的人進行復仇。」

比爾博聽到這些話，並感到提心吊膽，也對寶石被發現後的狀況感到好奇；他將寶石包裹在他充當枕頭的一堆破爛布料中。總之他沒有提起寶石的事，因為當日子中的疲憊感越來越重時，他的小腦袋裡就萌生了一項計畫。

情勢維持不變好一陣子，渡鴉們則捎來消息：正從東北方的鐵丘陵火速趕來的丹恩與五百多名矮人，現在離河谷城只剩下兩天的路程。

「但他們無法在無人察覺的狀況下抵達孤山。」羅克說，「我擔心山谷中可能會有戰事發生。我不認為這是好意見。儘管他們性格冷酷，也不太可能擊敗包圍你們的大軍。就算他們成功好了，你又會得到什麼？冬天與飛雪正緊追在他們身後。少了周圍地區的友誼與善心的話，你們要吃什麼維生？儘管巨龍已死，寶藏還是很可能害死你們！」

但索林毫不動搖。「冬天與飛雪會痛擊人類與精靈。」他說，「他們可能會覺得住在荒原十分難受。當我朋友與冬天對他們展開雙面夾擊後，或許他們談判時的態度就會軟化。」

當晚比爾博下定決心。漆黑的天空中沒有月亮。當天色完全變黑時，他就到大門內某座深處房間的角落中，從他的包裹裡拿出一條繩索，還有包在破布中的家傳寶鑽。接著他爬到石牆頂端。只有龐伯待在那，因為此時他負責站崗，矮人們一次只安排一名哨兵。

「天氣真冷！」龐伯說，「我希望我們能和營地裡的人一樣生火！」

「室內夠溫暖了。」比爾博說。

「我相信，但我得在這待到午夜。」胖矮人埋怨道，「整件事悲哀透頂。我可不敢違抗索林，願他的鬍鬚長得更長，但他可真是個固執的矮人。」

「沒比我的腿更僵硬。」比爾博說，「我受夠臺階和岩石通道了。我很想在腳下感受到草地。」

「我很想喝下一大杯烈酒，吃頓大餐後睡在軟床上！」

「只要我們還被包圍，我就愛莫能助。但我很久沒站哨了，如果你想的話，我可以幫你守夜。今晚我睡不著。」

「你是個好人，袋金斯先生，我願意接受你的提議。記好，如果有事發生，就先來叫我！我會待在左邊的內側房間，離這裡不遠。」

「你去吧！」比爾博說，「我會在午夜叫醒你，你就可以去叫下一個守夜人。」

當龐伯離開後，比爾博就戴上戒指，繫緊繩索，再滑到石牆底下，跑得無影無蹤。他還有五小時可用。龐伯此時正呼呼大睡（他隨時都能入睡，而自從在森林中的冒險後，他就總想找回先前的美夢），其他人則忙著應付索林。直到換他們守夜，不然任何人都不太可能到牆上來，即便是菲力或奇力也一樣。

外頭一片漆黑，而當他離開新造通路，並往溪流下游走時，就覺得道路變得陌生。最後他來到河彎，如果他想前往營地的話，就得涉水。那裡的河床很淺，但已變得寬闊許多，在黑暗中涉水對小哈比人而言也並非易事。當他幾乎渡河時，就因踩到一顆圓石而失足，噗通一聲掉進冰冷的河水中。顫抖又喘氣的他還來不及抵達遠方河岸，帶著明亮提燈的精靈們就走出黑暗，找尋聲音的來源。

「那裡沒有魚！」有個精靈說，「附近有間諜。把燈光藏起來！如果是那個奇怪小生物的話，光線就只會幫到他；據說那是他們的僕人。」

「僕人，還真的咧！」比爾博哼道，而哼到一半，他就大聲地打了個噴嚏，精靈們也立刻向聲音聚集過來。

「弄點光來吧！」他說，「如果你們在找我的話，我就在這！」他取下戒指，並從一塊岩石後走出來。

儘管他們吃了一驚，也依然立刻抓住他。「你是誰？你是矮人們的哈比人嗎？你在幹嘛？你是怎麼躲過我們的哨兵的？」他們接二連三地問。

「我是比爾博．袋金斯先生。」他回答，「如果你們想知道的話，我是索林的同伴。我看過你們的國王，不過他或許不認得我的長相。但巴德會記得我，我也特別想見巴德。」

「是這樣啊！」他們說，「那你有何貴幹？」

「無論有何貴幹，都是我的私事，我親愛的精靈們。但如果你們想離開這個冰冷乏味的地方，回到你們的森林的話，」他邊發抖邊回答，「就趕快帶我到火邊，我才能烘乾自己。然後你們得盡快讓我和你們的首領說話。我只有一兩小時可用。」

於是在他逃離大門兩小時後，比爾博坐在一座大帳篷前的溫暖火堆旁，精靈王與巴德也坐在一旁，好奇地盯著他看。這名哈比人身穿精靈盔甲，還裹了條舊毛毯，這對他們而言是新穎的光景。

「你們知道，」比爾博用他最公事公辦的口氣說道，「情況真是不可理喻。個人而言，我厭倦了這整件事。我希望我早就回到自己在西方的家，那裡的人講道理多了。但我在這件事中有利害關係——準確地說，根據一封信的內容，是十四分之一的分紅，幸好我還留著它。」他從舊外套（他還把外套穿在鎖子甲外）的口袋中取出皺巴巴但仔細摺好的信紙，那是索林在五月時壓在他壁爐上時鐘底下的信！

「聽好了，是利潤分紅。」他繼續說。「我很清楚這點。個人而言，我很願意仔細評估你們的主張，從總金額中取出正確數目後，再拿我的分。但你們不比我了解索林．橡木盾。我向你們保證，只要你們留在這，他就準備好要坐在金山上挨餓了。」

「好呀，讓他挨餓吧！」巴德說，「這種笨蛋活該餓死。」

「是沒錯。」比爾博說，「我明白你的觀點。冬天同時也快來了。不久你們就會碰上大雪，補給存糧也很困難——我想，就算是精靈也不例外。而且，還會出現其他難題。你們沒聽過丹恩和鐵丘陵的矮人嗎？」

「我們很久以前聽過，但他和我們有什麼關係？」精靈王問。

「我想也是。看來我擁有你們缺少的情報。我可以告訴你們，丹恩現在離這裡只剩下兩天不到的路程，也至少帶了五百名英勇善戰的矮人——其中不少成員都經歷過矮人與哥布林之間的慘烈戰爭，你們一定聽說過那些戰役。當他們抵達時，麻煩可就大了。」

「你為什麼要告訴我們這些事？你要背叛你的朋友，還是打算威脅我們？」巴德陰沉地問。

「我親愛的巴德！」比爾博尖聲說道，「別這麼急躁！我從來沒遇過疑心病這麼重的人！我只是想為大家避免麻煩。現在我要向你們提出一項提議！」

「說來聽聽！」他們說。

「你們可以看看！」他說，「就是這個！」他隨即拿出家傳寶鑽，並拋開破布。

早已習慣華美物品的精靈王訝異地站起身。就連巴德也驚奇又沉默地盯著它看。它彷彿是顆蘊含月光的球體，在繁星冷光編織而成的細網中懸掛在他們面前。

「這是索藍的家傳寶鑽。」比爾博說，「就是山之心。它也是索林的心頭肉。這對他的價值遠遠超過滿溢黃金的河流。我把它交給你們。這對你們的談判有益。」比爾博少不了打了個冷顫，也依然渴望地看了一眼，但他依然將這枚美麗的寶石交給巴德，對方則將寶石握在手中，彷彿腦筋一片迷茫。

「但你怎麼有資格把它送給我們？」他最後努力問道。

「哎呀！」哈比人不安地說，「不太算有資格，但是呢，我願意讓它取代我的分紅。我或許是夜賊——他們是這樣說啦。我從來不覺得自己像賊，但我希望自己多少是個誠實的賊。總之，現在我得回去了，隨便矮人們想怎麼處置我。我希望你們能善加利用它！」

精靈王用嶄新的驚奇眼神看著比爾博。「比爾博．袋金斯！」他說，「你比更多俊美的人物更適合穿戴精靈王子的甲冑。但我不覺得索林．橡木盾會這樣想。或許我比你更了解矮人。我建議你和我們待在一起，你會備受尊崇，眾人也會歡迎你。」

「我非常感謝你。」比爾博說，並鞠了躬，「但共同經歷這一切後，我不覺得我該這樣拋下自己的朋友們。我也答應過要在午夜叫醒老龐伯！我真的得趕快動身。」

無論他們說什麼，都無法挽留他。因此他們為他安排了護送人員，而當他離開時，精靈王與巴德都對他崇敬地致意。當他們經過營地時，有個坐在帳篷門口、身穿暗色斗篷的老人起身，並走向他們。

「做得好！袋金斯先生！」他說，一面拍了拍比爾博的背。「你果然總讓人刮目相看！」那正是甘道夫。

多天以來，比爾博首度感到這麼開心。但現在沒時間讓他提出問題了。

「遲早有時間！」甘道夫說，「除非我犯了錯，否則局勢已經逼近尾聲了。你面前還有段不太愉快的時光，但振作起來！你或許能安然離開。有些消息正在醞釀，甚至連渡鴉們都沒聽說。晚安！」

備感困惑但開心的比爾博趕緊離開。精靈們將他帶到安全的淺水地帶，也安全渡河，接著他向精靈們道別，再小心地爬回大門。他開始感到一股莫大的倦意，但當他再度攀上繩索時，時間正好是午夜前，繩索也還在原處。他解開繩索並把它藏起來，接著他坐在石牆上，緊張地思索接下來的狀況。

他在午夜時喚醒龐伯，並蜷縮在自己的角落，也沒多聽老矮人道謝（他覺得自己根本沒資格）。他很快就陷入睡夢中，徹底忘卻了他的擔憂，直到早晨來臨。事實上，他還夢到了雞蛋和培根。

第十七章——

撥雲見日

隔天營地裡很早就響起了小號聲。很快就有個信差沿著狹窄通道快步跑來。他站在遠處並向他們呼喊，詢問索林現在是否願意進行另一場會談，因為有新消息傳來，局勢也改變了。

「肯定是丹恩！」當索林聽到時，便這麼說。「他們聽說他要來的消息了。我就知道那會改變他們的想法！只讓少數沒攜械的人過來，我就願意接見他們。」他對信差說。

中午時，森林與長湖的旗幟再度出現。有批二十人的隊伍正在接近。他們在窄路起點處放下劍與矛，再走向大門。疑惑的矮人們發現巴德和精靈王都在其中，前方還有個穿著斗篷和兜帽的老人，對方拿著一只鑲上鐵條的堅固木箱。

「索林你好！」巴德說，「你的想法還沒有變嗎？」

「我的想法不會隨太陽起落幾次而變。」索林回答，「你是來問我傻問題的嗎？精靈軍隊還沒有照我的要求離開！在那之前，找我交易都是白費工夫。」

「你不願意為任何東西放棄黃金嗎？」

「你或你朋友們都沒有那種東西。」

「那索藍的家傳寶鑽呢？」他說，老人同時打開木箱，並舉高寶石。他手中放出光芒，在晨光中顯得明亮潔白。

索林旋即呆若木雞，心中感到訝異又困惑。好一陣子都沒人說話。

最後索林打破沉默，嗓音中飽含怒氣。「那顆寶石屬於我父親，也是我的所有物。」他說，「我為何要買下自己的財產？」但他心中起了疑心，就補充道：「但你們怎麼會得到我家族的傳家寶——這肯定跟小偷有關吧？」

「我們不是小偷。」巴德回答，「一拿到我們的分，我們就會歸還你的寶物。」

「你們怎麼會拿到它？」索林勃然大怒地吼道。

「是我給他們的！」窺探石牆外的比爾博哀鳴道，他正陷入無邊的恐懼中。

「你！你！」索林叫道，一面轉向他，並用雙手抓緊他。「你這該死的哈比人！你這個迷你——夜賊！」他因一時語塞而大叫，還把比爾博當兔子般搖動。

「看在都靈鬍鬚的分上！我真希望甘道夫在這裡！該死的老傢伙，居然選了你！願他的鬍鬚全掉光！至於你，我要把你丟到岩石上！」他喊道，並用雙臂舉起比爾博。

「住手！你的願望成真了！」某個嗓音說。拿著木箱的老人把兜帽與斗篷丟到一旁。

「甘道夫在此！看來我來的時機剛好。如果你不喜歡我的夜賊，請不要傷害他。放他下來，先聽聽他想說的話！」

「你們全都是一丘之貉！」索林說，並把比爾博放在石牆頂端。「我永遠不會和任何巫師或他的朋友們打交道了。你有什麼話要說，你這龜孫子？」

「天啊！天啊！」比爾博說，「我相信這一切都很不愉快。你還記得自己說我可以選我的十四分之一分紅嗎？或許我把字面上的意義看得太重了。我聽說，矮人有時說的比做的好聽。而且，你似乎曾經覺得我能幫上忙。還說我是龜孫子！這就是你允諾的世代人情嗎，索林？當我自行處置了自己的分紅，就這樣算了吧！」

「好。」索林冷酷地說，「我就這樣放過你——希望我們永不再相見！」接著他轉身往牆外開口。「我遭到背叛。」他說，「你們猜得沒錯，我無法放棄家傳寶鑽，它是我家族的珍寶。我願意用寶庫中十四分之一的金銀交換它，寶石則不算在內。但那就算是這叛徒的分紅，他也得帶這分獎金離開，讓你們自由瓜分。我相信他只會拿到一丁點利潤。如果你們想讓他活下去的話，就帶走他吧。我和他之間已經恩斷義絕了。」

「滾下去找你的朋友！」他對比爾博說，「不然我就要把你摔下去。」

「金銀呢？」比爾博問。

「之後我會安排。」他說。「滾下去！」

「在那之前，我們會扣留這顆寶石。」巴德喊道。

「以山下國王而言，你的氣度不太夠。」甘道夫說，「但局勢還可能會變。」

「確實如此。」索林說。由於寶藏使他強烈著魔，使他思忖起能不能透過丹恩的協助，在不交出分紅的狀況下奪回家傳寶鑽。

於是比爾博順著石牆爬下，儘管他費了這麼大的工夫，最後卻在兩手空空的狀況下離開，身上只有索林先前給他的鎖子甲。不只一個矮人對他的離去感到羞恥與憐憫。

「再會了！」他對他們喊道，「我們可能還會以朋友的身分重逢。」

「快滾！」索林叫道，「你身上有我族人製作的鎖子甲，實在太便宜你了。箭射不穿它，但如果你不快走，我就會射穿你的髒腳。快點離開！」

「別這麼急！」巴德說，「我們會等你到明天。中午時我們會回來，看看你有沒有從寶庫中取出用來交換家傳寶鑽的金銀。如果過程中沒有騙局，那我們就會離開，精靈軍隊也會返回森林。我們就此告別！」

說完，他們就回到營地，但索林要羅克送出信使，把事情的來龍去脈告訴丹恩，並要他盡快前來。

那天就這麼過去。隔天的風向轉往西方，空氣中瀰漫著漆黑陰鬱的氛圍。一大清早時，營地裡傳出一股叫聲。有信差跑進來報告，說有批矮人大軍出現在孤山的東側山嘴旁，現在正趕向河谷城。丹恩已經到了。他在夜裡快馬加鞭，來得比眾人料想中還早。他每個族人都身穿長度及膝的鋼製鎖子甲，雙腿則套著精緻而富彈性的金屬網甲，只有丹恩的人民清楚製作這種盔甲的奧祕。以矮人們的身高而言，他們極度強壯，但這些戰士比一般矮人來得更孔武有力。他們在戰鬥中用雙手握持沉重的鶴嘴鋤，但每個矮人也都在腰間繫了把短砍刀，背上則掛了圓盾。他們將編成辮子的分叉鬍鬚插在腰帶中。他們頭戴鐵盔、腳穿鐵靴，臉上的神色剛毅冷漠。

小號聲讓人類與精靈們展開戒備。不久就能看到矮人們大步走上山谷。他們停在河流與東側山嘴之間，但有幾個矮人繼續前進，並在渡河後走近營地。他們在此放下武器，並舉起雙手，示意自己和平前來。巴德到外頭見他們，比爾博也與他同行。

「奈恩之子丹恩派我們前來。」受到質問時，他們這麼回答，「我們要趕去見孤山中的族人，因為我們得知了古老王國的復興。但你們是誰，像敵人一樣待在城牆前的平原上？」這當然是這種場合中的舊式禮貌用語，意思僅僅代表：「你們不該待在這。我們要前進，所以讓開，不然我們就會攻擊你們！」他們打算推進到孤山和河灣間，因為那塊狹窄土地的防備似乎不強。

巴德自然拒絕讓矮人前往孤山。他決心要等到有人送金銀出來交換家傳寶鑽時，因為一旦這麼大批的戰士掌控了要塞，他就不相信對方會信守承諾。他們帶了大量補給品來，因為矮人能扛起非常沉重的負擔，而儘管眾人迅速趕路，丹恩所有族人除了攜械外，也幾乎都背了巨大背包。他們能打上長達數週的攻城戰，到時還會有更多難以計數的矮人前來，因為索林有諸多親戚。他們也能重新開啟並守衛其他門口，攻城軍就得包圍整座山，而攻方並沒有足夠人數。

其實，這正是矮人們的計畫（因為渡鴉信差們早在索林與丹恩之間忙碌來回了），但當下他們的去路遭到阻擋，所以在說了不少憤怒話語後，矮人使者們就嘀咕著回去。巴德立刻派使者去前門，但他們沒發現黃金或財寶。當他們進入射程時，箭矢就飛了下來，使者們則驚愕地快步撤退。營地中騷動四起，彷彿人們正在準備作戰，因為丹恩的矮人們正沿著東岸前進。

「蠢材！」巴德笑道，「居然敢這樣跑來孤山支脈底下！無論他們有多熟知礦坑中的戰略，也不懂在地面上的作戰方式，我們有許多弓箭手和長矛兵躲在他們右翼上頭的岩石間。矮人鎖子甲或許品質精良，但他們很快就會居於劣勢。趁他們還沒休息夠，讓我們從兩側夾擊他們！」

但精靈王說：「展開這場為了黃金而發動的戰爭前，我會盡量拖延時間。矮人不能通過我們的防線，除非我們讓步，或是做出某些我們無法預料的事。讓我們希望還有達成和解的可能性。如果最後得兵戎相見，我們在人數上的優勢就夠用了。」

但他沒盤算到矮人的想法。家傳寶鑽深陷攻城軍手中這件事，在他們心中熊熊燃燒。他們也猜到巴德與他朋友們的猶豫，並決定趁他們與彼此爭論時進攻。

忽然間，在毫無跡象的狀況下，他們無聲地衝向前發動攻擊。弓聲砰然顫動，箭矢咻咻作響；戰鬥即將展開。

但有股速度更快的黑暗，以迅雷不及掩耳之勢向眾人逼來！一朵黑雲迅速籠罩了天空。狂風中的冬雷在孤山上狂嘯，閃電也照亮了頂峰。雷電下有另一股黑暗向前撲動，但它並不隨風移動；它來自北方，型態宛如龐大的鳥群，濃密到無法在翅膀間看到光線。

「停！」甘道夫吶喊道，他忽然現身，舉起雙臂並獨自站在逼近的矮人與等待他們的大軍之間。「停！」他用雷聲般響亮的嗓音喊道，魔杖則放出閃電般的亮光。「恐懼已經來襲了！唉！它來得比我想得快太多了。哥布林前來襲擊你們了！北方的波格（Bolg）[1]來了，丹恩！你在墨瑞亞殺了牠的父親。看呀！如同大片蝗蟲的蝙蝠群在牠的軍隊上空飛翔。牠們騎乘野狼，蠻狼也與牠們同行！」

眾人陷入訝異與困惑的情緒中。當甘道夫說話時，黑暗便逐漸擴張。矮人們停下腳步，盯著天空瞧。精靈們則發出此起彼落的驚呼聲。

「來吧！」甘道夫喊道，「還有時間討論。讓奈恩之子丹恩趕緊加入我們！」

＊　＊　＊

一場出乎眾人預料的慘烈戰役就此展開，史稱五軍之戰。一邊是哥布林與野狼，另一邊則是精靈、人類與矮人。戰爭是這樣展開的：自從迷霧山脈的大哥布林死後，牠們對矮人的仇恨便再度高漲。信使們在牠們的城市、殖民地和要塞之間來回奔走，因為現在牠們

——

1　阿索格之子。參見本書37頁。

決心要統治整個北方。牠們用祕密方式收集了情報，並在所有山脈中打造武器。牠們隨後出軍，並在山丘與谷地聚集，總是透過隧道或在黑暗中移動，直到牠們在首都北方大山剛達巴周遭與地底集結了一支大軍，準備好在危急時刻出其不意地突襲南方。之後牠們得知史矛格的死，心中便大喜若狂。哥布林們日以繼夜地穿越山區，最後終於緊追在丹恩後頭從北方出現。直到牠們從將孤山與後方丘陵分隔開來的破碎區域中現身前，就連渡鴉都不曉得牠們會出現。沒人知道甘道夫究竟得知了多少情報，但他顯然沒料到會有這場突襲。

以下是他和精靈王、巴德與丹恩在會議中擬定的計畫，矮人貴族現在也加入了他們：哥布林是眾人的死敵，因此當牠們出現時，大家便遺忘了所有爭端。他們唯一的希望，就是將哥布林誘入孤山支脈間的谷地；眾人也得掌控南向與東向的雄偉山嘴。但如果足夠數量的哥布林占據了整座山，就能從後方與前方攻擊他們，使此舉變得非常危險。但沒有時間制定其他計畫，或召喚任何援軍了。

雷雲很快就飄向東南方，但蝙蝠群此時低飛過來，籠罩住孤山的山肩，並在他們頭頂迴旋，不只遮蔽了日光，也使他們心中瀰漫恐懼。

「前往孤山！」巴德喊道，「前往孤山！趁還有時間，我們得趕緊就位！」

精靈們鎮守在南側山嘴上較低的斜坡與山腳的岩石間，人類與矮人們則駐紮在東側山嘴上。但巴德和幾個身手矯健的人類與精靈爬上東側山肩，以便觀察北方。他們很快就看到山腳前的地區擠滿黑壓壓的疾行大軍。前鋒不久就繞過山嘴頂點，並衝進河谷城。這些前鋒是速度最快的狼騎士，牠們的吶喊與嚎叫聲已經引發了莫大騷動。有幾個勇敢的人擋在牠們面前，以假裝頑強抵抗，而許多人也在此送命，其他士兵則撤退並逃往兩側。正如甘道夫所預料的，哥布林大軍集結在遭受反抗的前鋒後頭，並怒氣衝天地蜂擁進入谷地，凶狠地擠進孤山支脈之間的地帶，奮力找尋敵人。牠們的無數紅黑旗幟隨風飄盪，哥布林們如同潮水般光火而混亂地殺了進來。

這是場駭人的戰役。它是比爾博最恐怖的經歷，也是他當時最厭惡的回憶；多年後，這成為他最驕傲的經驗，也是最喜歡回味的時刻，儘管他在其中無足輕重。其實，我得說他早就戴上了戒指，從眾人的視野中消失，但並沒有脫離危險。魔法戒指無法全然保護他不受哥布林突擊所傷，也阻止不了亂箭和四處揮舞的長矛。但它確實幫助比爾博躲開危害，也避免讓哥布林劍士特別選他當作揮刀時的目標。

精靈們率先衝鋒。他們對哥布林抱持冷酷的深仇大恨。他們的矛與劍在黑暗中閃爍著冷冽光澤，握持武器的精靈也燃起無比殺意。當敵人大軍密密麻麻地擠入谷地時，他們便射出一股箭雨，每支箭矢飛行時都閃爍著烈火般的光芒。隨著箭雨落下，上千名長矛兵便一躍而下，往前衝刺。他們的叫喊聲如雷貫耳。岩石上沾滿了哥布林的黑血。

正當哥布林們從攻擊中重整旗鼓，精靈們也暫停衝鋒時，山谷對面傳來了一陣低沉的吼聲。隨著「墨瑞亞！」和「丹恩，丹恩！」等吶喊，鐵丘陵的矮人們從另一頭衝入戰局，手中揮舞著他們的鶴嘴鋤。拿著長劍的湖民則與他們一同衝鋒。

哥布林們陷入慌亂。正當牠們轉身面對新一波攻勢時，精靈們便以更大量的人數發動攻擊。已經有許多哥布林沿著河流逃竄，想逃離陷阱。牠們手下許多野狼也反咬牠們，並撕扯屍體和傷者。勝利似乎已經在望，此時山谷高處傳來了一股叫聲。

哥布林們從另一側爬上山頂，也已經有許多士兵攻佔了前門上方的山坡，其他哥布林則魯莽地向下竄，全然無視從山崖和峭壁上尖叫著摔落的同伴，以便從高處攻擊山腳。只要走從孤山主峰延伸下來的通道，就能抵達這兩處山腳。守軍們人數太少，無法長期防禦這條路。勝利的希望灰飛煙滅。他們僅僅阻擋了第一波黑潮攻勢。

這天繼續過去。哥布林大軍在谷地中再度集結。有批蠻狼殺進重圍，波格的護衛也與牠們同行，這些哥布林體型高大，佩戴著鋼製彎刀。黑暗的夜色很快就席捲了烏雲密布的天空，而巨型蝙蝠依然在精靈與人類的頭頂和耳邊飛舞，或宛如吸血鬼般吸附在傷者身上。巴德正死命捍衛東側山嘴，但他也正緩緩撤退。南方支脈上的精靈王族們捍衛著他們的國王，位置靠近渡鴉丘上的瞭望台。

一陣高聲吶喊忽然傳來，前門則響起一陣小號聲。他們忘了索林！有部分山壁受到槓桿操縱，碰的一聲往外摔進水池中。山下國王往外一躍，他的同伴們隨後跟上。他們捨棄了兜帽與斗篷，身穿光芒四射的戰甲，眼中散發出血紅殺意。黑暗中的這位偉大矮人，如同餘燼中的黃金般光彩奪目。

哥布林從高處丟下石塊，但他們繼續前進，先躍下坡腳，再直接衝入戰場。野狼與騎士在他們面前紛紛倒地或逃竄。索林用斧頭奮力劈砍，也似乎沒有東西能傷他分毫。

「跟上我！跟上我！精靈與人類！跟上我！我的族人們！」他喊道，嗓音在山谷中如同號角般響亮。

丹恩麾下的所有矮人全都無視秩序地衝去幫助他。許多湖民也往下衝來，因為巴德無法阻止他們，另一側則出現了許多精靈矛兵。山谷中的哥布林們再度受到重創。牠們橫屍遍野，直到河谷城中堆滿了牠們漆黑醜陋的屍體。蠻狼們四散各處，索林則直接衝向波格的護衛。但他無法突破牠們的防線。

他身後的哥布林屍首間散佈著許多人類與矮人，以及原本該在森林中快活度日的大量俊美精靈。隨著谷地變寬，他的攻速就變得更慢。他的士兵數量太少了。無人防衛他的側翼。攻勢很快就受到反撲，敵人逼得他們圍成一圈，面對四面八方的敵人，周遭全是返回攻擊的哥布林與野狼。波格的護衛嚎叫著衝來攻打他們，宛如打在沙崖上的海浪般猛撞他們的部隊。他們的盟友們束手無策，因為來自孤山的攻勢已增加了軍力，緩緩逼退了兩側的人類與精靈。

比爾博苦悶地望著戰局。他和精靈們站在渡鴉丘上，有部分是由於待在那的逃生機會較大，有部分（他體內圖克血統較強的那部分）則是因為，如果他得戰到最後關頭，就寧可捨身捍衛精靈王。我得提到，甘道夫也待在那。他坐在地上，彷彿正深陷萬千思緒；我猜他正準備在終曲前施展某種法術。

結尾似乎已經不遠了。「快結束了，」比爾博心想，「哥布林很快就會攻入前門，我們也都會遭到屠殺或俘虜。經歷過這一切後，這件事就讓我想哭。我寧可讓老史矛格保有那些該死的寶藏，也不要讓那些骯髒生物染指，更不願意看到老龐伯、巴林、菲力、奇力和其他人落入糟糕下場。還有巴德，以及湖民和快樂的精靈們。可憐的我！我聽過許多關於戰爭的歌謠，也深知雖敗猶榮的道理。感覺起來很不愉快，更別提令人絕望了。我真希望自己能夠遠走高飛。」

強風吹開了雲朵，血紅的夕陽則猛然出現在西方。在黑暗中忽然看到光芒後，比爾博便四處張望。他大喊一聲，因為他看到了讓他心頭為之一振的光景：在遙遠的光輝中，出現了渺小但雄偉的形體。

「巨鷹！巨鷹！」他喊道，「巨鷹來了！」

比爾博的眼睛很少犯錯。一批批巨鷹的確乘風而來，這種規模的鷹群必然來自北方所有鷹巢。

「巨鷹！巨鷹！」比爾博喊道，一面揮舞著雙臂。就算精靈看不見他，也依然聽得到他的聲音。他們很快也發出同樣的吶喊，叫聲則響徹山谷。許多好奇眼睛往上看，但當下只有在南側山肩上能看到這種景象。

「巨鷹！」比爾博又喊了一聲，但此時上頭有顆石塊重重地砸在他的頭盔上，害他不省人事地應聲倒地。

第十八章——返鄉路程

當比爾博回過神時，他完全獨自一人。他躺在渡鴉丘的平坦石地上，附近空無一人。他頭頂的寬闊天空萬里無雲，但十分寒冷。他發起抖來，全身如石頭般冰冷，但他的頭痛得彷彿起了火。

「我真想知道發生了什麼事？」他自言自語地說，「總之，我還不是戰死的英雄之一，但我想時間還多的是！」

他痛苦地坐起身。他望向山谷，也看不到任何活著的哥布林。過了一會兒，當他的腦袋清醒一點後，他便能看到底下的岩石間有精靈在走動。他揉揉眼睛。遠處的平原上肯定有營地吧？前門還有不少人出出入入。矮人們似乎正忙著拆除石牆。但周圍一片死寂。沒有叫喊聲，也沒有歌聲的回音。空氣中似乎瀰漫著悲傷氛圍。

「我想最後還是贏了！」他說，一面撫摸疼痛的頭部，「哎，看來一切都很沉重。」

他忽然察覺有個人正在往上爬，並向他走來。

「哈囉！」他用顫抖的嗓音說，「哈囉！有什麼新消息？」

「是誰在石頭間講話？」男子停下腳步說道，並在離比爾博坐著的位置不遠的地方窺伺四周。

接著比爾博想起了他的戒指！「哎，我真是走運！」他說，「這種隱形能力還是有缺點。不然我猜我早就會在床上溫暖舒適地過夜了！」

「是我，比爾博．袋金斯，索林的同伴！」他嚷嚷道，一面趕緊脫下戒指。

「還好我找到你了！」男子走上前說，「我們找了你很久。要不是巫師甘道夫說最後在這一帶聽到你的聲音的話，人們早就把你算入大量死者中了。我被派來找你最後一次。你的傷勢嚴重嗎？」

「我想我大力撞到了頭。」比爾博說，「但我有頭盔，腦袋也挺硬的。總之，我覺得很不舒服，雙腿也都軟了。」

「我會把你背到山谷中的營地。」男子說，並輕盈地背起他。

男子的腳程敏捷而穩定。不久比爾博就在河谷城中的一座帳篷前踏上地面，手臂套著支撐帶的甘道夫就站在那。就連巫師都沒有全身而退，整批軍隊裡很少有毫髮無傷的人。

當甘道夫看到比爾博時，就感到大喜若狂。「袋金斯！」他驚呼道，「我完全沒料到！你居然活著！我真高興！我開始以為你的運氣沒辦法幫你脫身了！整件事都很糟糕，也差點以災難收場。但晚點再提其他消息。來吧！」他更為肅穆地說，「有人要見你。」隨後他便帶哈比人走進帳篷。

「你好，索林！」他在走進帳篷時說，「我帶他來了。」

索林．橡木盾躺在裡頭，身上布滿傷口，地上擺著凹陷的盔甲和缺角的斧頭。當比爾博走到他身邊時，他便抬頭一看。

「再會了，好心的小偷。」他說，「我得去守候廳堂中與祖先們共處，直到世界再度重生。[1]既然我要離開所有金銀財寶，前往寶物毫無價值的地方，我希望離開時能和你重拾友誼，也想收回我在大門邊說過的話與做出的行為。」

比爾博滿心悲傷地單膝跪下。「再會了，山下國王！」他說，「如果這就是結局的話，那這就是場令人難過的冒險，連金山也無法彌補。但我很高興能和你共度危機，沒幾個袋金斯家的人有這種資格。」

「不！」索林說，「你心裡的善良本性比你想得更強大，善良的西方之子。你兼具勇氣與智慧。如果我們有更多人珍惜食物、歡笑與歌曲，而捨棄寶庫中的黃金，世界就會變

---

1 譯注：矮人相信當他們死後，創造他們的主神奧力（Aulë）會將矮人的靈魂送入為祂們獨創的廳堂中，並在最後戰役後幫助奧力重新打造世界。

得更愉快了。但無論悲喜與否，我都得離開這個世界了。再見了！」

之後比爾博轉身獨自離去，寂寥地坐下，身上包著毛毯；無論你信不信，他都哭到眼睛紅腫，嗓音也變得沙啞。他擁有善良的靈魂。也過了很久，他才有心情能再度開玩笑。「幸好，」最後他對自己說道，「我及時醒來。我希望索林還活著，但我很高興我們能和善地離別。你是個傻瓜，比爾博．袋金斯，你把寶石這件事搞砸了。儘管你努力想贏得和平與寧靜，戰爭還是發生了，但我想很難把這件事怪到你身上。」

比爾博事後才得知他昏過去後發生的一切，但那反而使他更為悲痛，也對冒險感到疲憊了。他打從心裡渴望返鄉路程。不過，回家這事稍微耽擱了，所以在此同時，容我講述當時發生的事件。巨鷹早已懷疑哥布林正在聚集，在牠們虎視眈眈的觀察下，山中的動靜無所遁形。於是在迷霧山脈的巨鷹統領下，牠們大舉集結。最後當巨鷹嗅到遠處飄來的戰火氣息時，就迅速乘著強風，即刻趕到戰場。就是巨鷹們讓哥布林從山坡上摔下，將牠們扔下懸崖，或驅趕牠們，讓牠們尖叫著衝入敵陣。巨鷹們不久就解放了孤山，山谷兩側的精靈與人類也終於能前去支援下方戰局。

但即便得到巨鷹的輔助，他們依然以寡擊眾。比翁在最後一刻出現：沒人知道他是從哪出現的。化身為熊的他獨自前來，勃然大怒的他也似乎變成龐然巨獸。

他的吼聲如同鼓聲和槍響。他將野狼和哥布林從前方拋開，宛如丟開乾草和羽毛。他殺向敵軍後方，以雷電般的攻勢衝破重圍。矮人們在一座低矮圓丘周圍守護他們的王族。

接著比翁俯身抬起索林，並將他送出混亂中；倒地的索林全身插滿了長矛。

他很快就回到戰場，怒氣也與之俱增，因此他勢如破竹，也似乎沒有武器能傷害他。他打散護衛，再抓住波格，將對方狠狠壓死。哥布林大軍立刻陷入絕望，也隨即往四面八方作鳥獸散。但新希望使牠們的敵人拋下倦意，並死命追殺對方，防止敵人往各處逃竄。他們將許多哥布林趕入狂奔河，再將往南或往西逃命的敵軍逼進森林河周圍的沼澤地。這批逃兵中的大部分成員都送了命，其他哥布林則艱辛地來到木精靈的國度，並在當地遭到殺害，或是被誘入幽暗密林的漆黑深處而死。歌謠描述北方有四分之三的哥布林士兵在當天殞命，山區也得到了多年平靜。

聯軍在入夜前就已告捷，但當比爾博回到營地時，還有人在徒步追殺敵軍。除了身負重傷的人外，山谷中並沒有很多人。

「巨鷹們在哪？」當晚他問甘道夫，當時他正躺在好幾張溫暖的毛毯中。

「有些還在狩獵。」巫師說，「但大多都已經返回鷹巢了。牠們不願待在這裡，並在早晨亮起第一道曙光時離開。丹恩用黃金加冕了鷹王，並宣示與牠們永遠保持友誼。」

「真遺憾。我是說，我想再看牠們一次。」比爾博昏昏欲睡地說，「或許我在回家路上會看到牠們。我猜我很快就能回家吧？」

「只要你想，就能動身。」巫師說。

其實比爾博又過了幾天才出發。他們把索林埋在孤山深處，巴德則把家傳寶鑽擺在他胸膛上。

「讓它留在這裡，直到孤山倒塌！」他說，「願它為他所有住在此地的族人帶來好運！」

精靈王將索林遭囚時被沒收的獸斬劍擺在他的墓穴上。歌謠相傳如果有敵人逼近，它就會在黑暗中散發光芒，因此永遠沒人能突襲這座矮人要塞。奈恩之子丹恩在此定居下來，日後許多矮人也來到古老廳堂中，在他的王座下集結。在索林的十二名同伴中，還有十人生還。菲力和奇力用盾牌與肉身護衛索林，並就此喪命，因為他是他們倆母親的兄長。其他人和丹恩待在一起，因為丹恩妥善分配了他的寶藏。

此後分配寶物的計畫再也沒有問題了，對巴林、德瓦林、朵力、諾力、歐力、歐音、葛羅音、畢佛、波佛和龐伯，或對比爾博而言都是如此。但巴德得到了十四分之一的分紅，包括精煉過或未精煉的金銀；因為丹恩說：「我們會履行亡者的承諾，他現在已與家傳寶鑽長眠了。」

即便十四分之一的分紅也是莫大的財富，比任何凡人君王的財產都更有價值。巴德從那分寶藏中送了大量黃金給長湖鎮的鎮長，也大方獎勵了他的跟隨者與朋友。他把吉瑞昂的翡翠送給精靈王，這是對方最喜愛的珠寶，丹恩先前已把這寶物還給了巴德。

他對比爾博說：「這項寶藏屬於你我。不過古老的協議已站不住腳了，因為許多人在贏取與捍衛寶藏時都出了力。但儘管你願意放棄自己的權利，我還是希望收回索林說過的話，也就是我們只該給你少許獎勵，他自己也對此後悔。在所有人之中，我願意給你最豐厚的獎勵。」

「你真好心。」比爾博說，「但這其實讓我鬆了口氣。我完全不曉得該怎麼在避開爭鬥和謀殺的狀況下，把所有寶藏一路送回家。我也不知道等我回家時，要如何處理這些寶物。我相信讓你們保管會比較好。」

最後他只願意拿兩只小箱子，一只裝滿白銀，另一只則裝了黃金，一匹強壯小馬就足以扛起這些重量了。「我頂多只能拿這些。」他說。

最後他終於得向朋友們道別了。「再會了，巴林！」他說，「再會了，德瓦林；再會了，朵力、諾力、歐力、歐音、葛羅音、畢佛、波佛和龐伯！願你們的鬍鬚永不凋零！」他轉向孤山，並補充道，「再會了，索林．橡木盾，還有菲力與奇力！願你們的事蹟萬古流芳！」

矮人們在大門前向他深深鞠躬，但他們哽咽地說不出話。「再見了，無論你前往何處，都祝你好運！」巴林最後說道，「當我們的廳堂再度變得美輪美奐後，如果你再來拜訪我們，就一定能享受盛大的饗宴！」

「如果你們來到我家的話，」比爾博說，「就快敲門！四點是午茶時間，但我家隨時都歡迎你們！」

接著他轉身離開。

精靈們正在行軍，儘管人數已令人悲傷地減少，許多成員依然感到欣喜，因為北方世界將得到多年的歡快時光。巨龍已死，哥布林也遭到擊潰，而他們的內心期盼著嚴冬之後的愉悅初春。

甘道夫和比爾博在精靈王身後騎著馬，恢復人形的比翁則走在他們身旁，一路上他則用響亮的嗓音大笑和唱歌。他們繼續前進，直到眾人抵達幽暗密林的邊界，也就是森林河切出森林的北邊。他們在此停下腳步，儘管精靈王邀他們到他的殿堂中待一陣子，但巫師與比爾博不願進入森林。他們打算沿著森林邊緣前進，再繞過北端，經過森林與灰山脈之間的荒原。那是條漫長乏味的道路，但既然哥布林已遭到殲滅，比起樹蔭下的陰森通道，他們覺得那條路要來得安全許多。而且比翁也要往那方向走。

「再會，精靈王！」甘道夫說，「只要世界還年輕，就願翠綠森林永保快活！也願你的族人過得逍遙自在！」

「再會，甘道夫！」精靈王說，「願你永遠出現在人們最需要你、也最出乎意料的時刻！你越常出現在我的殿堂中，就越令我感到開心！」

「我懇求你，」比爾博結巴地說，露出緊張兮兮的神情。「接受這項禮物吧！」他拿出丹恩在離別時送給他的白銀珍珠項鍊。

「我怎麼有資格得到這種禮物，哈比人？」精靈王說。

「這個嘛，呃，我想，你大概不曉得吧，」比爾博語焉不詳地說，「呃，你的，嗯，款待應該得到一點回報。我是說，連夜賊也有良心。我喝了不少你的酒，也吃了很多你的麵包。」

「我願意收下你的贈禮，傑出的比爾博！」國王肅穆地說，「我將你稱為精靈之友，也祝福你。願你的陰影永不消失（不然偷竊就太簡單了）！再會！」

精靈們轉身前往森林，比爾博則踏上了漫長的歸鄉之路。

在他回家前，還經歷了許多危機與冒險。野地依然是野地，在那些日子裡，除了哥布林，還有許多東西生活在野地中。但他得到良好的指引與保護：巫師與他同行，比翁也和他們走了大半路程。他再也沒有經歷任何大危機了。到了冬季中旬，甘道夫和比爾博就一路走過森林兩側邊緣，抵達了比翁的家園大門；他們倆在那裡待了一陣子。當地的耶魯節[2]溫暖又愉快，而在比翁的邀請下，也有許多來自遠方的人前來慶祝。迷霧山脈的哥布林已變得稀少而心懷恐懼，也躲到牠們所能找到的最深處洞穴中。蠻狼也從樹林中消失，因此人們能毫無恐懼地自由出門。日後比翁確實在當地成為偉大領袖，統治了山脈到森林間的廣大土地。據說他好幾世代後的子孫，都擁有化身成熊的能力，其中有些人陰險歹毒，但大多後裔的心地都與比翁相仿，只是體型和力量較小。在他們的時代，他們將最後一批哥布林從迷霧山脈中盡數驅離，野地邊陲便迎來了全新的和平時代。

時值新春，不只天氣溫和，太陽也光彩奪目；此時比爾博和甘道夫終於向比翁道別。

2　譯注：Yule，古日耳曼民族的冬季節日，後來在基督教影響下變為聖誕節。

儘管比爾博很想家，但他離開時依然帶著一絲遺憾，因為在比翁花園中，春天所盛開的鮮花，並不亞於夏季時的花海美景。

最後他們踏上漫長道路，並抵達先前哥布林逮到他們的山路。但他們早上來到那處高峰時，回頭一看，便目睹白日照耀著無邊無際的大地。平原遠方就是幽暗密林，從遠處看來便泛出藍色光澤；即使在春天，森林邊緣依然顯得蔚然深秀。更遙遠的孤山則坐落於視野邊緣。最高峰上的白雪尚未融化，並閃動著蒼白光暉。

「烈火後降下白雪，就連巨龍都會碰上末日！」比爾博說，他轉身離開這場冒險。他體內的圖克家血統正變得非常疲勞，袋金斯血統則日益增長。「我現在只想待在自己的扶手椅上！」他說。

第十九章——終幕

兩人終於在五月一日回到裂谷邊緣，最後（或是首座）庇護所也矗立在此。暮色再度落下，他們的小馬疲憊不已，特別是扛著行李的小馬；他們全都覺得急需休息。當他們騎馬走下陡峭通道時，比爾博就聽到精靈們在樹林間歌唱，彷彿從他離開後，他們就沒有停歇過。當騎士們踏入森林中較低矮的林地時，精靈們便大聲唱起了與先前類似的歌曲。內容大致如下：

巨龍已死，
遺骨化為齏粉；
牠的甲胄抖顫，

光彩不再！
劍刃終將鏽蝕，
王座與冠冕化為烏有
只要人們信任力量
珍惜財富，
此地綠草依舊繁榮，
葉片照常飄動，
白水汩汩流動，
精靈歌唱依舊
來吧！啦啦啦啦哩！
回到山谷裡！

比起華麗寶鑽，
繁星更顯明亮，
比起珍貴白銀，
明月更顯白皙：
比起出土黃金，
黃昏時的壁爐，

燃起更明亮的火焰，
那為何流浪？
噢！啦啦啦啦哩！
回到山谷裡！

噢！你要去哪，
回來地這麼晚？
河流汩汩流動，
繁星大放光明！
噢！為何彎腰駝背，
神色悲傷鬱悶？
精靈男女
歡迎疲憊旅人
　啦啦啦啦哩
回到山谷，
　　啦啦啦啦哩
　　　嘩啦啦啦哩
　　　　嘩啦！

山谷中的精靈們走出來迎接他們，並引導他們渡河抵達愛隆的家。他們在此受到盛大歡迎，許多精靈也急於聆聽他們的冒險故事。甘道夫負責講述，因為比爾博變得安靜又昏昏欲睡。他知道大部分故事，因為他曾參與其中，自己也在歸鄉路程或比翁家中把來龍去脈告訴過巫師。但他三不五時會睜開一隻眼睛，並豎耳傾聽自己沒聽說過的橋段。

他因此得知甘道夫先前的去處，因為他聽到巫師對愛隆說的話。甘道夫似乎參與了由白魔法師組成的大型議會，成員們都精於歷史與善良魔法。他們終於從幽暗密林南邊的黑暗要塞中趕走了死靈法師。

「不久之後，」甘道夫說，「森林就會變得更加宜人。我希望北方有多年不會再碰上那種恐懼了。但我希望他從世上徹底消失！」

「那確實很好，」愛隆說，「但在這紀元，或是之後的諸多紀元後，可能都無法在世上成真。」

說完他們旅行的故事後，眾人就述說起其他故事，來自久遠年代的故事，以及關於嶄新事物的故事，和雋永流傳的故事，直到比爾博的腦袋往前傾向胸口，他則在角落舒服地打起鼾來。

醒來時，他發現自己躺在白色床鋪上，月光則透過敞開的窗口照進室內。許多精靈在窗下高聲歌唱，清澈的歌聲在河岸上迴盪。

唱吧，所有歡快的人兒，現在一同歌唱！

風兒吹拂樹梢，撫過石南花叢，
群星綻放，月光籠罩花朵，
黑夜之窗在高塔中大放光明。

舞動吧，所有歡快的人兒，現在一同跳舞！
青草軟嫩，讓雙腳輕如羽毛！
河流閃爍銀光，陰影緩緩消逝，
五月當歡快，大夥同歡慶。

我們柔和歌唱，編織動人美夢！
當他入睡，我們就離開他！
旅人酣睡，躺在柔軟枕頭上！
催眠曲！催眠曲！榿木與柳樹！
松木別再嘆氣，等待早晨微風！
月亮落下！大地一片漆黑！
噓！噓！橡樹、岑樹與荊棘！
流水無聲，直到黎明！

「哎呀，快樂的人們！」比爾博探出頭說，「現在幾點了？你們的催眠曲會吵醒喝醉的哥布林！但我感謝你們。」

「你的鼾聲會吵醒化為石頭的龍——但我們感謝你。」他們笑著回答，「快要黎明了，你從黑夜開始就睡到現在。或許到了明天，你的疲勞就會消散。」

「在愛隆家中，小睡一點就能治百病。」他說，「但我願意接受所有解藥。第二次晚安啦，俊美的朋友們！」說完，他就回到床上，並睡到接近中午時。

在那棟宅邸中，倦意很快就離開了他，他無論早晚都與山谷中的精靈們歡笑跳舞。但就連那裡都無法拖延他了，他也總是想起自己的家。因此，他在一週後向愛隆道別，也給了對方願意接受的小禮物，再與甘道夫騎馬離開。

當他們離開山谷時，面前的西方天空就逐漸變暗，風雨也迎面撲來。

「五月真是快樂時光！」比爾博說，雨水正打上他的臉龐，「但我們離開了傳說世界，往家園前進。我想這就是家園的滋味。」

「路途還長得很呢。」甘道夫說。

「但這是最後一條路了。」比爾博說。

他們來到象徵野地邊緣的河流，並來到狹窄河岸旁的淺灘，你可能記得此處。夏日逼近所帶來的融雪，以及整天的大雨，使得河水高漲湍急。但他們依然費力地渡河，並在暮色落下時繼續向前，邁入他們旅程中的最後階段。

過程和之前的差異不大，只是同伴少了點，路途也安靜不少；這次他們也沒碰上食人妖。道路每處都讓比爾博想起一年前發生的事，與眾人說過的話；對他來說，感覺起來更像是十年以前。因此，他自然迅速注意到小馬跌進河裡的位置，他們也曾在此陷入湯姆、伯特與比爾的魔掌。

他們在離道路不遠的地點找到食人妖的黃金，先前大夥將黃金埋在這，依然沒有人發現或碰過這些寶物。「我有夠用一輩子的黃金了。」當他們挖出寶物時，比爾博便說，「你最好收下這些黃金，甘道夫。我覺得你能善用它！」

「當然啦！」巫師說，「但一起分享吧！你可能會發現自己的需求比預料中更多。」

於是他們把黃金裝入袋中，再把布袋掛在小馬身上，馬匹們對此一點都開心不起來。之後他們的速度變得更慢，因為大多時間他們都在走路。但大地一片翠綠，哈比人也心滿意足地踏在青草上。他用紅色的絲質手帕抹了抹臉。不，他自己的手帕一條都不剩了，這條手帕是他向愛隆借來的。夏季隨著六月而來，天氣也再度變得晴朗而炎熱。

一切都將步入終曲，這篇故事也不例外。某天他們終於看見比爾博出生長大的故鄉，無論是地形與樹林，對他而言都和自己的手腳一樣熟悉。他走上一處土丘，並在遠方看到自己的小丘；他忽然停下腳步，並說：

道路綿延不斷，
越過石頭，鑽過樹底，
經過不見天日的洞穴，

穿越從未入海的溪流，
跨越凜冬白雪，
踏遍六月鮮花，
踩遍青草與石頭，
步入月下山脈。

道路綿延不斷，
穿越雲朵與繁星，
但浪跡天涯的雙腳
終於回到遠方故土。
雙眼見證烈火與利劍
與石廳中的恐怖
終於望向青青綠草
與熟識的樹木與山丘。

甘道夫望向他。「我親愛的比爾博！」他說道，「你不太對勁！你再也不是以前那個哈比人了。」

於是他們跨越橋梁，經過小河旁的磨坊，並回到比爾博的家門前。

「老天呀！發生了什麼事？」他喊道。外頭人聲鼎沸，各式各樣的人們都擠在門邊，有的衣冠楚楚，有的則衣衫襤褸，還有許多人進出洞內；比爾博惱怒地注意到，這些人甚至沒在地墊上抹腳。

如果他大吃一驚，其他人就比他來得更加訝異。他剛好在拍賣會途中到家！大門上貼了張寫了黑紅文字的告示，宣稱葛魯伯兄弟與布洛斯公司將於六月二十二日，拍賣哈比屯丘下袋底洞已故的比爾博．袋金斯先生名下的財產。拍賣會將在十點整舉行。現在幾乎是午餐時間了，大多東西也已經賣光，價位各有不同，從微薄的金額到免費都有（這在拍賣會上是稀鬆平常的事）。比爾博的表親麻袋維爾袋金斯[1]家族正忙著丈量他的房間，想看看是否放得下他們的家具。簡單來說，比爾博被「認定死亡」了，得知搞錯情況時，並非每個曾這樣想的人都對此感到遺憾。

比爾博．袋金斯先生的歸來引發一股騷動，無論在小丘上下、或小河彼岸都一樣；這成了不只轟動一時的事件。法律問題確實延燒了好幾年。過了很久，大眾才承認袋金斯先生還活著。在拍賣會上用好價格買到東西的人們，也花了很多時間才接受這件事。最後為了節省時間，比爾博得花錢買回自己不少家具。他許多銀湯匙已神祕消失，再也找不到它

1　譯注：Sackville-Baggins，與「袋金斯」一名相同，托爾金將此姓氏設計為和「袋子」有關。

們。他私下懷疑是麻袋維爾袋金斯幹的。對方從未承認回來的袋金斯是本人，此後他們與比爾博的關係也降到冰點。他們確實非常想住進他舒適的哈比洞。

比爾博的確發現自己不只失去了湯匙——他還失去了名聲。自此之後他依然是精靈之友，也得到矮人、巫師與所有途經該處的人們的尊敬；但他再也不受到當地人尊重了。鄰里中的哈比人都認為他「行徑古怪」，只有他來自圖克家族的侄子侄女們不這樣想，但長輩也不鼓勵他們和比爾博交好。

可惜的是，他並不介意。他相當心滿意足，而與出乎意料的宴會前的寧靜生活相比，火爐上的茶壺尖鳴現在聽起來更為悅耳。他將鎖子甲擺在客廳中的架子上（直到他把它借給博物館）。他把大多金銀花在有用和浮誇的禮物上，藉此贏得了他侄子侄女的心。他守住魔法戒指的祕密，因為他主要用戒指來躲避不受歡迎的訪客。

他開始寫詩並拜訪精靈。儘管許多人搖頭歎息，並說：「可憐的袋金斯！」也沒有多少人相信他的故事，但他的餘生依然非常快樂，也度過了漫長的一生。

多年後的某個秋夜裡，比爾博正坐在自己的書房中寫回憶錄，他想把書名叫做：《歷險歸來，哈比人的假期》。此時門上傳來鈴聲，來客是甘道夫與一位矮人；事實上，那正是巴林。

「請進！請進！」比爾博說，他們很快就在壁爐旁的椅子上坐下。巴林注意到袋金斯先生的背心比之前更華麗（還縫了真正的金釦子），比爾博也觀察到巴林的鬍鬚又多了幾吋，鑲滿珠寶的腰帶也顯得雍容華貴。

他們自然聊起了曾共度的時光，比爾博也問了孤山一帶的狀況。當地人似乎過得非常不錯。巴德重建了河谷城，來自長湖與南方和西方的人們則前去加入他的麾下，整座山谷也再度變得繁榮興盛，春季中的荒原鳥語花香，秋季時果實飽滿，人民廣設宴席。居民們重建了長湖鎮，城鎮也比之前更富裕繁華，許多財富也順著狂奔河滾滾循環。那一帶的精靈、矮人與人類之間也維繫著深厚的友誼。

前鎮長碰上了糟糕的下場。巴德給了他不少黃金，讓他能幫助湖民，但由於貪婪的天性，使他受到龍貪病的影響，因此捲款而逃，並在遭受同伴遺棄後，獨自餓死在荒野中。

「新鎮長是更睿智的人。」巴林說，「也大受歡迎，因為大眾認為是他開創了當今的盛世。他們寫出的新歌謠傳頌在他的治理下，河流中流淌著黃金。」

「那古老歌謠中的預言確實以某種方式成真了！」比爾博說。

「當然了！」甘道夫說，「為何不會成真呢？難道就因為你幫忙預言成真，你就不相信預言嗎？你不會真的以為，你所有冒險與逃出生天的過程都純粹出自好運，只為了你一個人而發生吧？你是個很棒的人，袋金斯先生，我也很喜歡你；但在廣闊的世界中，你只不過是個小傢伙！」

「真是謝天謝地！」比爾博笑著說，一面把菸草罐遞給對方。

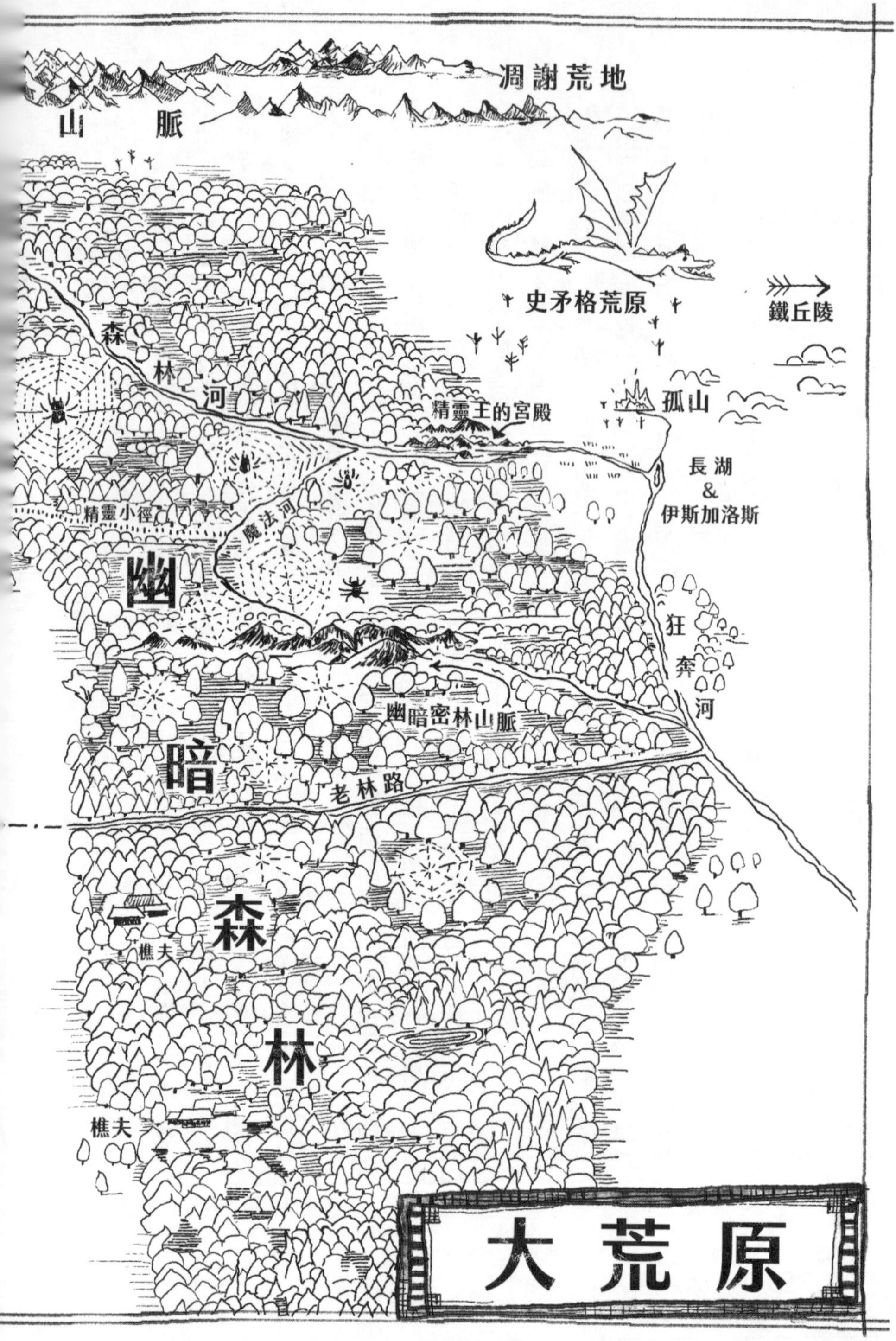
凋謝荒地
山　脈
史矛格荒原
鐵丘陵
森林河
孤山
精靈王的宮殿
長湖
&
伊斯加洛斯
精靈小徑
魔法河
幽暗森林
狂奔河
幽暗密林山脈
老林路
樵夫
樵夫
大荒原

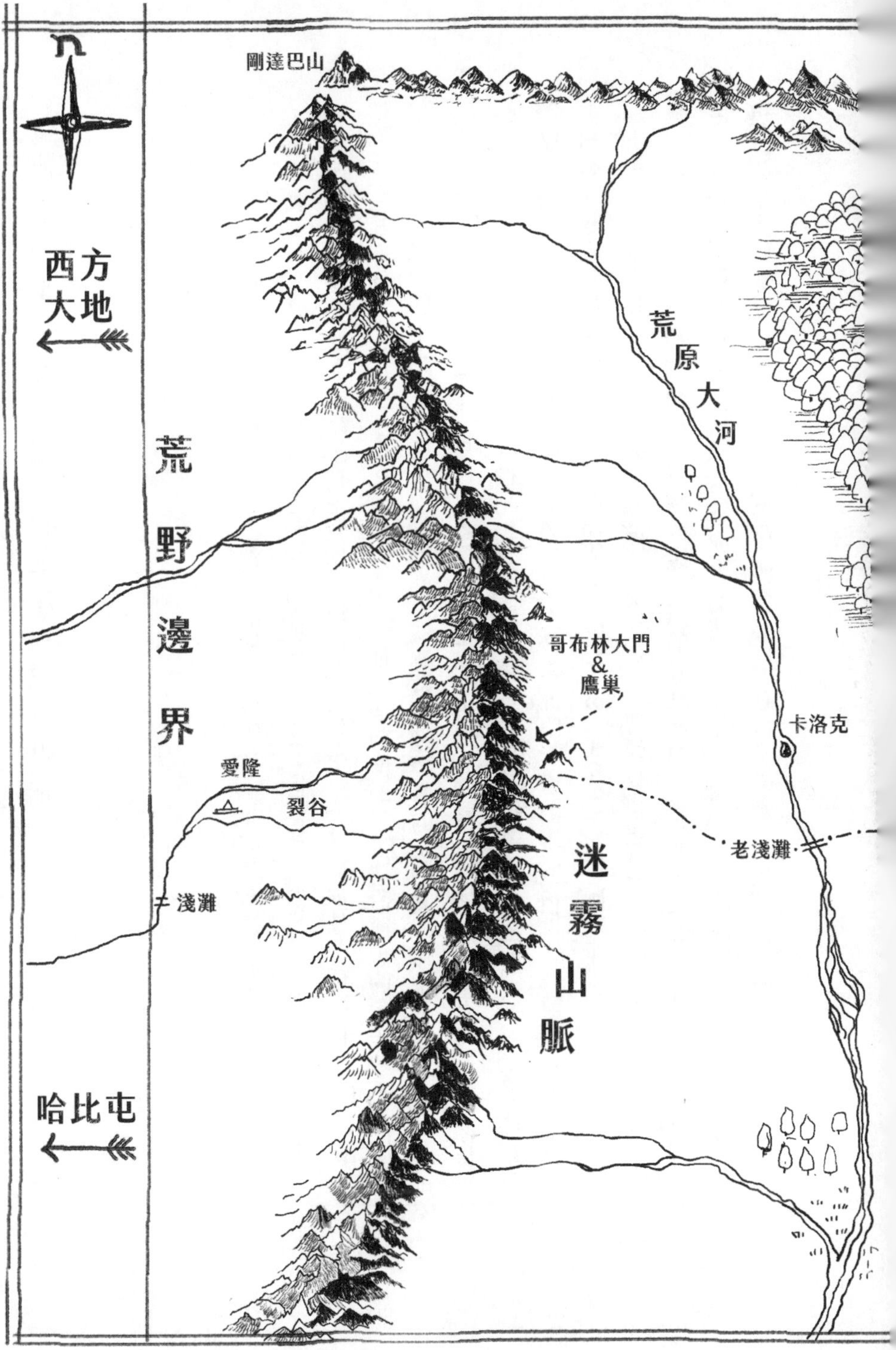

剛達巴山
西方
大地
荒野邊界
荒原大河
哥布林大門
&
鷹巢
卡洛克
愛隆
裂谷
老淺灘
迷霧山脈
淺灘
哈比屯

譯後記——中土世界：已逝而永存的傳說故鄉

李函（本書譯者）

一九三〇年代某個夏日午後，正在家中進行枯燥乏味的批閱試卷工作的牛津大學教授約翰．羅納德．魯埃爾．托爾金（John Ronald Reuel Tolkien）發現了一張空白的試卷。靈機一動的托爾金在試卷紙上持筆寫下一串簡單的句子：「地洞裡住了個哈比人。（"In a hole on the ground there lived a hobbit."）」他難以想像的是，這段簡短的句子，不只開啟了日後近一世紀的中土世界傳奇，也催生了使無數讀者醉心的奇幻文學類型。

一九三七年九月二十一日，《哈比人》正式上市。儘管首刷只有一千五百本，卻在當時創下了優秀的銷售成績，評價也相當不錯。由於正值第二次世界大戰，英國的各項資源因戰火而短缺，導致不斷再刷的《哈比人》經常面臨一書難求的情況。此時的托爾金首度嘗到名利雙收的滋味，艾倫與昂溫出版社（Allen & Unwin）也不斷央求他寫出續作。早在一九一〇年代，托爾金就已開始設計屬於自己的「傳說故事集（legendarium）」，其中講述了從世界創生之初到諸神大軍擊敗魔高斯的詳細歷史；涵蓋了不同精靈部族的語言和詩歌；人類先祖們與精靈合作對抗黑暗魔君的傳奇；敘述了精靈王族之間的各種恩怨。起初，這些故事集結成為他所稱的《失落故事之書》。在接下來數十年間，托爾金對「傳說故事集」的內容不斷改寫，逐步釐清整個世界觀中的種族設定、人物關聯描寫與神學。當出版社提出撰寫《哈比人》續集的請求時，托爾金便打算出版計劃多年的神話大作：《精靈寶鑽》。然而，得知《精靈寶鑽》的概念與規模後，出版社斷然否絕了托爾金的提案，認為《哈比人》的續作能得到更多迴響。於是在一九三七年，托爾金開始撰寫《哈比人》的續集。隨著故事的進展，他逐漸將劇情設定在《精靈寶鑽》故事結束數千年後的中土世界，並跳脫了《哈比人》童趣盎然的單純冒險原始設定，融入了第一次世界大戰戰場的親身經歷。但耗費多年寫成的巨著，卻讓出版社望之生畏。經過多次交涉後，艾倫與昂溫出版社同意將這本書拆成三冊發行，以便降低成本風險。

一九五四年七月二十九日，第一部《魔戒同盟》在英國上市；第二部《雙塔叛謀》於同年十一月十一日發行；第三部《王者歸來》則在一九五五年十月二十日問世。

儘管托爾金於一九七七年逝世，中土世界並未就此劃下句點。二〇〇四年，由紐西蘭導演彼得·傑克森執導的《魔戒三部曲：王者再臨》獲得了奧斯卡獎十一項提名，並贏得所有提名獎項。電影版本的成功，也使更多先前沒有讀過《魔戒》原著的觀眾首次接觸到托爾金筆下的廣袤世界。在《魔戒》寫作期間大力輔助父親的克里斯多福·托爾金，也在父親過世後整理他的筆記，並出版了托爾金生前未能發行的《精靈寶鑽》（內容也經過克里斯多福審定），以及大幅拓展《精靈寶鑽》、《哈比人》與《魔戒》劇情與設定的《未完成的故事》，和共有十二冊的《中土世界歷史記》，也重新校訂並出版了第一紀元的故事中最為重要的三大故事：《胡林的子女》（二〇〇七年）、《貝倫與露西安》（二〇一七年）和《剛多林的陷落》（二〇一八年）。克里斯多福於二〇二〇年過世，這位除了托爾金以外最了解中土世界的人，費盡畢生之力讓世人一窺他父親生前未能完整發行的作品、筆記與書信。問世七十年後，《魔戒》仍繼續帶來不可磨滅的影響，儘管當今的奇幻小說已衍生出更加多變的類型（喬治．馬丁的《冰與火之歌》著重於描寫宮廷鬥爭與晦暗不明的道德觀；喬．艾伯康比的《第一法則》三部曲與續作《瘋狂紀元》也以反英雄故事見長），中土世界與其中的神話、種族和語言體系，卻顯得更加獨樹一格。

約莫在二十世紀末（當時還是國中生的我）讀到一則報導——某部據說在歐美十分知名的大部頭小說即將翻拍成真人版電影，當時還以「西方的西遊記」為號召宣傳。四處打聽，卻完全沒有人聽過《魔戒》。直到問了當年的美籍英文老師，對方才訝異地詢問如何得知此書？當年的羅東根本不可能買到英文書，更別提當時一般大眾根本沒聽說過的托爾金作品了。幸好，英文老師慷慨出借手邊的一九九一年艾倫．李插畫版《魔戒》，《魔戒》因此成了生平所看的第一本英文書。

首次讀它時，最驚豔的其實並非它複雜的故事設定，而是出乎意料的真實感。現今的讀者與觀眾談到托爾金作品時，大多來自傑克森電影版本的既定印象，進而聯想到的全是輝煌的戰爭場面，或是各式精緻的特效。初次閱讀《魔戒》時，其實對歐美奇幻作品並沒有太大的興趣，但中土世界不只沒有尋常奇幻作品中的施法場面，就連精靈、矮人，甚或巫師等角色，都不會使用任何絢麗的招式。大名鼎鼎的甘道夫，在書中也僅是用手放出光芒，或在墨瑞亞施咒關門與劈斷橋梁而已。這自然與托爾金對「魔法」的概念有關（在〈格拉翠兒之鏡〉中，他曾透過主角之口講述自身對魔法的概念），但對我而言，托爾金筆下的角色因此顯得更有血有肉。即便充滿奇幻種族，但他們表現得仍與我們熟知的人類無異。托爾金所描寫的並非炫目招式，而是影響深遠的無形力量，以及自由意志下的抉擇。巫師們扮演的角色並非尋常的咒術師，而是必須憑藉智慧說服自由人民的諫臣。精靈們的力量，也在於維繫自然與自我應運而生的造物。「第三紀元」是托爾金神話時代的末期，也因此更為貼近我們的現實世界——奇異種族已逐漸化為傳說，凡人也需要仰賴自身的信念來改變命運與世界。

所有角色都為了自身的存亡與道德平衡而努力，無法透過神奇的道具或法術致勝（或使用魔戒的力量取勝）。「第三紀元」已是神話時代的盡頭，讀者不會在戰爭中看到飛龍烈火，或是施展大法抗敵的魔法師。在描寫不少戰爭場面時，托爾金也經常透過弱小的哈比人視角，來觀察嚴酷戰事的發展。這種大戰中的平凡人角度，也反映出托爾金經歷一戰後的感受。而《魔戒》的故事也並非簡單的正邪對抗，所有角色在其中都在不同階段面對各類誘惑，無論是魔戒本身帶來的擁有慾；迪耐瑟對權力的渴求；格拉翠兒數千年來對建立自身國度的渴望，都使書中角色們不僅僅只是單純的正派或反派。就連托爾金筆下的兩大反派，魔高斯與索倫，在創世之初也分別是宛如天使的維拉與邁雅，並非自始即為罪大惡極的魔王。無論是太初歲月、黑暗年代或人類時代的開端，自由意志始終是左右托爾金筆下角色的驅動力。儘管真人電影版本已盡力拍攝得十分細膩與忠於原著，但托爾金文字中蘊含的詩意與悲愴，卻只能透過原著文字才能傳達——這是電影版本始終無法凌駕於原著之上的一點。大多讀者可能跳過、略讀的附錄部分，除了囊括《魔戒》情節發生前數千年的歷史，也包含了托爾金筆下所有故事的核心：語言學。附錄E與附錄F中對精靈語發音和符文的深度討論，乍看之下和情節毫無關聯，卻是托爾金架構中土世界的真實骨幹。在不同的時空中，艾達族的確存在，擁有自己的曆法、語言與各類方言，甚至是專有的數學進位與神學觀。

無論是《哈比人》、《魔戒》或《精靈寶鑽》，托爾金都如同鑄造魔戒的索倫，或打造精靈寶鑽的費諾，將自身生命與靈魂的莫大部分注入了中土世界。《魔戒》提供的並不只是單純的閱讀體驗，而是一場與我們的世界極為相似的生命歷程。儘管最後受到魔戒掌控，但並不代表佛羅多的任務失敗；看似選擇為惡的咕嚕，也因為他的選擇而導致了魔戒的毀滅。無論你是世界上的大、小齒輪，都具有存在的重要性。小人物也許才是救世的英雄，英雄的壯舉也可能在史書中只留下一行描述。這一切終究合乎托爾金在《精靈寶鑽》中所描述的埃努大樂章（Music of Ainur）——至上神為阿爾達世界所安排的命運。一切悲喜、正邪皆有其意義。

《魔戒》是影響我最深的書。從小開始，托爾金的文字與故事就持續提供我靈感與學習方向，也一路引導我到美國與英國的學生生涯。《魔戒》等托爾金作品和我形影不離，無論到哪總是隨身攜帶，也會按照中土世界的歷史進程反覆閱讀，直到如今，也沒有改變習慣。翻譯《克蘇魯的呼喚》等「克蘇魯神話」作品時，如果因洛夫克拉夫特的文筆和各路邪神而喘不過氣，也得靠擺放一旁的《魔戒》回到中土世界，補充精神能量。大四的托爾金課程內容不深，但能與教授討論托爾金作品已經非常開心（其中一名教授年輕時還曾聆聽托爾金演說）。直到前往蘇格蘭就讀研究所，終於在二〇一一年首次前往托爾金位於牛津的墳墓，向教授致謝和致敬。第二次是二〇一九年，而下一次前往時，就能告訴他，已經翻譯完成《哈比人》與《魔戒》了。希望他老人家別對成品失望。

無論是佛羅多、甘道夫或亞拉岡，都無法單靠一己之力達成目標。翻譯《魔戒》的過程，也十分感謝許多人在不同時期的大力支援。堡壘文化、雙囍出版和言外企劃的所有人都在這一年半的翻譯過程裡提供各種協助。沒有他們的耐心與努力，這版《魔戒》很難來到讀者的手中。在構思更貼近托爾金原意的新譯名時，得感謝灰鷹爵士譚光磊的鼎力協助與討論。非常感謝密西根州立大學的 Tess Tavormina 與 Lister Matheson 兩位教授，在大學時對托爾金作品，與中世紀文學的討論持續幫助我至今。感謝 Robert Canning 先生當年出借《魔戒》，我自己的《魔戒》目前已經用到第三代（前兩代都看爛了，必須放回書架上退休）。同時也對《獵魔士》作者安傑・薩普科夫斯基（Andrzej Sapkowski）致謝，非常感謝你當時對托爾金與洛夫克拉夫特的作品討論。還得感謝好朋友鄭元暢多年前協助我踏入翻譯這一行；以及贊助平板電腦的小公寓好友們，感謝你們。

最後，我必須對托爾金父子致上最高敬意。沒有克里斯多福多年來的努力，我們無緣在他父親辭世後，依然能見到中土世界的廣袤細節。托爾金教授的想像力與心血，不只改變了奇幻文學的面貌，也激勵了無數創作者。即便說當今所有奇幻作品都受到托爾金或多或少的影響，也毫不過分。感謝你，教授！你的中土世界將繼續影響無數世人。

鑽石孔眼　05

THE HOBBIT

哈比人

作者：J. R. R. 托爾金（John Ronald Reuel Tolkien）
譯者：李函

堡壘文化有限公司　雙囍出版
總編輯：簡欣彥｜副總編輯：簡伯儒｜責任編輯：廖祿存
行銷企劃：游佳霓、黃怡婷、曾羽彤｜裝幀設計：陳恩安
校對：梁燕樵、簡伯儒

出版：堡壘文化有限公司 雙囍出版
發行：遠足文化事業股份有限公司（讀書共和國出版集團）
地址：231 新北市新店區民權路 108-2 號 9 樓
電話：02-22181417
Email：service@bookrep.com.tw
郵撥帳號：19504465 遠足文化事業股份有限公司
網址：www.bookrep.com.tw
法律顧問：華洋法律事務所　蘇文生律師
印製：中原造像股份有限公司
初版 1 刷：2024 年 03 月
定價：380 元
ISBN：978-626-97933-4-1
EISBN：9786269843176（PDF）｜ 9786269843183（EPUB）

國家圖書館出版品預行編目（CIP）資料｜哈比人／ J. R. R. 托爾金（J. R. R. Tolkien）著；李函譯 . -- 初版 . -- 新北市：堡壘文化有限公司雙囍出版：遠足文化事業股份有限公司發行，2024.03 ｜〇〇面；14.8×21 公分 . --（鑽石孔眼；5）｜譯自：The hobbit ｜ ISBN 978-626-97933-4-1（平裝）｜ 873.57 ｜ 113001860